(दी २ टाइम हार्टक्वेक का द्वितीय संस्करण)

अतुल सिंह

Cover Designed by Author
Interior Designed by Author
First Edition – The two-time Heartquake (Hindi), October – 2016

Published by Invincible Publishers and Marketeers

ISBN 10 - 9386148730

ISBN 13 - 9789386148735

पहले संस्करण के लिए

पहले संस्करण के प्रकाशित होने से पहले मेरे दिमाग में एक अजीब सा विचार आया, जो मेरे नियमों के विरुद्ध था | एक बार एक अखबार में मैंने एक आर्टिकल पढ़ा उसमें भारतीय फिल्म इंडस्ट्री के बारे में लिखा हुआ था |

यह आर्टिकल भारत में रिलीज होने वाली नए ज़माने की फिल्मो के बारे था | उस आर्टिकल में लिखा हुआ था की आज-कल फिल्मों में मिर्च मसाले (रोमांटिक दृश्य) क्यूँ दिखाए जातें हैं | उस आर्टिकल के मुताबिक आज-कल फिल्मों में एडल्ट दृश्यों का दिखाया जाना, फिल्म के हिट होने से सम्बन्धित है | ऐसा उस आर्टिकल में लिखा हुआ था | यही सोच कर मैंने भी अपनी रचना के साथ अत्याचार करने का मन बनाया | मुझे लगा ऐसा करने से मेरी किताब प्रशिद्ध हो जाएगी | लेकिन, मैं वहां गलत था | किताब तो बाद में फेमस होती, उसके पहले ही मुझे पछतावा के बादलों ने चारों तरफ से घेर लिया | अब मेरे दिमाग में यह बात घूमने लगी थी की अगर किसी कम उम्र के छात्र ने इस किताब को पढ़ा तो उसके दिमाग में क्या - क्या खुराफात सूझेगा | किताब तो वह मनोरंजन के लिए पढ़ रहा होगा लेकिन उसके पहले उसके दिमाग में कुछ ज्यादा ही मनोरंजन हो जायहगा | इतनी सी बात मेरे दिमाग में उस समय नहीं सूझी जिस समय मैं उस काल्पनिक व उत्तेजनाओं से भरे दृश्य को लिख रहा था | किताबें/फिल्म सिर्फ मनोरंजन और ज्ञान के लिए हैं | हमें उन्हें कमाई का जरिया बनाने का कोई अधिकार

नहीं है | जब तक मुझे यह छोटी सी बात समझ में आती तब तो किताब प्रकाशित भी हो चुकी थी | और सबसे बड़ी बात, यहाँ मेरा उन उत्तेजनाओं से भरे दृश्य की कल्पना करना बिलकुल वैसे ही था, जैसे किसी ने कभी, नान-वेज ना खाया हो फिर भी उसे उसके सारे स्वाद का ज्ञान हो |

पुस्तक प्रकाशित होने के बाद जब मैंने इस बारे में सोचा तब मुझे इस बात का एहसास हुआ की मैंने अपनी अच्छी - खासी रचना को बर्बाद कर दिया | इसलिए, जल्द ही मैंने इस रचना के द्वितीय संस्करण के बारे में सोचा | और मैं अपने प्रकाशक का शुक्रियादा करता हूँ, जिन्होंने मेरे प्रस्ताव को स्वीकार्य किया और "दी २ टाइम हार्टक्वेक" के द्वितीय संस्करण "अत्सर" को सफलता पूर्वक प्रकाशित किया | जो हर उम्र के लोगों के पढ़ने योग्य है |

लेखक

अतुल सिंह

समर्पित

'सभी युवाओं को'

"प्यार एक खूबसूरत एहसास है। इसमें किसी भी तरह के अनावश्यक रिश्तों और अनावश्यक विचारों के लिए कोई जगह नहीं है।"

धन्यवाद

मैं अपने सभी सहयोगियों (प्रकाशक समूह) और अपने सभी दोस्तों का तहे दिल से शुक्रियादा करता हूँ, जिन्होंने मेरे इस काम में अपना अमूल्य योगदान दिया है। आप सभी के प्रोत्साहन और सहायता से ही, मैं अपने इस काम को लोगों के सामने लाने में सफल हो सका हूँ।

मैं अपने पाठकों का भी शुक्रियादा करता हूँ जिन्होंने मेरे इस काम को अपने जीवन का एक हिस्सा बनाया।

अतुल सिंह

क्या लिखूँ.....?

पहला-पहला, प्यार है....... पहली-पहली, बार है .... | हा हा हा .... मुझे पता है, आपको यह गाना सुनकर लग रहा होगा कि आखिरकार, मैं यहाँ, यह गाना क्यों लिख रहा हूँ? अरे! भाई, मैं ऐसा इसलिए लिख रहा हूँ, क्योंकि मुझे लगता है कि पहली बार अपनी पहली बुक लिखना पहले प्यार की तरह ही होता है | लेकिन एक बार अगर शुरुआत हो गई तो फिर रुकने का मन भी नहीं करता और मैं यह सोचता हूँ कि 'लेखक' और 'साहित्य' के बीच एक गहरा रिश्ता होना बहुत जरुरी होता है | यह लेखक और उसके अंदर छिपी हुई साहित्य की कला, दोनों के लिए अच्छी बात है |

स्कूल के समय में, कुछ कहानियाँ पढ़ते समय मेरे भी दिमाग में यह बात आई कि मैं भी एक लेखक बनूँ | लेकिन अब समस्या थी तो यह की आखिरकार लिखूँ क्या ? सबसे बड़ी बात, अपनी पढाई के प्रति मेरे प्यार ने मुझे कभी ऐसा करने नहीं दिया और दूसरी तरफ मेरे अन्दर छिपे हुए आलस्य ने भी मुझे मेरे काम को पूरा ना करने में अपना पूरा सहयोग दिया | कई बार तो ऐसा भी हुआ कि मेरे दिमाग में कुछ बाते आई लेकिन जब मैंने उन्हें अपनी डायरी में लिखने की कोशिश किया तो वहाँ पर मुझे कोई सफलता नहीं मिल पाई और जब कभी हिम्मत करके कुछ लाइनें लिखा भी तो बाद में उन्हें फाड़ कर फेंक भी दिया | क्योंकि, पहली बार तो मैंने अपने दिमाग में सूझी बात को अपनी डायरी में उतार दिया, लेकिन फिर बाद में, जब दोबारा, मैंने अपनी उस लिखावट को पढ़ा तो लगा की यह मैंने क्या लिखा है? कुल मिलाकर मेरे कहने का मतलब है, मुझे खुद पर उस समय भरोसा नहीं था | मुझे लगता था कि यार, वह इतने

बड़े लेखक हैं और मैं एक छोटे से कस्बे में रहने वाला एक छोटा सा इंसान हूँ और तो और उन सब ने अपनी बात को अपनी डायरी में तो उतार दिया लेकिन वह खुद उसका आनंद नहीं ले पाए | मुझे लगा, कहीं मेरा हाल भी ऐसा ही न हो | इसलिए, ऐसी ही ढेर सारी फालतू के नकारात्मक सोच की वजह से मैंने अपने अन्दर की कला को छिपाए रखा और इसमें कुछ मेरे अन्दर छिपे हुए डर का भी हाथ था | मुझे लगता था कि अगर मैं यह सब करने लगूंगा तो मेरा दिमाग पढाई में नहीं लगेगा और उसकी वजह से मेरे मम्मी-पापा बहुत परेशान हो जायेंगे | मैं नहीं चाहता था कि मेरी वजह से मेरे मम्मी-पापा को दुःखी होना पड़े | क्योंकि वह लोग हमेशा मेरी तारीफ, मेरे सगे सम्बन्धियों के साथ करते रहते थे | वह कहते कि मेरा बेटा एक अच्छा छात्र है | वह हमेशा अपनी परीक्षा में अच्छे नंबर लाता है | अब मेरे प्रति उनके इस तरह के प्यार की वजह से, मैं चाहकर भी कुछ अलग नहीं कर सकता था | क्योंकि जब मेरी पढाई थोड़ी सी भी डगमगाती थी तो उन्हें बहुत दुःख होता था | जब मेरा रिपोर्ट कार्ड वह लोग देखते थे तो वह लोग बहुत खुश हो जाते थे | ऐसा नहीं था कि मैंने पापा से कभी इसके बारे में चर्चा ना किया हो |

एक बार! मैं, पापा जी के पास में बैठा हुआ था | पापा जी मुझे मेरी पढाई से सम्बन्धित कुछ ज्ञान की बाते समझा रहे थे | वह मुझे कुछ पुराने लेखक और उनकी रचनाओं के बारे में बता रहे थे | तब उसी समय मैंने पापा जी से पूछा था कि क्या मैं भी एक लेखक बन सकता हूँ? तब उन्होंने मेरे से कहा था कि हाँ! बेशक बन सकते हो, लेकिन अभी तुम्हारी उम्र अपनी पढाई करने की है | अभी तुम्हें पूरी तरह से अपनी पढाई पर ध्यान देना चाहिए और मुझे लगता है कि वह अपनी जगह पर सही भी थे | क्योंकि इसके पहले जब मैं पाँचवीं कक्षा में था, तब मैं स्कूल में कुछ गाने वगैरह भी गा लेता था | जिसकी वजह से मेरा दिमाग हमेशा गाने पर ही लगा रहता था | उस समय की मेरी पढाई बहुत ही घटिया थी | मुझे यह तक पता नहीं रहता था कि मेरी कक्षा में स्थान क्या है? हाँ! अगर अंतिम से देखा जाता तो सबसे नीचे से टाप पाँच स्थान में मेरा नाम जरूर आ जाता था | इसकी वजह से मेरे मम्मी-पापा भी दुःखी हो

जाते थे | वह मेरे से कुछ कहते तो नहीं थे, लेकिन जो भी हो अगर आप नाखुश हैं तो थोड़ी सी झलक चेहरे पर तो आ ही जाती है | इसलिए पाँचवीं के बाद मैंने गाना-गूना सब छोड़कर अपना पूरा मन पढाई में लगा दिया |

पढाई तो, मैं बे-मन से ही करता था | क्योंकि इसकी वजह से मुझे, मेरे मम्मी-पापा के चेहरे पर थोड़ी सी ख़ुशी दिख जाती थी और उनके खुश रहने की वजह से मैं भी थोडा खुश हो जाता था | अब अगर मेरी छोटी सी कुर्बानी की वजह से उन्हें ख़ुशी मिलती थी तो फिर मैं उन्हें क्यों निराश करता | वैसे भी, इसमें कोई नुकसान तो था नहीं, इसमें मेरा भी तो फायदा ही था |

उस समय तो मैंने अपने सपने को अपने अन्दर ही दफन कर दिया | लेकिन ऐसा मैं ज्यादा समय तक नहीं कर पाया और अंततः मैंने ग्रेजुएशन के अंत तक एक बुक लिखने का मन बना ही लिया | क्योंकि इसके बाद, मेरे पास कोई चारा भी नहीं था | अब ग्रेजुएशन के बाद या तो मैं घर पर खाली बैठता या फिर किसी सरकारी नौकरी की तलाश में लग जाता, जो मैं करना नहीं चाहता था | मुझे सुबह उठकर दफ्तर जाना बहुत ही बकवास लगता है |

अब मुझे ग्रेजुएशन के बाद, कुछ कर दिखाने का रास्ता तो मिल गया | लेकिन अब बात थी कि मैं आखिरकार लिखूं क्या? मेरा मतलब पाठक के पसंद या ना पसंद से है | मैंने सबसे पहले पौराणिक घटनाओं पर आधारित, एक कहानी लिखना शुरू किया | यह कहानी मेरे एक दोस्त ने मेरे से लिखने के लिए कहा था | उसने कहानी तो नहीं बताया था | उसका कहना था कि मैं उसके लिए एक ऐसी कहानी लिखूं जो पौराणिक घटनाओं पर आधारित हो | क्योंकि वह एक छोटी सी एनीमेशन फिल्म बनाना चाहता था | उसने इसके लिए कई बार मेरे से कहा था | लेकिन मैं आलस्य-आलस्य में ऐसा नहीं कर पा रहा था | एक दिन उसने मेरे से ऐसे ही मजाक ही मजाक में कई छात्रों के सामने उसी बात को दुहराया | तब जाकर मेरा पत्थर दिल पिघला और मैंने उसके लिए एक कहानी की शुरुआत किया | पौराणिक घटनाओं पर आधारित कहानी लिखने के चक्कर में, उन पर आधारित ना सही, मैंने एक अलग तरह की

डरावनी कहानी की शुरुआत जरूर कर दिया | मैंने उसे एक दो पेज की कहानी लिखकर व्हाट्सअप पर भेजा | कहानी को पढ़ने बाद, उसने कहा कि कहानी तो अच्छी है, लेकिन अभी और आगे लिखो | इस कहानी को मैंने लगभग दस पेज तक आगे बढाया | लेकिन फिर बाद में मैंने इस कहानी को वहीं पर विराम दे दिया | क्योंकि इसमें बहुत समय लग रहा था | इसलिए मैंने अब एक लव स्टोरी लिखने का मन बनाया और आज वह आपके सामने है | हो सकता हो किसी सज्जन ने इस बुक को अपने हाथ में भी ले रखा हो और यह भी हो सकता है कि मेरी यह बुक किसी खूबसूरत सी अप्सरा के आँखों से आँखें मिलायह हुए हो | ......कुछ भी हो सकता है | वैसे भी यह दुनिया अचरज से भरी हुई है | यहाँ कभी भी किसी के साथ कुछ भी हो सकता है | अब मैं आपको ज्यादा देर तक परेशान नहीं करूँगा | अब आप मेरे द्वारा रचित इस काल्पनिक साहित्यिक रचना को पढ़ने के लिए मुक्त हैं |

आपने अपने जीवन का कीमती समय निकालकर, मेरी इस रचना के लिए दिया, मुझे यह जानकर बहुत ख़ुशी हुई | आपका मेरी लिखावट के प्रति यह प्यार, मुझे आपके लिए दूसरी किताब लिखने में मदद करेगा |

आप सभी का जीवन मंगलमय हो!

लेखक:

अतुल सिंह

दो टूक

इस कलयुग में किसी का दिल जीतना तो कठिन है ही, उससे भी ज्यादा कठिन है, किसी पर भरोसा करना | पहले तो कोई किसी पर भरोसा करना नहीं चाहता है, लेकिन अगर कोई हिम्मत करके किसी पर भरोसा करता भी है, तो कुछ लोग उस भरोसे को तोड़ने में कोई कसर नहीं छोड़ते हैं | भरोसा एक ऐसा एहसास है, जिसके बीज हर प्राणी के अन्दर, उसके दुनिया में आने से पहले ही पलने लगते हैं | इसके लिए हमें ज्यादा दूर तक सोचने की जरूरत नहीं है, आप खुद को अपने माता-पिता से जोड़कर देख सकते हैं |

"समस्याओं को झेलने से ज्यादा हल करना आसान होता है |"

विषय-सूची

अध्याय १

सुअवसर

गर्लफ्रेंड एक ऐसा वर्ड है, जिसे सुनने के बाद एक नौजवान लड़के की सारी इन्द्रियाँ अपना सारा काम बखूबी करने लगती हैं | गर्लफ्रेंड शब्द का दिमाग और दिल से बहुत गहरा रिश्ता है, जिससे आप आगे इस कहानी में अच्छी तरह से परिचित होने वाले हैं | वैसे भी आप इतना उत्साहित क्यों हो रहे हो? सारी बाते यहीं समझ लोगे तो आगे कहानी में क्या समझोगे?

हाँ! तो आइयह चलते हैं, अपने 'रासलीला' की ओर, ओह! माफ करना 'प्रेम लीला.........' | असल में, आप इन दोनों क्रियाकलापों से इस कहानी में अवगत हो सकते हैं | यह कहानी इलाहाबाद शहर से लगभग 60 किलोमीटर दूर, "तर्हन" गाँव में जन्मे अत्सर नामक छात्र की है | अत्सर एक ऐसा लड़का है, जो दिन में भी सपने देखता है और स्वास्ती उसके सपनों की गर्लफ्रेंड है |

'तर्हन' बहुत ही खूबसूरत गाँव है | इस गाँव की ही तरह, यहाँ के लोग भी खूबसूरत हैं | मेरा मतलब, इस गाँव में सीधे-साधे लोग हैं | अत्सर का घर गाँव के मध्य में स्थित है | उसके घर के आस-पास ढेर सारे पेड़ लगे हुए हैं | इनमें से कुछ खाने योग्य फल वाले पेड़ हैं, तो कुछ ऐसे ही, राह चलते राहगीरों के लिए छाया प्रदान करने वाले हैं | अत्सर के दादा जी तीन पंचवर्षीय गाँव के प्रधान भी रह चुके हैं और इसके पहले वह अध्यापक भी रह चुके हैं | कुल मिलाकर मेरा कहने का मतलब है की गाँव के

लोगों की नजर में वह एक अच्छे इंसान हैं | यही वजह है कि अत्सर के घर के द्वार पर हमेशा दो-चार लोगों का उठना-बैठना लगा रहता है | घर के द्वार पर एक बड़ा सा आम का पेंड है | इसलिए आम के समय में लोगों की संख्या और भी बढ़ जाती है |

अत्सर अब ज्यादा दिन तक गाँव में नहीं रहने वाला था | उसके पापा एक सरकारी अध्यापक बन गए थे | वह अब एक सरकारी नौकर बन गए थे | वह भी अपने पिता की तरह, अत्सर के दादा की तरह एक अध्यापक पद के लिए चुने गए थे | अत्सर तीसरी कक्षा में पढ़ने वाला, एक प्राइमरी स्कूल का छात्र था | अब वह समय आ गया था, जब उसे अपने दोस्तों को छोड़कर जाना था, जिनके साथ वह अपने घर के पीछे लगे पेड़ों के छाए में दिन भर खेलने में लगा रहता था | ना तो खाने की फिकर रहती थी और ना ही समय का ध्यान .... | अगर उसकी माँ दिन ढलने पर, उसे बुलाने ना जाती तो वह शायद घर भी ना आता .....| खाना-खाने के लिए भी, उसकी माँ उसे जबरन घर ले आती थी | उसके दोस्त भी ऐसे ही थे, उन्हें भी उनके घर से कोई ना कोई लेने के लिए आ जाता था | स्कूल से छूटते ही अत्सर पहले घर पहुँचता और फिर जल्दी-जल्दी अपना होमवर्क करने में लग जाता था | होमवर्क करते समय ही, उसकी माँ उसके लिए खाना ले आकर दे देती थी क्योंकि उन्हें डर रहता था की कहीं वह बिना कुछ खायह ही ना चला जायह और वह डरती भी क्यों ना? अरे अत्सर ने ऐसा किया भी तो था, कई बार....| अब उसकी माँ भी क्या करती, उन्हें भी तो घर का सारा काम अकेले ही करना पड़ता था | उसकी चाची जी तो हमेशा बीमार ही रहती थी | उन्हें हमेशा कुछ ना कुछ हुआ ही रहता था | अत्सर की बड़ी मम्मी तो हमेशा सत्संग में ही व्यस्त रहती थी | इसलिए, अत्सर की मम्मी को ही सारा काम करना पड़ता था | गाय और भैसों को चारा-पानी देने से लेकर घर के सारे सदस्यों के लिए खाना तैयार करने तक का सारा काम, अत्सर की मम्मी जी ही करती थी | सुबह से लेकर शाम तक वह काम में ही व्यस्त रहती थी | केवल रात में उन्हें थोडा सा आराम मिलाता था | सुबह होते ही वह फिर अपने काम में लग जाती थी | चलो कम से कम अब अत्सर के पापा को नौकरी मिलने के बाद, उन्हें थोडा सा आराम तो मिलेगा |

अत्सर के पापा को नौकरी मिल गई, इस बात से सबसे ज्यादा समस्या अत्सर की चाची जी को था | क्योंकि अभी तक तो वह बहाने बनाकर लेट जाया करती थी | लेकिन अब उसकी सारी हेकड़ी निकलने का समय आ गया था |

समस्या तो अत्सर की बड़ी मम्मी को भी था, लेकिन फिर भी उनके अन्दर थोड़ी सी इंसानियत भी थी | वह कभी-कभी सत्संग और पूजा-पाठ से खाली होने पर अत्सर की मम्मी का, उनके काम में हाथ बंटा देती थी | सबसे ज्यादा कामचोर तो उसकी चाची जी थी | ऐसा उसके दादा जी भी कहते थे | उसकी दादी जी तो चार साल पहले ही चल बसी थी | उनके गुजरने के छः महीने पहले ही अत्सर के चाचा जी की शादी हुई थी और एक कामचोर औरत ने घर में प्रवेश लिया था | चार साल बीत गए, अत्सर की दादी के निपटे हुए और अब तक अत्सर की चाची के दो बच्चे भी आ गए थे | उनका ख्याल भी कभी-कभी अत्सर की मम्मी को ही रखना पड़ता था |

अत्सर अपने मम्मी-पापा के साथ दूसरी जगह जाने के लिए बहुत उत्साहित था | क्योंकि वह भी अपने गाँव से काफी दूर स्थित, अंग्रेजी माध्यम के स्कूल में पढ़ना चाहता था | लेकिन गाँव से काफी दूर होने के कारण, उसके दादा जी ने उसका दाखिला गाँव के ही स्कूल में करवा रखा था | हालाँकि गाँव के स्कूल में भी अच्छी पढाई होती थी | लेकिन अत्सर को तो अंग्रेजी स्कूल में ही पढ़ना था | इसीलिए, उसे भी अपना सुन्दर सा गाँव छोड़ने में कोई परेशानी ना हुई | वह ख़ुशी-ख़ुशी अपने मम्मी-पापा के साथ, अपने गाँव से लगभग 80 किलोमीटर दूर स्थित "फेब" टाउन में रहने चला गया | फेब टाउन से इलाहाबाद के बीच की दूरी लगभग 60 किलोमीटर (इलाहाबाद से तर्हन के बीच की दूरी के लगभग बराबर) है | यूँ मान लो की तीनों स्थानों की सम्मिलित संरचना, त्रिकोणीय है |

दरअसल, यह कहानी एक ऐसे लडके की है, जो एक छोटे से कस्बे (फेब टाउन) में अपने मम्मी-पापा के साथ रह रहा था | वह अपने घर से थोड़ी दूर स्थित, एक स्कूल में पढाई कर रहा था | उसी की क्लास में एक और लड़का था, जो उसका बेस्ट फ्रेंड था | दोनों स्कूल में हमेशा एक साथ रहते थे | दोनों अच्छे दोस्त थे | क्लास टेंथ के

बाद दोनों अपने होम टाउन (फेब) को छोड़ कर शहर में (इलाहाबाद) इंजीनियरिंग एंट्रेन्स एग्जाम की तैयारी के लिए पहुँचे | अब भले ही, वे होम टाउन में रहे थे, लेकिन थे तो गाँव से ही जुड़े हुए | दोनों अपने देशी स्टाइल में ही रहते थे |

मैं (लेखक), अत्सर से मनाली से वापस आते समय एक ट्रेन में मिला था | हम दोनों ही दिल्ली विश्वविद्यालय के छात्र रह चुके हैं और हमारे लिए एक अच्छी खबर थी की हम दोनों ही इलाहाबाद के थे | हम लोग मनाली ट्रिप पर गए हुए थे | मेरे साथ मेरे कुछ कालेज के दोस्त भी थे | अत्सर भी अपने एक स्कूल फ्रेंड के साथ आया था | उसका दोस्त (तर्पण) दिल्ली टेक्निकल यूनिवर्सिटी का स्टूडेंट था | हम दोनों (लेखक और अत्सर) का ग्रेजुएशन तो क्लियर हो गया था, क्योंकि हम लोग बी.एस.सी. के स्टूडेंट थे और तर्पण इंजीनियरिंग का स्टूडेंट था | उसे एक साल के लिए अभी और कालेज में रहना था |

वापस आते समय ट्रेन में तर्पण ने मुझसे, मेरे फ्यूचर प्लानिंग के बारे में पूछा | फ्यूचर प्लानिंग से मतलब की, मैं अब ग्रेजुएशन के बाद क्या करना चाहता था? इस प्रश्न का मेरे पास कोई जवाब नहीं था | मैंने अपने फ्यूचर के बारे में कुछ नहीं सोचा था | यह तो आप मेरी किस्मत ही मान लो, जो मुझे दिल्ली विश्वविद्यालय में ले आई | अन्यथा मैं तो अपने होम सिटी में ही रहने वाला एक निष्क्रिय स्टूडेंट था | जब उसने मेरे फ्यूचर के बारे में जानना चाहा, तब मेरा जवाब था...... "मैं एक लेखक बनना चाहता हूँ" | जैसा की मैंने पहले ही अपने बारे में बताया की मैंने अपने फ्यूचर के बारे में कुछ नहीं सोचा था | यह मेरे मुंह से अचानक निकली हुई बात थी | लेकिन गलती से ही सही, कम से कम मैंने अपने फ्यूचर के बारे में कुछ बोला तो सही.... | इसके बाद मैंने भी, उन दोनों से वही प्रश्न किया | तर्पण ने कहा की वह एक अच्छा इंजीनियर बनना चाहता है | वहीं अत्सर ने कहा की उसे एक बड़ा व्यापारी बनना है | हमारे बीच बातों का सिलसिला, इलाहाबाद रेलवे स्टेशन तक चलता रहा | कभी फ्यूचर प्लानिंग को लेकर बाते होती तो कभी राजनीति को लेकर | बीच-बीच में हम लोग, अपनी पुरानी बातों को लेकर, आपस में एक दूसरे का मजाक भी उड़ा लिया करते थे |

एक महीने बाद ही फिर से हमारी मुलाकात हुई | मैं अपने एक स्कूल फ्रेंड के साथ इलाहाबाद के "परिवार" मॉल में गया था | वैसे भी छठे सेमेस्टर का एग्जाम होने के बाद, मेरे पास अब कोई काम नहीं था | इसलिए, मैं अब अपना खाली समय ऐसे ही घूम-टहल कर व्यतीत कर रहा था | तब उस समय तर्पण ने मेरे से पूछा की मैंने अपने लेखक बनने के सपने को पूरा करने के लिए कुछ लिखा है की नहीं? तब मैंने उससे कहा था की अभी नहीं...... अभी कोई अच्छी स्टोरी नहीं मिली है |

मैं करता भी क्या, मुझे भी तो अपनी बात को सही साबित करना था | तब तर्पण ने कहा था की चलो कोई नहीं तुम परेशान ना हो, तुम्हारे लिए मेरे पास एक अच्छी सी स्टोरी है | आज तो नहीं, लेकिन खाली समय में मैं तुम्हें खुद कांटैक्ट करूँगा | उस समय उसने मेरा फ़ोन नंबर ले लिया था | लेकिन मैं भी कम नहीं था | मैंने भी उससे पीछा छुड़ाने के लिए, उसे गलत नंबर बता दिया था | लेकिन मुझे क्या पता था की इसके दो महीने बाद, हम फिर से मिलेंगे |

इस बार, मैं उससे इलाहाबाद के "चन्द्र शेखर आजाद पार्क" में मिला | मैं शाम को अपने दोस्तों के साथ घूमने के लिए गया हुआ था | वहीं पर एक बार फिर से हम दोनों का आमना-सामना हुआ | लेकिन इस बार तर्पण अकेला था | उसने मेरे से कहा की मैंने तुम्हें कांटैक्ट करने की बहुत कोशिश किया | लेकिन हर बार तुम्हारा नंबर बंद आया |

अब मेरे पास कोई ऑप्शन नहीं था | इसलिए, मैंने उसे सारी बात बता दी कि मैंने उससे झूठ कहा था | दरअसल, मैंने अपने फ्यूचर के बारे में ऐसा कुछ नहीं सोचा था | तब तर्पण ने मुझसे कहा की मैं जनता हूँ, मैं तुम्हारी बात उसी समय समझ गया था की तुमने ऐसे ही फ्लो-फ्लो में लेखक बनने की बात बोल दिया था | क्योंकि तुमने रुकते हुए मेरे प्रश्न का जवाब दिया था | लेकिन तुम्हारे मुंह से निकली हुई बात सही भी हो सकती है, अगर तुम चाहो तो | मुझे ऐसा लगता है की तुम एक अच्छे लेखक बन सकते हो | मैंने उसी समय सोच लिया था की अब तो मैं तुम्हें लेखक बना कर ही रहूँगा

और मैं हर रोज सोचता था की मैं तुमसे दोबारा मिल पाऊँ और देखो! मेरी इच्छा पूरी भी हुई |

उस दिन तर्पण की सारी बात सुनने के बाद, मैं खुद एक पल के लिए अपने आप को लेखक समझ बैठा और जोश-जोश में मैंने उससे यह वादा किया की मैं अब जिंदगी में कुछ करूँ या ना करूँ, गलत ही सही, लेकिन एक बुक जरूर लिखूँगा और उस बुक में वही स्टोरी होगी, जो वह मुझे सुनाएगा |

उस दिन मैंने खुद तर्पण से उसका दिल्ली का एड्रेस लिया और मैंने ऐसा इसलिए किया क्योंकि शायद, अब तर्पण की मुझसे मुलाकात जल्दी ना होती | वह इस बार पाँच दिन के लिए ही इलाहाबाद आया था | हमारे मिलने के अगले दिन ही, उसे वापस "दिल्ली" जाना था |

अगले दिन तर्पण दिल्ली चला गया | अब मेरे पास दो महीने का समय था, उसके द्वारा दिए गए सुअवसर के बारे में सोचने के लिए | यह मेरे लिए थोडा मुश्किल जरूर था, लेकिन इतना भी मुश्किल नहीं था की मैं इसे पूरा ना कर सकता | अब तो मेरे मन में भी लेखक बनने के लड्डू फूटने लगे थे | वैसे भी तर्पण ने मुझे इतना ज्यादा चढ़ा दिया था की मेरा दिन में भी लेखक बनने के लिए, सपने देखना लाजमी था |

तर्पण द्वारा दिए गए समय के अनुसार दो महीने कब बीत गए, कुछ पता ही नहीं चला | मैंने सोचा था की तर्पण अब दोबारा मुझे कांटैक्ट नहीं करेगा | लेकिन उसे इतना इग्नोर करने के बाद भी उसने मुझे फिर से कांटैक्ट किया | मैं सोच ही रहा था की उसे कब कॉल करूँ, तब तक उसने ही मुझे फोन-कॉल कर दिया | अब तो मेरे अन्दर और उत्साह आ गया की अब तो मुझे लेखक बनकर ही दिखाना है | मैंने सोचा था की मैं खुद दिल्ली जाऊँगा और उससे पूरी कहानी सुनकर बुक पूरी करूँगा | लेकिन तर्पण ने मेरा काम आसान कर दिया | उसे सेमेस्टर ब्रेक के लिए पंद्रह दिन की छुट्टी मिली थी | इसलिए वह खुद इलाहाबाद आ रहा था | उसके आने की खबर सुनकर, मैं मन ही मन बहुत ख़ुश हुआ | वैसे भी अब मैं दिल्ली फिर से जाना भी नहीं चाहता था क्योंकि जिस तरह से मैंने वहाँ अपनी लाइफ के तीन साल बोरिंग बनाए थे, उस हिसाब से मेरे

अन्दर अब बिल्कुल हिम्मत नहीं थी की मैं फिर से दिल्ली जा सकता | इलाहाबाद पहुँचते ही, दूसरे दिन तर्पण ने मुझे चंद्रशेखर आजाद पार्क में बुलाया | मैंने एक छोटी सी डायरी ली और अपने गन्तव्य स्थान पर पहुँच गया |

पार्क में पहुँच कर, हम दोनों ने एक दूसरे को गले लगाया | वैसे तो, मैंने हाथ मिलाने के लिए अपना हाथ बढाया था, लेकिन तर्पण ने कहा की हाथ ना मिलाओ...... गले लगो | उसने कहा की इससे दो इंसानों के बीच प्यार बढता है और इंसानियत क़ायम रहती है | इतना सुनते ही, मेरे दिमाग में एक खुराफात सूझा और मैंने उससे बोल ही दिया...... ऐसा क्या?..... यार! फिर तो आज से, मैं रास्ते में मिलने वाली हर लड़की को गले लगाऊंगा और बोलूँगा... 'चिंता ना करो प्रियह, इससे दो इंसानों के बीच इंसानियत बढ़ती है' | ......हहहाहहहहाहा.... |

हम लोग एक पेड़ के नीचे लगे बेंच पर बैठ गए | तर्पण ने मुझसे एक बार फिर से पूछा की मैं सच में यह काम कर पाऊँगा की नहीं? उसने कहा- कहीं तुम मुझ पर उपकार करने की कोशिश तो नहीं कर रहे हो? मैंने उससे कहा- अरे! नहीं - भाई..... ऐसी कोई बात नहीं है | पहले मैंने तुमसे पीछा छुड़ाने के कई प्रयास किए थे | लेकिन मैं अब खुद तुम्हारी स्टोरी को अपनी कलम से, अपनी इस डायरी में उतारना चाहता हूँ | यह मेरे लिए एक सुनहरा अवसर है | अगर मैं इस मौके को छोड़ता हूँ, तो मुझे जिन्दगी भर पछतावा होगा |

तर्पण ने कहा- चलो ठीक है, अब अगर ऐसी बात है, तो फिर तुम इस काम के लिए परफेक्ट हो | वैसे भी पूरे मन से किया गया काम जरूर सफल होता है |

इसी के साथ, आइयह! हम लोग कुछ नटखट लाइनों का आनंद लेते हैं, जिन्हें अत्सर बचपन में बारिश होने पर अपने दोस्तों के साथ गाया करता था |

“पानी रिमझिम-रिमझिम आया है,
सुहाना मौसम लाया है |
गोल गुबारे उठ रहे हैं, पत्ते गुदगुदी कर रहे हैं |
पतंगे डर कर भागे हैं, कितने यह सब अभागे हैं |
गीत सुहाना लगता है,
जब मौसम रिमझिम-रिमझिम करता है |
लल्लू जी की दुकान खुली है, कल्लू मल्लू सब बैठे हैं,
कहीं बादल ना फट जाए, नल्लू मटल्लू ना कट जाएँ,
डर के मारे सब चडके हैं |
पानी रिमझिम-रिमझिम बरसे है.....
कल्लू मल्लू सब तड़के हैं......”

अध्याय २

नए स्कूल में दाखिला

मैं (तर्पण) सबसे पहले अत्सर की कहानी शुरू करता हूँ|

(गाँव की कहानी बताने के बाद) अत्सर जब क्लास फोर्थ में जाने वाला था, तब उसके पापा ने उसे गाँव से लाकर होम टाउन (फेब) में पाँचवीं कक्षा तक की एक प्राइवेट स्कूल में उसका दाखिला करवा दिया|

स्कूल का पहला दिन था| उसने क्लास में जाकर अपना बैग टेबुल पर रख दिया और अपने नए स्कूल का मुआयना करने निकल पड़ा| ग्राउंड में जाकर, वहाँ लगे एक पोल के सहारे खड़ा हो गया| काफी देर तक, वह वहाँ पर खेल रहे स्टूडेंट्स की एक्टिविटीज को देखता रहा| अचानक उसे एक गोरी सी कन्या के दर्शन हुए| उसके होठों के पास एक तिल, उसकी खूबसूरती को चार चाँद लगा रहा था| वह उसे काफी देर तक, लगातार देखता रहा| तभी अचानक, उसे ऐसा लगा जैसे कि वह उसी की तरफ आ रही हो| फिर थोड़ी देर में, उसके कानों में एक मीठी सी आवाज आई..... क्या नाम है, तुम्हारा? ....अत्सर...... | तुम्हारा......? ....अमृता.... | तुम मुझे इतना घूर क्यों रहे हो? मेरी मम्मी हर मंगलवार को मेरी नजर उतारती हैं..... जिससे मुझे किसी की नजर ना लगे | तुम्ही जैसो की वजह से, उन्हें यह कष्ट उठाना पड़ता है | ....(अत्सर) नजर है पड़ जाती है ....वैसे भी आकाश में कितने ढेर सारे तारे

उपस्थित हैं, लेकिन फिर भी लोग बाते तो चाँद की ही करते हैं और चाँद को तो कितने लोग देखते हैं, लेकिन उसे तो कभी किसी की नजर नहीं लगती |

कौन सी क्लास में हो?

.... (अत्सर) चौथी....... |

.... (अमृता) मैं भी |

वह, उसके साइड में जाकर खड़ी हो गई | थोड़ी देर खड़े रहने के बाद, उसने उसकी तरफ देखा........ यहाँ बहुत धूप है, क्लास में चलें?

(अत्सर) चलो....... |

क्लास में पहुँच कर अत्सर ने देखा, उसका बैग किसी ने उठाकर पीछे रख दिया था | दरअसल, वह कोई और नहीं 'अमृता' ही थी | गलती उसकी नहीं, अत्सर की ही थी | उसने ही दो की सीट पर, तीसरा बैग रख दिया था | जब उसने बताया, यह उसने किया है, तो अत्सर शांत पूर्वक पीछे की सीट पर जाकर बैठ गया | अमृता भी अपने जगह पर बैठ गई | थोड़ी देर बाद, वह उठकर उसके पास आई और बोली- तुम मेरे पास बैठना पसंद करोगे? ...... (अत्सर ने उसकी सीट की तरफ देखते हुए कहा) लेकिन तुम्हारे पास तो पहले से ही कोई और बैठा हुआ है |...... (अमृता ने मुस्कुराते हुए कहा) हाँ! यह भी है..... | (अत्सर ने रुकते हुए पूछा) तुम्ही मेरे पास क्यों नहीं आ जाती........? ......(जल्दी से) ठीक है | अमृता उसके पास जाकर बैठ गई | थोड़ी देर बाद, क्लास के बाकी स्टूडेंट भी आ गयह | कुछ तो पहले से ही बैठे हुए थे | सब बार-बार पीछे मुड़-मुड़ कर देख रहे थे और आपस में कुछ बातें कर रहे थे | अत्सर ने उससे इसके बारे में पूछा |

.... (अमृता ने जवाब दिया) मैं हमेशा से, आगे उसी सीट पर बैठती थी | इसलिए, इन्हें आश्चर्य हो रहा है की मैं आज पीछे कैसे बैठ गई | लेकिन कोई नहीं, यह जगह भी अच्छी है |

फिल हाल, यह सब तो ठीक था | काफी दिन बीत गए | वह दोनों साथ-साथ स्कूल जाते थे | लंच में अपना टिफिन शेयर करते थे | स्कूल से छूटने के बाद दोनों

साथ-साथ घर वापस जाते थे | अमृता का घर, अत्सर के घर के रास्ते में ही पड़ता था | स्कूल से वापस आने के बाद, अत्सर घर पर पूरे दिन खेलता रहता था | उसका सारा होमवर्क, अमृता जो पूरा करती थी और अत्सर की किस्मत भी इतनी अच्छी थी की वह हमेशा एग्जाम में, उसके पास ही बैठता था | वह हमेशा, अमृता की कॉपी करके पास हो जाता था |

पाँचवीं कक्षा तक तो ऐसा ही चलता रहा | अब पुराने स्कूल को छोड़ने का समय आया | क्योंकि उसके पापा ने अत्सर का एडमिशन एक दूसरे स्कूल में करवा रखा था | उसे पाँचवीं कक्षा से आगे की पढाई अब दूसरे स्कूल में करनी थी | गर्मी की छुट्टियाँ खत्म होने के बाद, नए स्कूल में पढ़ने के लिए जाना था | पुराने स्कूल का अंतिम दिन था | वे दोनों रोड पर खड़े थे | अमृता की माँ गेट पर खड़े होकर, उसका इंतजार कर रही थी | अत्सर ने उसका हाथ प्यार से पकड़ रखा था | अमृता ने अत्सर का हाथ छुड़ाते हुए कहा- अब जाओ, अब तो तुम नए स्कूल में जा रहे हो? अत्सर ने हाँ में जवाब दिया | उसने अत्सर के गाल पर एक किस करते हुए कहा- अब जाओ और मन लगाकर पढाई करो, क्योंकि वहाँ पर तुम्हारा होमवर्क करने वाला दूसरा कोई नहीं होगा | बदमास अत्सर ने भी बदले में, उसके गाल पर एक प्यारा सा किस किया और अपने घर वापस चला गया |

अब यह सब बातें सुनकर, हो सकता हो आपको लग रहा होगा की इतने छोटे बच्चे ऐसी हरकतें कैसे कर सकते हैं | तो यहाँ पर मैं आपको बताता चलूँ की आजकल छोटे बच्चे ही ऐसी छोटी हरकतें करते हैं, बड़ो के पास तो छोटी हरकतों के लिए समय ही नहीं रहा | बड़े तो आजकल बड़ी-बड़ी हरकतें करने लगे हैं | अरे भाई, आजकल स्मार्टफोन और इन्टरनेट का चलन जो है | अब मुझे लगता है, आगे की बात आपको खुद समझ में आ गई होगी........ |

अत्सर और अमृता के बीच की, यह सारी बातें, मुझे अमृता ने बताया था | उसकी और मेरी पहचान, अचानक एक बस में हुई थी | मैं उस समय दसवीं कक्षा में था | मैं इलाहाबाद से "फेब" टाउन के लिए जा रहा था | उसी समय, वह मेरे से बस में

मिली थी। वैसे भी अगर आप सफ़र में अकेले हों और आपके बगल में कोई खूबसूरत सी लड़की हो, तो मुझे नहीं लगता की कोई ऐसे मौके पर शांत रहना पसंद करेगा। ऐसे मौके पर आप जरूर, उस लड़की से बात करना चाहेंगे। मैंने भी, ऐसा ही किया था।

मैंने ऐसे ही, बात शुरू करने के लिए उससे पूछ लिया था की वह कहाँ जा रही है? जबकि मुझे पता था की उस बस में बैठे हुए सारे यात्री, 'फेब' ही जा रहे थे। इसीलिए तो, जब मैंने उससे उसके जाने का पता पूछा, तब पहले तो उसने सही जवाब दिया, फिर मुस्कुराते हुए कहा की वैसे मुझे लगता है, यह बहुत पुराना तरीका है, किसी लड़की से बात करने का.......... । बस फिर ऐसे ही धीरे-धीरे पूरी पहचान हुई। तब उसने मुझे सारी कहानी सुनाई, यह जानने के बाद की मैं अत्सर का सहपाठी था। वैसे मुझे तभी शक हो गया था, जब उसने अपना नाम बताया था। क्योंकि अत्सर, अकसर अमृता का जिक्र किया करता था।

अध्याय ३

पढ़ाकू के दीवाने-पन की शुरुआत

नए स्कूल (पाँचवीं कक्षा के बाद) में आने के बाद, अत्सर से मेरी मुलाकात हुई | धीरे-धीरे हम दोनों एक अच्छे दोस्त बन गयह | नए स्कूल में आकर अत्सर ने पढाई करना शुरू कर दिया | अब, वह एक अच्छा स्टूडेंट बन गया था | इस नए स्कूल में, उसने अपनी पढाई के अलावा कुछ नहीं सोचा | इस स्कूल में हम लोग टेंथ तक रहे |

टेंथ का एग्जाम देने के बाद, हम दोनों इंजीनियरिंग एंट्रेंस एग्जाम की तैयारी के लिए होमसिटी (इलाहाबाद) पहुँच गए और साथ ही साथ हमने आगे की पढाई के लिए "फेब" टाउन के ही एक स्कूल में अपना दाखिला करवा रखा था | पहले साल तो हमने ऐसे ही इधर-उधर की कोचिंग में दाखिला ले लिया था |

पहला साल तो ऐसे ही निकल गया | दूसरे साल हमने 'टैगोर टाउन' इलाके में स्थित एक अच्छी सी कोचिंग, 'तुंगशेर क्लासेज' में एडमिशन लिया | इस इंस्टिट्यूट का नाम 'तुंगशेर' इसलिए था, क्योंकि इसके संचालक 'छरछर प्रसाद तुंगशेर' जी थे |

इस कोचिंग में हर तरह के स्टूडेंट थे | कुछ पढ़ने वाले भी और कुछ ना पढ़ने वाले भी, जैसा की हर जगह होते हैं | यह कोई नई बात नहीं थी | वहाँ पर हमारी पहचान दो और लड़कों (रहमान और दीपक) से हुई | वह दोनों अच्छे स्टूडेंट की तरह ही थे | वे समय-समय पर पढाई भी कर लेते थे और अपना मनोरंजन भी कर लेते थे | पहले दिन हम चारों क्लास में जाकर, आगे की दो कतार छोड़कर तीसरी कतार की सीट पर

बैठ गए | ऐसा इसलिए, क्योंकि उन दोनों कतार में लड़कियाँ बैठती थी और यही वजह थी की हम चारों तीसरी कतार में बैठे हुए थे | हम लोग समय से कुछ पहले ही पहुँच गए थे | अब जैसे-जैसे क्लास का टाइम शुरू हुआ, कुछ बाल-कन्याओं ने क्लास में प्रवेश लेना शुरू किया | अब जैसे ही सारी लड़कियाँ क्लास में आकर बैठ गईं, हमारे दो नए साथियों में से एक ने अपना काम करना शुरू कर दिया | अरे! वही...... लड़कियों पर कमेन्ट करना....... |

हम चारों, क्लास में एक साथ बैठे हुए थे | रहमान (नया साथी) ने एक बात छेड़ दी....... यार! यह लड़कियाँ पिंक रंग ही क्यों पसंद करती हैं? ......अबे! क्या पूंछ रहा है, भाई ....यह भी कोई प्रश्न है? क्यूँ नहीं......अरे, यह तो अच्छा है, यहाँ के लोग (लड़कियाँ) बहुत लकी हैं कि उन्हें हमारे जैसे......... वह क्या कहते हैं? ....हाँ "स्पष्टवादी" बन्दे मिले हैं | वरना कुछ लोग तो आँखों ही आँखों से बहुत कुछ कर जाते हैं | उदाहरण के लिए, तुम फिल्मों में ही देख लो, हीरो ने हिरोइन को देखा और मन ही मन में फॅमिली प्लानिंग भी कर लिया |......... (अत्सर ने कहा) अरे ठीक है यार! यह सब तो फिल्मों की बाते हैं | यार! तुम लोग आपस में बहस क्यों कर रहे हो? हमें क्या लेना देना इन सब बातों से, यह सब तो दुनियादारी है | ......(दूसरा नया साथी) ओहोहोहोहो........ हाँ, यह 'बाबा श्री अत्सर महाराज हैं', जो सिर्फ दिल का यूज़ करते हैं | ....हाहाहाहाहाहा....... | (अत्सर ने कहा) अबे तुम लोग बहुत गंदे हो | यार! क्लास में बैठे हो, दूसरी जगहों पर नहीं तो कम से कम यहाँ तो शांत रहो | यहाँ तो ऐसी फालतू की बातें ना करो |

हम लोगों को क्लास में बैठे अभी दस मिनट हुए थे | ....अचानक सामने के गेट से एक लड़की (स्वास्ती) की एंट्री हुई | अत्सर ने देखते ही कहा ....यार! क्या लड़की है | तब रहमान (नया साथी) ने कहा अबे लड़की....... इसे देखकर तो कुत्ता भी भाव ना दे | अत्सर ने उसे फटकार लगाते हुए कहा.... अबे पहले अपने-आपको तो देख ले........ | किसी के बारे में ऐसा बोलने से पहले, एक बार सोच तो लिया कर | तुम्हें वह कैसी भी लगे, पर मेरे लिए बहुत अच्छी है | इंसान की सुन्दरता, उसके रंग-

रूप से नहीं, बल्कि उसके चरित्र से होती है |......... (बाकी सब ने एक साथ कहा) ओहोहोहोहो...... (दूसरे नए साथी ने) अबे कौन सा चरित्र....... और तुझे क्या पता की उसका चरित्र कैसा है? ....और फिर क्या करेगा चरित्र का? ....अचार डालेगा......? .... (अत्सर ने जल्दी से कहा) अच्छा ठीक है.... | अब ज्यादा बोलने की जरूरत नहीं है |

स्वास्ती आगे की सीट पर आकर बैठ गई | तब तक हमारे टीचर भी क्लास में आ गए |

थोड़ी देर बाद क्लास ख़त्म हुई | क्लास से बाहर आने के बाद, हमने यह देखा की वह अपने पापा जी के साथ आई हुई थी | उसके पापा जी बाहर उसका इंतजार कर रहे थे | यह सब देखने के बाद, अत्सर बहुत दुःखी हुआ | लेकिन, अब हम सब कर भी क्या सकते थे? यह सब तो नियती का रचा हुआ खेल है | ....वह तो अपने पापा के साथ वहाँ से चली गई | ......लेकिन उसके जाते ही अत्सर ने कहा- यार! मुझे ऐसा लग रहा है, जैसे वह मेरा कुछ लेकर चली गई है | हमारे एक नए साथी ने कहा- अरे! भाई, वह तुम्हारा दिल चुराकर ले गई | अब तुम एक वीराने जंगल की तरह हो | अब तुम बहुत बड़े दुखियारे हो........ वह क्या कहते हैं?......... हाँ..... 'अबला पुरुष'.... | (अत्सर ने मुस्कुराते हुए कहा) अबे चुपकर......... गधा, कुछ भी बोलता रहता है |

हम लोग थोड़ी दूर गए थे की तभी एक सेक्सी सी कन्या दिखी | उसने शॉर्ट्स पहन रखे थे | हमारे एक नए दोस्त ने कहा.......... यार! क्या माल है........ | देख इसे कहते हैं, मस्त मलाई........ | यार! मेरी तो जिह्वा ही कंट्रोल में नहीं आ रही...... | इतने में हमारे दूसरे नए दोस्त ने एक कमेन्ट पास किया – 'आलतू जलाल्तू, घर पर है क्या फालतू?' .... | उसने पीछे देखा और फिर "स्टुपिड बॉयज" ऐसा कहकर चली गई | इसके बाद हमारे नए दोस्त भी वहाँ से चले गए | वैसे भी, वह दोनों उस कोचिंग में एक दिन के ही मेहमान थे | वह दोनों ट्रायल क्लासेज के लिए आयह हुए थे | उन्हें वहाँ की पढाई अच्छी नहीं लगी |

इसके बाद, मैंने (तर्पण) अत्सर से उस एक्टिविटी के बारे में पूछा, जो उसने स्वास्ती के क्लास में आने पर किया था | अत्सर ने कहा, यार! उसने जैसे ही क्लास में प्रवेश किया, मुझे कुछ अलग सा फील हुआ .... जैसे की.... मैं किसी बगीचे में बैठा हूँ और वह मेरे सामने बैठी है | हम दोनों एक दूसरे की आँखों में आँखें डालकर देख रहे हैं और ठंडी-ठंडी सी हवा चल रही है |

वाह! क्या खयाली पुलाव हैं? (तर्पण)....

यार! मुझे पक्का यकीन है, वह एक अच्छी लड़की है |

...... (मैंने हँसते हुए कहा) अच्छा ठीक है......... होगी वह, तेरे लिए हूर की परी.......... | मुझे क्या करना इससे........ | चलो अब घर चलते हैं | वैसे भी मुझे बहुत जोर की लगी है....... (इतना कहते ही अत्सर ने अचानक मेरी तरफ देखा) ......(मैंने कहा) अरे, भूख यार!...... | अत्सर ने कहा, कोई बात नहीं अब भूख लगी हो या कुछ और ......उसके लिए सर तो फोड़ेंगे नहीं .... |

हम दोनों ने यह सारी बातें, कोचिंग से घर आते समय किया | दोनों अपनी-अपनी साइकिल के ऊपर बैठ कर, उसे धीरे-धीरे खींचने में लगे हुए थे |

मैं (तर्पण) और अत्सर एक साथ इलाहाबाद के 'राज विहार' इलाके में रहते थे और वह लोग 'गोविन्दपुर' इलाके से आते थे | इसलिए हमारे घर के रास्ते अलग थे |

अध्याय ४

नए साथी की एंट्री

दूसरे दिन, उन दोनों ने कोचिंग छोड़ दिया | उसी दिन, हमें उसी कोचिंग में एक और बंदा मिला | वह भी हमारे होम टाउन से ही था | वह भी बहुत फ्रैंक था | दूसरे दिन, जब हम लोग क्लास ख़त्म होने के बाद, बाहर पहुंचे तो देखा की वह लड़की (स्वास्ती), जिसे मेरे अत्सर भाई साहब ने अपने दिल में बसा रखा था, उस दिन अकेले ही आई हुई थी | यह अत्सर के लिए बहुत ख़ुशी की बात थी |

इंजीनियरिंग एंट्रेंस इग्जाम के लिए तीन सब्जेक्ट्स की तैयारी करना होता है, ऐसा सबको पता है और हम लोगों ने बेटर प्रिपरेशन के लिए, केमिस्ट्री सब्जेक्ट के लिए अलग से कोचिंग (चंगेर क्लासेज) ज्वाइन कर रखा था | इत्तिफाक से उसने भी यही काम कर रखा था, और तो और हमारे कोचिंग सेंटर भी एक ही थे | हमें पढ़ाने वाले टीचर भी एक ही थे | मैं, तर्पण और हमारा नया साथी (अंकुर), तीनों लोग एक कोचिंग (तुंगशेर) से निकल कर दूसरे क्लास (चंगेर क्लासेज) के लिए जा रहे थे | इत्तिफाक से, वह भी अपनी एक फ्रेंड के साथ जा रही थी | स्वास्ती कद में अपने फ्रेंड से छोटी थी | थोड़ी दूर जाने के बाद, वे दोनों रुके और आपस में कुछ बाते करने लगे | शायद! उसकी फ्रेंड किसी जरूरी काम से, आज अपने घर जाना चाहती थी | आज वह क्लास नहीं लेना चाहती थी और ऐसा ही था वह वहाँ से चली गई और स्वास्ती भी हमारी तरह दूसरे क्लास की ओर चल पड़ी | इस बीच जब वह दोनों आपस में बातें कर रही थी,

तब अत्सर, स्वास्ती को एक निगाह से देखे जा रहा था | क्योंकि उसका फेस हमारी तरफ था | जब तक उनकी बात ख़त्म होती, तब तक हम लोग उनसे आगे निकल गए थे और दूसरे कोचिंग (चंगेर क्लासेज) का गेट पार कर गए थे |

हम लोग अन्दर जाकर क्लास में बैठ गए | थोड़ी देर बाद, वह भी क्लास में आई | क्लास में बाकी सब स्टूडेंट्स आ चुके थे | अत्सर बार-बार उसी की ओर देखे जा रहा था | क्लास ख़त्म हो गई, लेकिन अत्सर की निगाह स्वास्ती की ओर से हटी नहीं | क्लास पूरी होने के बाद, मैंने बाहर आकर अत्सर से पूछा की वह क्लास में सामने ना देखकर, बार-बार स्वास्ती की ओर क्यों देख रहा था? अत्सर ने कहा- "कुछ नहीं यार बस ऐसे ही, वह मेरे गर्दन की नस खिंच गई थी ना, तो उसकी वजह से मैं ऐसा कर रहा था" | और तो और टीचर के क्लास से जाने के बाद भी, जब सारे स्टूडेंट्स क्लास से चले गए, तब मैं और अंकुर एक प्रश्न को साल्व करने में लगे थे और अत्सर सब देख रहा था, लेकिन फिर भी उसने हमें आगाह नहीं किया की सब क्लास से बाहर जा चुके हैं, अब हमें भी चलना चाहियह और उसकी वजह थी की स्वास्ती भी अभी क्लास में अपने एक फ्रेंड के साथ प्रॉब्लम साल्व कर रही थी |

यह तो अच्छा था की अंकुर ने ध्यान दिया और हमें क्लास से बाहर जाने के लिए कहा | अंकुर ने अत्सर को भी कहा, अत्सर अब रहने दो, बाकी कल के लिए छोड़ दो और अंकुर ने ऐसा इसलिए कहा क्योंकि वह अत्सर की सारी एक्टिविटीज को देख रहा था |

उस दिन अंकुर को बुक लेने के लिए "कटरा" जाना था | हम लोग अपनी-अपनी साइकिल लेने के लिए "तुंगशेर क्लासेज" के साइकिल स्टैंड की ओर चल दिए | दरअसल, दोनों कोचिंग पास में ही थे | दोनों कोचिंग एक दूसरे से लगभग 200 मीटर की दूरी पर स्थित थे | इसलिए हम लोग अपनी साइकल्स को पहली कोचिंग के स्टैंड में ही छोड़ देते थे | साइकिल लेने जाते समय थोड़ी देर तक शांत रहने के बाद, मैंने अत्सर से यूँ ही कहा.....

....लड़की (स्वास्ती) क्यूट है |

अत्सर ने हँसते हुए कहा.....

.....(सामने देखते हुए) जनता हूँ | (मेरी तरफ देखते हुए) मैंने भी देख रखा है |

तब तक हम लोग स्टैंड के पास पहुँच गए | दोनों ने अपनी-अपनी साइकल्स लिया और घर की ओर चल दिए | घर जाने के बाद अत्सर पूरी रात उसी के बारे में सोचता रहा | एक रात में ही उसने उसके बारे में ढेर सारे खयाली पुलाव पका लिए थे | मैं तो सोचता हूँ की शायद अत्सर ने बच्चों के बारे में भी सोच लिया था |

यह बात रात दस बजे के आस-पास की है | जब मैं और अत्सर सोने के लिए लेटे हुए थे | तब मैंने देखा था की अत्सर बार-बार करवटें ले रहा था | उसे नींद नहीं आ रही थी | मैंने उससे पूछा की वह बार-बार करवटें क्यों ले रहा है? उसने कहा की 'यार! पता नहीं क्यों, मैं उसके बारे में बार-बार सोच रहा हूँ' | वह बार-बार मेरे खयालों में आ रही है |

मैंने उससे कहा - सोचना बंद करो और सो जाओ, कल फिर कोचिंग जाना है | तब अत्सर ने कहा....

.....हाँ, सही कह रहे हो |

(मेरी तरफ देखते हुए) यार! मैंने पता नहीं क्या-क्या, उसके बारे में सोच लिया | आज के बाद, मैं उसके बारे में कभी ऐसा नहीं सोचूंगा | उसने मेरे से कहा- यार! पता नहीं क्या हो गया है, मुझे?

मैंने उससे हंसते हुए कहा- मुझे लगता है की तुम्हें प्रेम रोग हो गया है | इस बात पर अत्सर भी हँसने लगा | फिर उसने कहा- यार! तुम सही कह रहे हो | (सोचते हुए) मुझे लगता है, मुझे स्वास्ती से प्यार हो गया है | मैंने कहा- हाँ! सही पकडे हो....... अब अगर, तुम उससे सच्चा प्यार करते हो तो, दोबारा उसके बारे में खयाली पुलाव नहीं पकाओगे | उसने कहा- हाँ! सही कह रहे हो | चलो ठीक है, आज के बाद मैं उसके बारे में ज्यादा कुछ नहीं सोचूंगा | चलो अब सो जाते हैं | वैसे भी, बहुत देर हो गई है, कल कोचिंग भी जाना है |

इतना कहकर, वह आँख बंद करके लेट गया | मैं भी सो गया, आखिरकार मुझे भी तो उसके साथ ही यात्रा पूरी करनी थी | मुझे पता था की वह उसके बारे में सोचना बंद नहीं करेगा, भले ही वह ऐसा कह रहा है की वह अब उसके बारे में नहीं सोचेगा | उसने अब उसे दिमाग में नहीं दिल में बसा रखा था और जब इनसान अपने दिल की सुनना शुरू कर देता है तो उसका दिमाग भी काम करना बंद कर देता है, खासकर ऐसे मामलों में....... मेरा मतलब, किसी लड़की के मामले में..... और ऐसा केवल लड़कों के साथ ही नहीं होता, बल्कि लड़कियों के साथ भी ऐसा ही होता है | यह एक साथ दो नाव में पैर रखने के बराबर ही होता है | अब आप अगर पढाई के साथ ऐसा करोगे तो वह दो नाव में पैर रखने के बराबर ही होगा ना और सबको पता है की ऐसी स्थिति में डूबना निश्चित है |

दूसरे दिन अत्सर ने उसकी ओर एक बार भी नहीं देखा क्योंकि उसे उस स्वास्ती रुपी लड़की से नहीं, उसके अन्दर बसी हुई, उस आत्मा से प्यार था, जिसे आज तक ना किसी ने मिटा पाया है और ना ही मिटा पायहगा | अरे मेरा मतलब प्यार से है | प्यार एक ऐसा एहसास है, जो इंसान ही नहीं संसार में उपस्थित हर जीव को खूबसूरत बनाता है और मेरा यह मानना है की प्यार हर जीव को लाइफ के किसी ना किसी स्टेज में जरूर होता है | एक बात और प्यार कोई फिजिकल एक्टिविटी नहीं है, प्यार का ना कोई रंग है ना ही कोई रूप है | प्यार अविरल है, जो एहसास रुपी दरिया में निरंतर बहता रहता है | वैसे तो प्यार की कोई डेफिनिशन नहीं है | लेकिन अगर आप उसे परिभाषित ही करना चाहते हो तो कोई नहीं, आप उसे 'समय' की तरह मान लो |

खैर, यह सब तो कहने की ही बाते हैं, कोई ऐसा करता तो है नहीं | लेकिन मेरा प्यार ऐसा ही है और हमेशा ऐसा ही रहेगा | अरे भाई ऐसा मैं नहीं कह रहा, बल्कि यह सब अत्सर भाई साहब का कहना था |

अब प्यार ऐसा होता है, यह बात मुझे अच्छी तरह से मालूम है, लेकिन हूँ तो मैं भी एक इंसान ही और मेरे अन्दर भी बाकी लोगों की तरह ही फीलिंग्स हैं और मुझे भी तो समाज में रहना है | क्योंकि हम सब बचपन से पड़ते आ रहे हैं की मनुष्य एक

सामाजिक प्राणी है | इसलिए मुझे भी लोगों की तरह एक्टिविटीज करनी पड़ती हैं | अब वह एक्टिविटीज चाहे खुद को खुश रखने के लिए हों या फिर दिखाने के लिए | अब जब मेरे बाकी के दो साथी खुद को हँसाने के लिए कोई एक्टिविटीज कर रहे हो तो साइड में खड़ा दूसरा इंसान कैसे शांत रह सकता है | इसलिए जब तुम दोनों कोई कारनामे करते हो तो मैं भी थोडा शिरकत कर लेता हूँ | उदाहरण के लिए- मान लो किसी लड़की को देख कर, उस पर कमेंट करना हो | अरे भाई यह सब भी अत्सर के मुहँ से ही निकले हुए सुवचन हैं |

अध्याय ५

तीन छिपकलियों का आगमन

चलो ठीक है यहाँ तक तो ठीक था | अभी तक तो केवल अत्सर की लाइफ में ही, थोड़ी बहुत रोमांचक बाते थी | लेकिन आगे हम तीनों (अत्सर, अंकुर और तर्पण) की लाइफ ने एक अलग मोड़ लिया |

दरअसल, अब आगे की कहानी की शुरुआत तब होती है, जब एक दिन हम लोग रविवार के दिन इकट्ठा हुए और हम लोग अंकुर के घर के छत पर घूम रहे थे | अंकुर भी हमारी गली में रहता था | बस फर्क था तो इस बात का की उसका घर हमारे घर से थोडा दूर था | हम लोग उसके छत पर घूम रहे थे की अचानक तीन लड़कियाँ दिखी और वह तीनों अंकुर की पड़ोसी थीं और इत्तिफाक से वह भी तीन थी और हम लोग भी तीन थे | और तो और, मजे की बात यह थी की वह तीनों भी हमें फुल लाइन दे रही थीं |

अब हमारे सामने यह सवाल उभर के आया की कौन किसकी है? मैंने और अंकुर ने अपने पसंद की सेलेक्ट करना शुरू किया | अत्सर तो वैसे भी उनमें से किसी में रुचि नहीं रखता था | क्योंकि उसे तो कोचिंग में ही एक पसंद आ गई थी | लेकिन फिर भी कुछ भी हो, अत्सर भले ही किसी को ना पसंद करे, कोई और तो उसे पसंद कर ही सकता है | हमने तो अपने तरीके से सेलेक्ट कर लिया | सबसे पहले अंकुर ने जो सबसे

सुन्दर थी, उसे पसंद किया | मैंने भी एक को पसंद किया | लेकिन अब हमारे पसंद करने से क्या होता है |

हम लोग काफी देर से आपस में लगे हुए थे | अत्सर ने कहा- क्या लड़कियाँ कोई बाजार में बिकने वाली चीज हैं? जो तुम लोग उन्हें इस तरह से पसंद और ना पसंद कर रहे हो | अब अत्सर की यह बात सही भी थी | लेकिन इसमें हमारी क्या गलती थी, हम लोग तो वही कर रहे थे, जो अब तक होता आ रहा था | अब तक तो लोग लड़कियों के साथ इसी तरह का व्यवहार करते आ रहे थे | पता नहीं लोग ऐसा क्यों करते हैं? अब यही आदत हमारी भी थी | क्योंकि बचपन से हम लोग यही तो देखते आ रहे थे |

खैर यह सब छोड़ियह, यह सब तो दिल को दिलासा देने वाली बाते हैं | हमें समाज में फैली बुराइयों को दूर करना चाहिए, उन्हें अपनाने के बजाय |

वह दिन तो ऐसे ही निकल गया, क्योंकि वैसे भी हम लोग शाम को कोचिंग से वापस आने के बाद पढ़ाई करते थे | उसके बाद छत पर थोडा मूँड़ फ्रेश करने के लियह पहुँच जाते थे | उस दिन हम लोग अपने घर के छत पर ना जाकर अंकुर के घर जाने का फैसला किया था | वैसे भी देखा जायह तो वह दिन हमारे लिए लकी था | उस दिन काफी देर तक छत पर रहने के बाद, हम लोग नीचे उतरे | उसके बाद, मैं और अत्सर अपने ठिकाने पर वापस आ गए |

वापस आकर हम लोगों ने अपने लिए खाने-पीने का इंतजाम किया | रात्रि का भोजन करने के बाद, हम दोनों ने थोड़ी देर तक आराम किया और फिर से हम दोनों अपने-अपने काम पर लग गए | .... अरे वही पुराना धंधा..... पढाई लिखाई करना |

दूसरे दिन सुबह होते ही हम लोग कोचिंग के लिए तैयार होने लगे | आज अत्सर के चेहरे पर मैंने एक अजीब सी ख़ुशी देखा | वह इतनी जल्दी-जल्दी तैयार हो रहा था, मानो आज उसके लाइफ का सबसे खास दिन हो | कोचिंग पहुँचने के बाद मैं, अत्सर की हरकतों को ही देखता रहा | वह बार-बार गेट की ओर देखता और फिर थोड़ा सा निराश हो जाता | थोड़ी देर बाद अंकुर भी आ गया | हम लोग वहाँ थोडा पहले ही

पहुँच गए थे | क्योंकि अत्सर बार-बार मेरे से यही कहता की जल्दी चलो नहीं तो हम लोग देर से पहुँचेंगे | मैंने भी घड़ी नहीं देखा और अंकुर ने भी तो नहीं बताया की हम लोग पहले जा रहे हैं, जब हम लोग उसके घर गए और उसे आवाज दिया | तब तो उसने सिर्फ इतना कह दिया की तुम लोग चलो, मैं आज थोड़ी देर में आ रहा हूँ | इसलिए हम लोग चले गए | वहाँ पहुंचने के बाद पता चला की हम लोग समय से पहले ही पहुँच गयह थे |

अब जब भी बाहर से पैरो की आवाज आती, अत्सर बाहर की ओर देखता | लेकिन हर बार उसे निराशा ही हासिल होती थी | उसकी यह हालत, मेरे से देखी नहीं गई और मैंने अंततः पूछ ही लिया.....

.....क्या हुआ अत्सर भाई?

अत्सर ने थोड़े मन से जवाब दे दिया.....

.....कुछ नहीं भाई |

हमें क्लास में बैठे आधे घंटे हो गए थे | क्लास के सारे स्टूडेंट आ चुके थे | लेकिन अत्सर की निगाहें अभी भी गेट की तरफ ही थीं | उन्हें तो सिर्फ स्वास्ती के आने का इंतजार था | थोड़ी देर बाद हमारे टीचर ने भी क्लास में एंट्री ले ली | लेकिन स्वास्ती अभी भी क्लास में नहीं आई थी, वह आज आने वाली भी नहीं थी और ऐसा ही हुआ | क्लास में पूरे टाइम अत्सर क्लास के बाहर ही बार-बार देखता रहा | टीचर भी उसकी इन हरकतों को देख रखा था | आखिरकार उन्होंने टोक ही दिया |

....क्या बात है, अत्सर?

तुम बार-बार गेट की तरफ क्यों देख रहे हो?

.....किसी का इंतजार है, क्या? और तुमने आज किसी भी प्रश्न का जवाब भी नहीं दिया |

अत्सर ने कहा.....

......कुछ नहीं सर बस ऐसे ही....... |

वह पहले दिन ही टीचर की निगाह में आ गया था | क्योंकि वह जब भी कोई प्रॉब्लम सॉल्व करने के लिए देते, अत्सर सबसे पहले उसे सॉल्व करके उसका उत्तर दे देता था |

क्लास पूरी होने के बाद पहले की ही तरह हम लोग दूसरी कोचिंग के लियह गए | वहाँ भी अत्सर का वही हाल था | दूसरी क्लास भी पूरी होने के बाद हम लोगों ने अपनी-अपनी साइकिल ली और घर के लियह निकल पड़े | मैं और अंकुर पूरे रास्ते में, जो क्लास में पढ़ाया गया था, उसके बारे में बातें करते रहे | लेकिन अत्सर शांत ही रहा | घर वापस आने के बाद जब मैंने उससे यह कहा की, यार कोई नहीं वह कल फिर वापस आ जाएगी | कल कोचिंग तो हम लोग जाएंगे ही........ ऐसा तो नहीं की अब वह लाइफ टाइम के लिए कोचिंग आएगी ही नहीं | तब जाकर उसके चेहरे पर थोड़ी मुस्कान वापस आई | अब मेरे से वह पहले की तरह ही बात करने लगा | ऐसा उसने मेरी बातों से प्रभावित होकर नहीं किया था | बल्कि उसने ऐसा इसलिए किया क्योंकि वह नहीं चाहता था, की मैं बोरिंग फील करूँ | अब आज तो उसका मन पढ़ने में लगा नहीं इसलिए उसने आज मुझे ही अपना टीचर बनाया और कोचिंग में जो कुछ भी पढ़ाया गया था, वह सब मेरे से समझने की कोशिश में लग गया | उसने समझने की कोशिश तो की, लेकिन उसका मन खुश नहीं था इसलिए वह अपने-आपको उतना ज्यादा एकाग्र नहीं कर पाया | लेकिन कोई नहीं, उसने समझने की पूरी कोशिश की और काफी हद तक सफल भी रहा | उसके बाद मैंने उसका मन स्वास्ती के पास से हटाने के लिए उसे कुछ वीडियो गेम में उलझायह रखा | फिर थोड़ी देर बाद हम लोगों ने अपने खाने-पीने का इंतजाम किया | अब खाना तो पकाना ही था क्योंकि हम लोग मम्मी-पापा के पास तो थे नहीं, की वह हमें खाना पकाकर खिलायें | इसलिए हमें ऐसा करना पड़ता था | वैसे भी बहुत दिन से हम लोग सुनते आ रहे हैं की मजबूरी का नाम ही है "महात्मा गाँधी" | कुल मिलाकर हमारी लाइफ वैसे ही थी, जैसे पहले स्टूडेंट जंगलों में जाकर शिक्षा प्राप्त करते थे | फर्क बस इतना था की पहले स्टूडेंट जंगल में जाकर अपने गुरुदेव से शिक्षा प्राप्त करते थे | हम लोग अपने घर से दूर एक शहर में

शिक्षा ग्रहण कर रहे थे | पहले स्टूडेंट गाँव-गाँव जाकर खाने का इंतजाम करते थे, लेकिन हमें खाने-पीने के लिए घर से ही मिल जाता था | बस इतना था की हमें महीने के अंतिम में घर जाकर पूरे महीने भर के लिए राशन लाना पड़ता था | यूँ मान लो हम एक 'अर्ध-गृहस्थ' लाइफ जी रहे थे | खाना-खाने के बाद हमने थोड़ी देर आराम किया और फिर अपनी-अपनी बुक लेकर पढ़ने बैठ गए |

....अरे हाँ यह तो बताना ही भूल गया की हम लोगों ने खाने में क्या पकाया था?

अब हमारे पास इतना टाइम तो था नहीं की हम लोग पकवान बनाकर खाएं | इसलिए हमारे पास एक साधारण और टिकाऊ खाना पकाने का ऑप्शन था और वह है- "देशी पुलाव" | जिसे कहीं "तहरी" तो कहीं "नमकीन भात", जैसे अलग-अलग नाम से जाना जाता है | कुछ लोग इसे "पीली पुलाव" के नाम से भी जानते हैं | दरअसल इंडिया ऐसा देश है ही, यहाँ हर तरह के लोग अपने-अपने अंदाज में अपनी-अपनी लाइफ का आनंद उठा रहे हैं | देखा जायह तो इंडिया, दुनिया के लगभग सारे देशों के रीति-रिवाजों का संगम है | यहाँ के लोग अपने-अपने छेत्र के रीति-रिवाजों का अनुसरण तो करते ही हैं और बाकी देश के कल्चर को भी नहीं छोड़ते, अब भले ही ऐसा वह अपने किसी रिश्तेदार या सगे-सम्बन्धी को नीचा दिखाने या फिर शो-ऑफ़ के लिए कर रहे हों |

अब अगर पटेल जी ने अपने बेटे को पढ़ने के लिए दिल्ली यूनिवर्सिटी में भेजा है, तो पांडेय जी अपने बेटे को इंजीनियरिंग के लिए नोएडा जरूर भेजेंगे | वहीं दूसरी तरफ श्रीवास्तव अपनी बेटी को बिना डॉक्टर बनायह कैसे रहेंगे? आखिरकार उनकी भी तो अपनी अलग पहचान है, अब भले ही पांडेय जी का लौंडा बिज़नेस मैंन और श्रीवास्तव जी की छोरी आईपीएस बनना चाहती हो | उन्हें अपने बच्चों के पसंद से क्या लेना देना |

खैर यह सब तो समाज की बाते हैं, हमें क्या लेना-देना इन सब बातों से, चलिए हम लोग अपनी कहानी को आगे बढ़ाते हैं |

थोड़ी देर पढाई करने के बाद हमारे घूमने का समय आ गया और हम लोग पहले की तरह ही फिर अंकुर के घर के छत पर पहुँच गए। अब मैं और अंकुर तो लड़कियों के आने का इंतज़ार करने लगे। लेकिन अत्सर भाई साहब छत के एक कोने में कुर्सी लगाकर बैठ गयह। अब हमें तो लड़कियों के आने का इंतजार था। इसलिए हम लोग फिर से लड़कियों के सिलेक्शन में लग गए। तीनों लड़कियों में रिया सबसे सुंदर और सुडौल थी। बाकी दो भी अच्छी थीं, लेकिन उसकी बात ही कुछ अलग थी। अंकुर ने कहा, अगर रिया ने हम दोनों में से किसी एक को पसंद किया तो हम लोग क्या करेंगे? मैंने कहा- करेंगे क्या .....? अब यह तो उसकी मर्जी है, वह जिसको पसंद करें वही उसका होगा। (मैंने रुकते हुए कहा) लेकिन एक मिनट, तुम हम दोनों में से क्यों कह रहे हो? अत्सर भी तो है। अंकुर ने कहा – अरे! अत्सर की बात तो अलग है। उसे जो लड़की पसंद कर ले उसकी तरफ तो हम लोग आँख उठाकर भी नहीं देख सकते। (तर्पण) वैसे तुमने सही कहा, अगर वह हम दोनों में से किसी एक को पसंद करती है, तो उससे बेवकूफ लड़की इस दुनिया में कोई नहीं है। हम दोनों के बीच यह वार्तालाप कुल मिलाकर तीन मिनट तक चला। हम लोग छत के ऊपर लगभग दो फिट ऊपर उठी दीवार पर बैठे हुए थे। अचानक पड़ोस के घर से चहचहाती हुई लड़कियों की आवाज सुनाई दी....... । आखिरकार हमारी मंजिल हमें मिलती हुई दिखाई देने लगी और ऐसा ही था। वह तीनों कन्याएँ छत पर आ चुकी थीं और हमारा सोचना सही भी था की रिया, अत्सर को पसंद करें तो अच्छा होगा। उसने आते ही सबसे पहले हमारी तरफ प्यार भरी निगाह से देखा, लेकिन थोड़े ही समय में वह प्यार भरी निगाहें निराश भी हो गईं। क्योंकि उसे उसके आँखों का नूर नहीं दिखा। जैसे ही उन आँखों ने छत के कोने में देखा तो उन आँखों में फिर से नूर छा गया। ऐसा नजारा देख हमें ख़ुशी तो हुई लेकिन दूसरी तरफ हमें थोड़ी सी निराशा भी हुई। क्योंकि अत्सर इन सब से इतर, अपने सपनों की रानी स्वास्ती के यादों में खोया हुआ था। लेकिन कोई नहीं हमें इस बात की ख़ुशी थी की रिया उसे पसंद करती थी। अब अगर अपनी बात करें तो हमें थोडा सा दुःख जरूर था की उसने हमें घास भी नहीं डाला था। वह तीनों भी अपने

छत के दूसरे किनारे के दीवार पर जाकर बैठ गईं | रिया को छोड़ कर बाकी दो आपस में कुछ बातें करतीं और फिर हमारी तरफ देखकर मुसकुरातीं | रिया भी उनकी बातों को सुनती और उनके कुछ कहने पर थोडा सा मुसकुरा देती थी | उन तीनों में रिया जितनी खूबसूरत थी, उतनी ही सुशील भी थी। वह अत्सर के लिए बिल्कुल परफेक्ट थी | यूँ मान लो, उनकी जोड़ी राधा-कृष्ण की थी | फर्क इतना था की इस मामले में केवल रिया ही आगे थी | ऐसा नहीं था की अत्सर को रिया पसंद नहीं थी | वह भी उसे पसंद करता था, लेकिन पसंद करने से क्या होता है | उसके दिल में तो किसी और ने पहले से ही जगह बना लिया था | थोड़ी देर बाद रिया हमारे पास आई और अत्सर के इस अकेले पन के बारे में पूछा | उसके साथ वह दोनों भी आ गईं | हमने उसे, स्वास्ती और अत्सर के बारे में बताया | जैसे ही हमने अपनी बात को खत्म किया, अर्पिता ने कहा- क्या वह बहुत सुन्दर है? अंकुर ने कहा - नहीं...... | प्रिया ने सरप्राइज भरी आवाज में कहा – यार! ऐसा कैसे हो सकता है? केवल देखने से ही कोई इतना किसी से प्यार कैसे कर सकता है की वह हमेशा उसके खयालों में ही डूबा रहे और वह भी जो लड़की बहुत सुन्दर भी नहीं है | तब रिया ने अपनी प्यार भरी आवाज में कहा - प्यार रंग रूप नहीं देखता, वह तो बस हो जाता है | अब यहाँ रिया ने भी वही कहा, जो बात अत्सर हम लोगों से कहता था की प्यार की कोई डेफिनिशन नहीं है, प्यार ना तो कोई फिजिकल एक्टिविटी है और ना ही प्यार का कोई रंग रूप होता है, वगैरह ...वगैरह ..... | हमारे बीच में इतनी ढेर सारी बातें हुई, लेकिन अत्सर को इन सब की कोई खबर नहीं थी | वह कुर्सी पर बैठकर लगातार एक प्वाइंट की ओर देख रहा था | हम लोग आपस में बातें करने में लगे थे | तभी अत्सर भी अपनी जगह से उठ कर आया और हमें समय बताकर कहा - चलो अब बहुत देर हो गई है | इतनी देर में हमारी अच्छी खासी पहचान हो गई थी | हम लोग एक साइड में खड़े होकर बातें कर रहे थे और रिया दूसरी तरफ खडी होकर अत्सर को देख रही थी, जब अत्सर ने अपनी नज़रों को उस पर से हटा लिया था | अत्सर ने भी उसकी तरफ जान बूझकर नहीं देखा था, उसकी नजर उसकी तरफ पड़ गई थी | लेकिन अत्सर उसके इरादे को समझ नहीं पाया था |

दरअसल, जिस तरह से अत्सर को स्वास्ती से प्यार था, उसी तरह से रिया को भी अत्सर से प्यार हो गया था | अत्सर के कहने पर हम लोग उस दिन वहाँ से चले गए | जाते समय उन सब ने उस दिन को बहुत अच्छा बताया और फिर वहाँ से चल दिए | एक बार फिर रिया ने अत्सर की ओर देखा, लेकिन तब तक अत्सर वहाँ से जा चुका था | उसने सीधे सीढ़ी की ओर देखा और फिर निराश मन से हम सब की ओर देखकर थोड़ी स्माइल पास करते हुए बोली-चलो ठीक है, फिर मिलते हैं..... | सब ने एक दूसरे से अलविदा कहा और वहाँ से चले गए | मिलने जुलने का यह शिलशिला ऐसे ही कई दिनों तक चला |

शनिवार का दिन था | इसलिए हम लोगों ने आज की रात पार्टी करने का प्लान बनाया | अरे भाई, कोई दारू वगैरह वाली पार्टी नहीं बल्कि कुछ सॉफ्ट ड्रिंक वाली पार्टी के साथ पढ़ाई- लिखाई करना | क्योंकि वैसे भी दूसरे दिन हफ्ते का लास्ट दिन (रविवार) था और रविवार के दिन हमारी छुट्टी रहती थी | अंकुर वन रूम सेट वाले फ्लोर पर अकेले रहता था | अब हम लोग अपने शनिवार रात को और अच्छा बनाने के लिए बाजार से कुछ चिप्स, नमकीन, मूंगफली और कुरकुरे के साथ एक बड़ी बोतल कोल्ड ड्रिंक लेने निकल पड़े | क्योंकि पूरी रात जागना जो था और यह सब लड़कियों के चक्कर में हुआ था | ....ना ही हम लोग अंकुर के घर जाते और ना ही वह तीनों हमें दिखतीं, ना ही हम लोग छत पर टाइम खराब करते और ना ही हमें कोचिंग का काम पूरा करने के लिए रात भर जागना पड़ता |

हमारे देर रात तक छत पर रुकने का शिलशिला लगभग तीन महीने का हो गया था और हमने उन तीनों से अपनी अच्छी खासी पहचान भी बना लिया था | इसके पहले हम लोग रात को देर तक छत पर रुकते तो थे, लेकिन वहाँ सिर्फ आँख मिचौली ही हुई थी | यह पहला दिन था, जब हम लोग कुछ ज्यादा ही देर तक छत पर रुक गए | वैसे भी उनसे गप-शप करने में समय का कुछ पता ही नहीं चला और उन्हें भी तो कोई बुलाने वाला नहीं था |

रिया के माता-पिता तो उसे आठ साल की उम्र में ही छोड़ गए थे | एक कार दुर्घटना में उनकी मौत हो गई थी | रिया अपने मामा के घर रह रही थी | प्रिया और अर्पिता उसके मामा जी की बेटियाँ थीं | उसके मामा जी बिज़नेस मैन थे | इसलिए वह रात को देर से ही घर आते थे | अब रही बात उसके मामी जी की तो वह दो महीने के लिए प्रिया के मामा जी के घर गई हुईं थी | यही वजह थी की हम लोग इतने फ्री थे |

अब अगर बात करें रिया की कि उसके माता-पिता नहीं थे फिर भी अत्सर इतना निर्दयी बनें फिर रहा था तो ऐसा सोचना गलत है, क्योंकि अत्सर उसे धोखा नहीं देना चाहता था और ऐसा नहीं था की अत्सर को रिया पसंद नहीं थी | जैसा की मैंने पहले ही बता दिया, अत्सर रिया को लाइक तो करता था, लेकिन यहाँ बात आ जाती है प्यार की, इसलिए उसने उससे कोई झूठे वादे नहीं किए | वैसे भी अत्सर बहुत ही नरम दिल का था | उसने कभी ऐसा काम नहीं किया जिससे किसी को ठेस पहुंचे |

बाजार से वापस आने के बाद हम लोग अपनी देशी महफिल सजाकर बैठ गए | हम तीनों एक सर्किल बनाकर बैठ गए | अब इस सर्किल के सेंटर में हम लोगों ने अपने-अपने नोट्स को इकट्ठा किया और अपनी-अपनी गिलास लेकर बैठ गए | छत से वापस आने के बाद अत्सर का भी मूड अच्छा दिख रहा था | तभी तो थोड़ी देर शांत रहने के बाद उसने खुद हम लोगों से प्रिया और अर्पिता के बारे में पूछा? मतलब हमारी पसंद के बारे में पूछा की उनमें से कौन सी लड़की किसको पसंद है और रही रिया की बात तो उसने रिया के बारे में एक बार भी हम दोनों से नहीं पूछा | यहाँ से सीधे पता चल रहा था की वह रिया को पसंद तो करता था, लेकिन उसके अन्दर बोलने की हिम्मत नहीं थी | क्योंकि वह तो किसी और पर ही फ़िदा था |

अत्सर अपनी कोको-कोला की गिलास के साथ दीवार के सहारे बैठा था | वह अपना सर ऊपर कर, सीलिंग फैन की ओर देख रहा था | ऐसा लग रहा था की जैसे देवदास अपनी पारो की याद में पैमाने के साथ बैठा हो | वह नजारा देखकर, एक पल के लिए हम दोनों (तर्पण और अंकुर) के आँखों में भी थोडी सी नमी आ गई | ऐसा नजारा हमें कुल दस मिनट तक देखने को मिला | यही नहीं, उसकी वह कष्टों से भरी

दशा देखकर हम लोगों के कोको-कोला पीने की स्पीड भी बढ़ गई थी | अब आखिरकार था तो वह हमारा दोस्त ही, उसके दुःख में दुखी होना तो हमारा फर्ज था |

अंकुर तो एक चिप्स खाता तो उसके साथ - साथ दो घूँट कोको-कोला भी पी जाता था | ऐसा लग रहा था, जैसे अपने एक यार के दुःख में दो नमूने बावले हो गए हों | दुःखों से भरा यह मातम ठीक-ठाक चल ही रहा था की अचानक हमारा देवदास, पारो की याद में कोल्ड ड्रिंक भरी बोतल को अपने सर पे रखकर उठा और पारो के प्यार में बावले हुए देवदास की तरह हरकतें करते हुए बोला......... "ऐ मेरी स्वास्ती रूपी पारो, मैंने तुम्हें देखा और दिवाना हुआ सही था | तुम पर फ़िदा हुआ सही था | तुम्हारे इंतज़ार में हर रोज नजर टिकाए गेट की ओर देखा यह भी सही था | यहाँ तक की क्लास में ब्लैक बोर्ड की ओर ना देखकर तुम्हारी ओर देखता रहा, वह भी सही था | लेकिन आज तुम क्लास लेने के लिए, कोचिंग नहीं आई, यह सही नहीं था।" ....(हाथ में लिए हुए काँच के गिलास को नीचे फेंकते हुए) क्यों किया तुमने ऐसा, स्वास्ती? ....क्यों? दूर किसी गाँव में, जब किसी माँ को यह पता चलता है की उसके गाँव में अत्सर आ रहा है तो वह अपनी खूबसूरत बेटी को बाहर यह कहकर भेजती है की जा बेटी तेरा हीरो आ रहा है | ....जा बेटी, जीले अपनी जिंदगी | ....हाहाहाहाहाहाहाहा ....(अत्सर अचानक जोर-जोर से हँसने लगा) |

अब, उसको हँसता देख हम दोनों भी हँसने लगे | ....वह तो खुल के हँस रहा था | पूंगी तो हमारी बजी हुई थी | हमें लग रहा था, जैसे अत्सर अपने होश खो बैठा हो | उसके यह हालात देखकर हम ना तो ठीक से रो पा रहे थे, ना ही ठीक से हँस पा रहे थे | अभी तक तो हम दोनों उसकी हालत देखकर दुखी हो रहे थे | अब वह हमारे उस रोंदू मुंह को देखकर लोट-पोट होता जा रहा था | इतने में अंकुर ने अपने साइड में रखे हुए तकियह को उठाया और अत्सर के सर पर दे मारा | उसके बाद अत्सर ने भी यही दुहराया | अंकुर ने अपनी हरकतों को आगे बढ़ाते हुए कोको-कोला की बोतल को उठाया और उसके ऊपर फेंक दिया | मैंने धीरे से, बीच में रखी हुई बुक्स को उठाया और दूसरे कोने पर रख दिया | अब, अपने दोस्तों की ख़ुशी में मैं शिरकत ना

करता, यह कैसे हो सकता था | बस फिर देर किस बात की थी, मैंने भी एक बोतल में पानी लिया और उन दोनों पर गिरा दिया | अब क्या था उन दोनों ने मुझे पकड़ा और जमीन पर गिरा दिया | अंकुर, अत्सर के दूसरी तरफ जाते हुए बोला - अबे तर्पण, हम लोग क्यों लड़ रहे हैं? इसने हम दोनों को दुखी किया था | इसको गिराते हैं | जैसे ही अंकुर ने इतना कहा, मैंने अत्सर का पैर खींचा और उसे जमीन पर गिरा दिया | अंकुर पास में रखी हुई सारी चीजों को, उसके ऊपर फेंकने में लग गया | थोड़ी देर में ही स्टडी रूम, अस्तबल बन गया | अरे मैं तो सोचता हूँ, उस समय कमरे की जो हालत थी, उससे भी अच्छा होता है, अस्तबल.... | ऐसा लग रहा था, जैसे तीन घोड़े अस्तबल में खुले छुटे हुए हैं और घूम-घूम कर पोट्टी करने में लगे हुए हैं और उसी पोट्टी में खेल रहे हैं | अब हमारी जोर-जोर की आवाज सुनकर नीचे के फ्लोर पर रह रहे लडके भी आ गए और फिर क्या था, सब मस्ती करने में लग गए | वैसे भी यह साल का अंतिम दिन था और यह अब तक दूसरी बार ऐसा हुआ था, जब स्वास्ती कोचिंग नहीं आई थी |

"रब मुझसे खफा यारा, दिल तुझपे दिया वारा |
तेरी यादों में खोया रहा, आग की लपटो में सोया रहा |
छल-छल बहती नदिया में, कल-कल करती आवाजों के बीच,
पीपल के नीचे ताक लगाए बैठा रहा |
शाम हुई, रात गई ......
मेरे सपनों के यादों में, तेरे घर मेरी बारात गई |
नभ-सागर जैसा मदराया था,
मानो बादल मदिरा ले आया था |
मोरनी, मदिरा चढ़ा आई थी |
मोर-मोरनी के प्यार में गहराया था |
काले-कौवे, अपने गीत सुहाने गा रहे थे |
जिसे सुन मोर, अन्दर ही अन्दर खिझ आया था |
ऐसी हो गई थी मेरी हालत,
चींटी भी हाथी दिखलाया था |
हाय! तेरे प्यार में मैं, क्या-क्या कर आया था |"

अध्याय ६

नया साल

हम लोगों ने कम ही पोट्टी किया था कि उन सभी ने अपने पास रखी हुई, सारी चीजें ले आ कर एक-दूसरे के ऊपर फेंकना शुरू कर दिया | एक ने तो हद ही कर दिया, उसने अपने घर से लायह हुए टमाटर को ही फेंकना शुरू कर दिया | टमाटरों की संख्या लगभग हजार के आस-पास थी | इतने में अंकुर ने पास में रखे हुए होम थिएटर को शुरू कर दिया | बस फिर क्या था, जैसे ही "डर्टी पिक्चर" का गाना "उलाला" बजना शुरू हुआ, सब ने अपना होश ही खो दिया | एक के बाद एक गाने बजते जा रहे थे और हमारी सैटरडे पार्टी चलती रही |

देखते ही देखते लगभग दस बन्दे वहाँ इकट्ठा हो गए थे | अब जब लोग ज्यादा थे तो गाने भी सब के पसंद के चलने चहियह | इसलिए सब अपनी-अपनी पसंद के गाने लगाने के लिए कहने लगे | अब क्या था, अंकुर होम थिएटर के पास बैठ गया और सब की इच्छा पूरी करने में लग गया |

अत्सर ने एक पेपर को मोड़कर माइक बनाया और गांवों में चलने वाले नौटंकी का एंकर बना गया और बोलना शुरू कर दिया | ....हाँ तो भाई लोगों- बिहार से आयह हुए लडके ने टमाटर पेश करते हुए "हिलावे लू जब तू लिपिस्टिक...." गाने की फरमाइश की है | बस फिर क्या था, जैसे ही गाना बजना शुरू हुआ, सारे लड़कों ने बिहारी लडके की नकल करते हुए ठुमका लगाना शुरू कर दिया | बिहारी बाबू ने,

अपने बिहारी अंदाज में नाचना शुरू कर दिया | अत्सर ने हाथ में लिए हुए टमाटर को सब के ऊपर फेंकना शुरू कर दिया |

लगभग एक घंटे तक चलने वाली इस पार्टी का अंत 11:59:50 पर हुआ | उसके बाद अत्सर ने उलटी गिनती गिनना शुरु किया ....10.......7....5, 4, 3, 2, 1 ...."हैप्पी न्यू ईयर" ....| पार्टी ख़त्म हुई | सबने एक दूसरे को गले से लगाया और फिर अपने-अपने अड्डे पर चले गए | सब के जाते ही हम सब अंकुर का रूम साफ़ करने में लग गए |

रूम की हालत बहुत ख़राब हो गयी थी | टमाटर की इस होली में रूम की पूरी फर्श रेड-रेड सी हो गई थी | साफ़-सफाई पूरी होने के बाद हम तीनों मिलकर कुछ खाने के इंतजाम में लग गए | कुछ आम लेट और कुछ केले-दूध खाने के बाद हम लोग थोड़ी देर आराम करने के लिए बैठे थे की लगभग दस मिनट बाद प्रिया वहाँ आ गई | उसने अत्सर और अंकुर को वहाँ से यह कह कर भेज दिया की जाओ तुम दोनों को रिया और अर्पिता बुला रही हैं | वह दोनों छत पर चले गए | जब उन दोनों ने छत पर किसी को नहीं पाया तो दोनों वापस आए | जैसे ही प्रिया ने सीढियों से किसी के आने की आवाज सुना वह मेरे पास से भाग गई | वह नालायक कुछ फालतू की हरकते करने जा रही थी |

प्रिया के वहाँ से जल्दी से जाते हुए देख, अंकुर और अत्सर भी सारी बात समझ गए | उन दोनों ने मेरे साथ काफी तफरी की | कुछ फालतू के मजाक करने के बाद, अत्सर और अंकुर दोनों पढ़ाई करने में लग गए | मैं भी उनके साथ बैठ गया | लगभग दश से पंद्रह मिनट तक तो मैं सदमे में ही रहा | फिर किसी तरह से अपने दिमाग को एकाग्र किया और फिर उनके साथ पढ़ाई करने में जुट गया |

इतना सब कुछ होने के बाद, मैंने अपने दिमाग को किसी तरह से एकाग्र तो कर लिया था, लेकिन मुझे कुछ समझ में नहीं आ रहा था | फिर भी मैं उन दोनों के साथ लगा रहा | लगभग दो-तीन घंटे बाद हम लोग बुक बंद करके सो गए |

सुबह जब मेरी आँख खुली तो मुझे अंकुर और अत्सर यमराज की तरह सामने खड़े नजर आयह | ऐसा लग रहा था जैसे यमराज अपने साथी के साथ मेरे प्राण हरने के लिए आ गए हैं | अंकुर ने कहा.... अरे अब तो उठ जाओ, अगर रात का हैंगओवर उतर गया हो तो | मैंने थोड़ी सी स्माइल के साथ अपना सर नीचे की ओर झुकाया और अपनी आँखों को अपने दोनों हाथों से मलने लगा |

(अत्सर) यार आज रविवार है और सबसे बड़ी बात यह है की आज साल का पहला दिन भी है, चलो कहीं घूम कर आते हैं | अंकुर ने कहा- हाँ ठीक है..... | मेरा जाने का मन नहीं था इसलिए मैंने कहा- अरे यार क्या रखा है? इलाहाबाद में....... | यहाँ कहाँ घूमने चलोगे? अब क्या, अब तो अंकुर को ताना मारने के लिए फिर से मौका मिला गया | ......हाँ! तुम तो जैसे हाँग-काँग के निवासी हो ना, इसलिए तुम्हें इलाहाबाद की जिंदगी पसंद नहीं है |

अब तो मैं कुछ बोल भी नहीं सकता था क्योंकि जब भी बोलता अंकुर मुझे छोड़ने वाला नहीं था | मैंने भी उनके साथ जाने के लिए हाँ कह दिया | अत्सर ने कहा की अगर ना मन हो तो कोई नहीं बाद में चल लेंगे | अब अगर उस समय मैं अत्सर से जाने के लिए मना करता तो यह ठीक नहीं था | इसलिए ना चाहते हुए भी मैंने हाँ बोल दिया |

सुबह के दश बज रहे थे | मैं पहले ही बहुत देर से उठा था | अब और देर करना ठीक नहीं था | इसलिए मैं जल्दी से जाकर फ्रेश हुआ, इसके अतिरिक्त दूसरे जो भी काम थे उन्हें पूरा किया और लगभग एक घंटे बाद हम लोग घूमने के लिए निकल पड़े | रास्ते में जाते समय अंकुर ने कई बार मेरी बातों को इग्नोर किया | उसने मेरी एक साधारण सी बात पर बहुत ही क्रूर तरीके से बात किया |

चलो यह सब तो ठीक था, अब भले ही मैं और अत्सर पहले से ही अच्छे दोस्त रहे हों, लेकिन इन दिनों अंकुर की मेरे से ज्यादा पट रही थी | अचानक उसके अन्दर हुए इस बदलाव से मुझे समझ में नहीं आ रहा था की आखिरकार उसे हो क्या गया है? मैं काफी देर तक शांत रहा, थोड़ी दूर जाने के बाद अत्सर ने आटो लिया और हम तीनों

आटो में बैठ गए | आटो में बैठने के बाद, अंकुर ने अत्सर से घूमने की जगह डिसाइड करने को कहा- अत्सर ने मेरे से मजा किए स्वभाव में कहा.... और अंकुर बाबू! कहा जाना चाहोगे ? मैंने उसकी पसंद को अपनी पसंद बता दिया और फिर शांत पूर्वक बैठा रहा | इसके अतिरिक्त अब मैं कर भी क्या सकता था ? अंकुर पहले से ही मेरे से असाधारण व्यवहार कर रहा था | मैं नहीं चाहता था की हम दोनों के बीच किसी तरह की कोई अनबन हो | वह दोनों जगह डिसाइड करने के लिए बहस करने लगे | अंत में उन दोनों ने 'खुसरो बाग़' जाने के लिए निर्णय लिया | मैं रास्ते में पूरे समय अंकुर द्वारा कियह गए, उस असाधारण व्यवहार के बारे में सोचता रहा | चंद लम्हों में ही हम लोग अपनी मंजिल तक पहुँच गए |

खुसरो बाग पहुँचने के बाद, हम लोग जब वहाँ की खूबसूरती का लुत्फ उठा रहे थे, तभी एक छोटी सी बात को लेकर मेरे और अंकुर के बीच थोड़ी सी अनबन हुई | तीनों (जहांगीर के सबसे बड़े बेटे "खुसरो मिर्जा", जहांगीर की पहली पत्नी "शाह बेगम" और जहांगीर की बेटी "राजकुमारी सुल्तान निथार बेगम" का मकबरा) मकबरों का मुआवना करने के बाद, आम-अमरूद के बाग़ की ओर जाते समय रास्ते में मैं सामने से आ रही एक लड़की को देख रहा था | अत्सर ने मुझे ऐसा करने से रोका.... | इसी बीच अंकुर ने फिर से वही बात दुहरा दिया की यार रहने दे इसे क्या रोक रहा है, इसके अन्दर तो कुछ ज्यादा ही गर्मी है | इसी बात को लेकर मेरे और अंकुर के बीच कहासुनी हो गई | मैंने अंकुर को थोड़े से गरम मिज़ाज के साथ वार्निंग देते हुए कहा- "साले! अगर तूने दोबारा मुझे ऐसा कुछ कहा तो मुझसे बुरा कोई नहीं होगा" | इस बात पर अंकुर ने कहा- "तू मुझे साला बोल रहा, अपनी सकल तो देख...... तुझे कुतिया भी भाव न देगी" | उसके ऐसा कहते ही मैं और ज्यादा गुस्से में आ गया |

चलो यह तो अच्छी बात थी की अत्सर हमारे पास था, जो हम लोगों को ज्यादा उलझने से पहले ही बचा लेता था | दो लोगों के बीच की समस्या को सुलझाना उसे अच्छी तरीके से आता था | जब उसने मामले को और ज्यादा बिगड़ते देखा तो हम दोनों को वहाँ से चलने के लिए बोला | अब जब हमारे बीच संधि नहीं हो पा रही थी

तो ऐसे में उस जगह की खूबसूरती का भी हमारे लिए कोई फायदा नहीं था | इसलिए हम तीनों वहाँ से वापस आ गए | घर वापस आने के बाद मैं अपने रूम पर चला गया | अत्सर, अंकुर के साथ कुछ नोट्स वगैरह लाने के लिए गया | वापस आते समय अंकुर भी अत्सर के साथ आया | आते ही उसने मेरे से अपने उन असाधारण व्यवहार के बारे में माफी माँगी और भविष्य में ऐसा ना होने का वादा किया | उसके अन्दर अचानक इस तरह के बदलाव को देखकर मुझे थोड़ा अजीब तो लगा, लेकिन फिर भी मैंने, "चलो कोई नहीं यह तो आम बात है" ऐसा कह कर बात को टाल दिया | उसके इस तरह के व्यवहार के बारे में मुझे जानने की इच्छा तो हुई, लेकिन मैंने उस समय उस बात को वहीं दफन करना पसंद किया | अंकुर और अत्सर के वापस आने के बाद तीनों फिर से अपने काम में लग गए | कोचिंग के बाकी रह गए काम को हमने मिलकर पूरा किया | वैसे भी हमें दूसरे दिन फिर से अपनी कोचिंग की दुनिया में वापस जाना था |

पढाई करते-करते हमें समय का पता भी नहीं चला | हम लोगों ने अपना-अपना काम पूरा किया | अंकुर ने अपने रूम पर वापस जाते समय, हम दोनों को भी साथ में आने के लिए कहा | मैं अब नहीं जाना चाहत था | फिर भी मैं उन दोनों के साथ गया | फिर से हम लोग अंकुर के छत पर पहुँचे | थोड़ी देर बाद रिया, अर्पिता और प्रिया भी अपने छत पर आ गईं |

आज प्रिया पहले की अपेक्षा थोडा शांत थी | वह थोडा सहमी हुई सी थी | वह जब भी अंकुर और अत्सर की तरफ देखती थोड़ी शरमा सी जाती थी | आज अर्पिता ज्यादा बोल रही थी | वैसे बोलने में तो सबसे आगे प्रिया ही थी, लेकिन आज उसके शांत रहने की वजह से अर्पिता का बोलना ज्यादा लग रहा था | अब बात करें रिया की, वह तो पहले से ही शांत रहती थी | वह बहुत कम बोलती थी | हाँ! यह था की वह जब भी बोलती, सोच-समझ कर बोलती थी | वह बिल्कुल अत्सर की तरह ही थी | दोनों की जोड़ी बिल्कुल फिट थी | लेकिन अब हम इसमें कर भी क्या सकते थे | हम लोग बहुत पहले से सुनते आ रहे हैं की जोड़े आसमान से बनते हैं |

सबके इकट्ठा हो जाने के बाद हमारे बीच राजनीति को लेकर बातें छिड गईं | इसकी शुरुआत अर्पिता ने किया था | अब दूसरी तरफ से किसी ने राजनीति को लेकर बात को शुरू किया हो और अंकुर शांत रहे ऐसा हो ही नहीं सकता था | अंकुर और अर्पिता दोनों के बीच राजनीतिक दलों को लेकर खूब झड़प हुई | एक तरफ अंकुर यह कह कर सभी राजनीतिक दलों को सही ठहरा रहा था की "कमियाँ तो सबके अन्दर होती हैं और इनसान तो गलतियों का पुतला है |" दूसरी तरफ अर्पिता ने सारे राजनीतिक दलों को भ्रष्टाचारी और देशद्रोही ठहराया | यही नहीं अर्पिता ने नेताओं को काम के मामले में नपुंसक और अत्याचारी बताया और साथ ही साथ उसने सभी नेताओं को ढोंगी, अय्यासबाज जैसी ढेर सारी उपाधियाँ प्रदान की | यही नहीं उसने देश के लिए मर मिटने वाले महापुरुषों से आज के नेताओं की तुलना किया और आज के नेताओं को (नेताजी सुभाष चन्द्र बोस, असफाक उल्लाह खां, भगत सिंह, चंद्रशेखर आजाद, सरदार पटेल इत्यादि) महापुरुषों के पैरो की धूल से भी कम कीमत का बताया | उसने कहा यह तो उनके पैरो की धूल भी नहीं हैं | उसे आजादी से पहले के एक नेता से चिढन थी और वह हैं- देश के सभी बच्चों के चाचा....... "चाचा नेहरू" | उसने आज के नेताओं की तुलना उनसे किया और कहा- यह सब उन्हीं के वंशज हैं |

अंकुर ने अर्पिता की इस बात को गलत ठहराया | यही नहीं वह तो उनके बारे में और भी भला बुरा कहने वाली थी, लेकिन जब अत्सर ने अंकुर का साथ दिया तब उसने अपने गुस्से को काबू में किया | अत्सर के कहने पर उन दोनों ने नेताओं की बात करना तो बंद कर दिया, लेकिन प्रिया इतना बोलने वाली लड़की कब तक शांत रह सकती थी | उसने भी अपने स्कूल की कहानियाँ सुनाना शुरू कर दिया | इसी बीच रिया के मामा जी फ्लैट की चाभी लेने आ गए | एक पल के लिए तो हम लोग डर गए की कहीं वह हमें फटकार न लगाएँ | वैसे भी छोटे शहरों में लडके-लड़कियाँ एकसाथ बैठकर इस तरह से गप-सडापा करें, ऐसा किसी को भी पसंद नहीं आयहगा और जब बात हो 'उ.प. बोर्ड' के स्टूडेंट की तो फिर तो सवाल ही नहीं बनता | वैसे भी उ.प. बोर्ड के स्कूलों में तो लडके-लड़कियाँ साथ-साथ बैठ भी नहीं सकते |

लेकिन यहाँ ऐसा कुछ नहीं हुआ | रिया के मामा जी ने चाभी ली और हमें कुछ ज्ञान की बातें बताकर चले गए | ऐसा देखकर, मुझे खुद से थोड़ी चिढ़न हुई | लेकिन फिर मैंने यह सोचा की गलती तो इसमें प्रिया की भी थी | मैं अगर केवल खुद को दोषी ठहरता हूँ तो फिर यह मेरे साथ सरासर ना इंसाफी होगी |

अर्पिता ज्यादा तर रिया के साथ ही रहती थी | शायद यही वजह थी की वह प्रिया से बिल्कुल अलग थी | यह सब तो छोंडो, मैं उसके (प्रिया) हिम्मत की दाग देता हूँ की वह बिना किसी की परवाह किए अकेले रात के 12 बजे मेरे पास चली आई | उसे हमारे उस दिन अंकुर के ही रूम पर रुकने की बात हमने ही बताया था, जब हम लोग बाजार से चिप्स और कोल्ड्रिंक लेकर वापस आ रहे थे | उसी समय वह हमें रास्ते में मिल गई थी | उसने चलते-चलते मेरी तरफ देखते हुए, एक क्लू दिया था की "इसका मतलब आज की रात रंगीन होने वाली है |" लेकिन हम लोग उसकी बात को समझ नहीं पाए थे |

खैर यह सब बातें तो बीत गई थी | प्रिया के पा़पा, यानी रिया के मामा के फ्लैट की चाभी लेकर जाने के बाद प्रिया ने फिर से अपनी कहानी को आगे बढ़ाया | वह अपने स्कूल में खेलते समय, कुछ खो जाने की बात-बता रही थी की तभी उसे कुछ याद आया और उसने फ्लो-फ्लो में बोल ही दिया... "अरे! तर्पण कल शाम को मेरे कान की बाली तुम्हारे पास ही रह गई थी |" इतना सुनते ही रिया और अर्पिता तो जैसे जम सी गई थी | तभी अर्पिता ने अपनी चुप्पी को तोड़ते हुए कहा- नालायकों कल रात को क्या किया, तुम लोगों ने? और प्रिया नालायक तूने अपने कान की बाली... तर्पण के पास कैसे छोड़ दिया? अगर, यह बात किसी को पता चली तो जाने क्या होगा?

उधर से रिया ने भी कहना शुरू कर दिया- अबे! नालायकों, तुम्हारे बीच यह गुटरगूँ शुरू कब हुआ? इसका मतलब कल जब मैंने सोते समय अपना हाथ बगल में रखा तो मुझे खाली-खाली सा समझ में आया... मतलब तू सच में कल वहाँ नहीं थी? मैंने सोचा तू थोड़ी दूर पर होगी, मेरे हाथ के पहुँच से दूर... लेकिन तू तो ... |

अर्पिता का गुस्सा बढ़ता ही जा रहा था | मैं और प्रिया दोनों अचरज भरी आँखों से उन दोनों को देख रहे थे | हमें कुछ समझ में ही नहीं आ रहा था की वह लोग कहना क्या चाहते थे | अब अंकुर ने भी उन्हीं दोनों की तरफ से बोलना शुरू कर दिया और अत्सर को तो रिया बोलने भी नहीं दे रही थी | वह जब भी उन्हें समझाने की कोशिश करता, रिया उसे दो-चार खरी-खोटी सुना देती थी | अर्पिता ने भी अत्सर से कहा- "यार! तुम तो समझदार थे |" तुम तो इन्हें रोक सकते थे | यह दोनों तो हैं ही... ना-समझ | हमें किसी पर भरोसा हो या ना हो लेकिन तुम पर जरूर था | लेकिन तुमने तो हमारे भरोसे की वाट लगा दी... |

अचानक प्रिया ने दबी आवाज में चीखते हुए कहा, "चुप रहो.... क्या लगा रखा है ? तुम लोगो ने और मुझे समझ क्या रखा है तुम दोनों ने ...| बिना पूरी बात जाने समझे कुछ भी बोलते जा रहे हो | यार पहले पूरी बात जान तो लिया करो | आप लोग जैसा सोच रहे हो ऐसा कुछ नहीं है | वह कल...(रुकते हुए) मैं बस ऐसे ही चली गई थी | मैंने सोचा जाकर देखती हूँ, ए लोग क्या कर रहे हैं | (अर्पिता)इतनी रात को ...| तो क्या हुआ ? नया साल था मैंने सोचा जाकर न्यू इयर विश कर देती हूँ | मैं शांत पूर्वक खड़े होकर मंद-मंद मुस्कुरा रहा था | अरे आप लोग जितना सोच रहे हो, ऐसा कुछ नहीं हुआ है ...ओ बस ऐसे ही ठीक से ना पहनने की वजह से मेरे कान की बाली वही पर गिर गई थी ...बस और कुछ नहीं है | खामखा कुछ भी बोलते जा रहे हो | मैंने भी अपनी तरफ से उन दोनों को भरोसा दिलाया | उन दोनों ने कुछ ज्यादा ही आगे सोच लिया था |

समय बीतता गया लेकिन अंकुर द्वारा, मेरे प्रति किए गए उस असाधारण व्यवहार के बारे में अभी भी मुझे पता नहीं चल पाया था | मुझे किसी न किसी बहाने वह बात याद जरूर आ जाती थी | एक दिन मैं और अत्सर बैठे हुए थे | उस समय कोचिंग की छुट्टियाँ चल रहीं थी | हमारे बीच प्रिया, रिया और अर्पिता को लेकर बातें हो रहीं थी | इसी बीच मैंने अत्सर से अंकुर के उस दिन की नाराजगी के बारे में जानने की कोशिश किया | पहले तो उसने कहा की वह तो बस ऐसे ही अपने किसी पर्सनल प्रॉब्लम की

वजह से ऐसा व्यवहार कर रहा था | लेकिन मुझे अभी भी ऐसा लग रहा था, जैसे अत्सर किसी बात को मेरे से छिपा रहा हो | इसलिए मैंने और जोर दिया, तब तक, जब तक की वह उस दिन के राज को बताने के लिए राजी ना हुआ |

दरअसल, उस दिन जब प्रिया ने अत्सर और अंकुर को छत पर जाने के लिए बोला और छत पर जाने के बाद उन दोनों ने किसी को वहाँ नहीं पाया, तभी उन्हें प्रिया के मनसूबे समझ में आ गयह थे और अंकुर उस दिन छत से दौड़ कर वापस आया था | लेकिन जब उसने प्रिया को तेजी से जाते हुए देखा तो वह वहां से वापस छत पर चला गया | उसके साथ अत्सर भी गया | वापस छत पर जाने के बाद अत्सर ने समझाया, तब जाकर वह शांत हुआ | मुझे कुछ समझ में ही नहीं आ रहा था आखिरकार वहां हो क्या रहा था ? मैं खुद से ही प्रश्न पूछने में लग गया था | उधर प्रिया की हरकत और दूसरी तरफ अंकुर और अत्सर का वापस छत पर जाना | जहाँ तक, मैं अंकुर को अच्छी तरह से जनता हूँ, वह कभी भी गलती करने वाले को छोड़ता नहीं था और उसके इस चरित्र के बारे में मुझे तब पता चला था, जब उसने कोचिंग के एक लड़के को थप्पड़ मारा था | इसकी वजह थी की, एक दिन रास्ते में चलते वक्त मेरे हाथ से लगकर उस लडके की किताब जमीन पर गिर गई थी | जिसको लेकर उस लडके ने मुझे गाली दे दिया था | तभी अंकुर ने उसे पीट दिया था | अगर उस समय अत्सर वहाँ होता तो वह लड़का पिटने से बच जाता | उस दिन अत्सर बीमार होने की वजह से कोचिंग नहीं गया था | यही नहीं एक बार एक लड़के ने स्वास्ती को माल बोल दिया था | उस समय भी उसने उस लड़के पर हाथ उठा दिया था | वहाँ पर अत्सर ने ही उस लडके को अंकुर के चंगुल से बचाया था |

इतना सब होने के बावजूद, अगर मैं अंकुर से बातें कर पा रहा था तो सिर्फ अत्सर की वजह से और यह तो अच्छा था की मुझे उस समय इस बात का पता नहीं चला की “अंकुर प्रिया को पसंद करता था |” अगर अत्सर ने उस समय मुझे यह बात बता दिया होता तो मैं अंकुर से नजरें भी ना मिला पाता, क्योंकि अंकुर से मेरी बहुत अच्छी दोस्ती थी | जब अत्सर ने मुझे यह बात बताया, उस समय मुझे ऐसा लगा जैसे मैंने

अपनी जिंदगी का सबसे गंदा काम किया हो | जबकी हमारे बीच ऐसा कुछ नहीं हुआ था, जिसके लिए मुझे इतना खेद होता | लेकिन फिर भी दोस्ती तो दोस्ती होती है | दोस्ती में दोस्त को दूसरों की गलती से होने वाले नुकसान/दुःख में भी अपनी ही गलती दिखती है, अगर उसमें हमारा अपना अनजाना सा भी हाथ हो तो |

उस घटना को घटित हुए लगभग एक महीना हो गए थे, लेकिन अत्सर से पूरी बात जानने के बाद मेरा अंकुर से नजरें मिलाना मुश्किल हो गया था | कई दिनों तक तो मैं उसके रूम पर भी नहीं गया | कोचिंग में, जब वह मेरे से मिलता तो उस समय मैं उससे सिर्फ चंद शब्दों में ही बात करता था | अंकुर ने अत्सर से इस बारे में बात की तो अत्सर ने उसे बताया की उसने उसे सारी बात बता दिया है | तब जाकर अंकुर मेरे पास आया और उस बात को भूल जाने को कहा | उसने यह भी कहा की कोई नहीं जो हुआ सो हुआ, लेकिन अब तुम दोनों से मेरी विनती है की अब तुम दोनों (तर्पण और प्रिया) कभी अलग ना होना | उसने मेरे से यह भी कहा की अगर मैंने कभी भी प्रिया का दिल दुखाया तो वह मुझे छोड़ेगा नहीं | उस दिन उसने मुझे चार साल का टाइम दिया और एक अच्छी सी नौकरी पाने के बाद प्रिया से शादी की बात को दुहराया | मैंने भी जोश-जोश में अपनी बात को कायम रखा और अंकुर से वादा किया की अगर मैं शादी करूँगा तो प्रिया से ही वर्ना किसी से नहीं | यह बात सुनकर अंकुर ने मुझे गले से लगा लिया | अब जिसके पास इतने अच्छे दोस्त हों, वह इंसान कैसे उनके साथ गलत कर सकता है? अब इसमें सबसे रुचिकर बात यह है की हम सब की उम्र उस समय 18 साल के आस-पास थी और हमने शादी तक की बातें कर ली थी | जबकि इस उम्र में तो लोग अपने कैरियर के बारे में सोचते हैं |

अध्याय ७

इजहार

एक तरफ मेरे और प्रिया के बीच की कहानी शादी पर आकर रुकी थी तो वहीं दूसरी तरफ अर्पिता के मन में भी अंकुर के लिए प्यार के बीज पल रहे थे | कोचिंग से वापस आने के बाद, अपना काम पूरा करने के बाद, हमारा वह पुराना धन्धा चलता रहा | ....अरे वही छत पर बैठ कर गप्पे-सप्पे लडाना | समय बीतता गया आखिरकार वह समय आ ही गया जब अर्पिता ने अपने दिल की बात अंकुर से बोल डाला | वह भी एक ऐसे दिन जिस दिन एक प्रेमी अथवा प्रेमिका अपने दिल की बात अपने पसंदीदा बन्दे या बंदी के सामने व्यक्त करता है |

दरअसल, यह दिन "वैलेंटाइन डे" था | हम लोग आपस में वैलेंटाइन डे के बारे में बातें कर रहे थे | जैसे की- यह दिन क्यों मनाया जाता है ? इसके पीछे क्या राज है ?

इसके बारे में बात करना अर्पिता ने ही शुरू किया था | यह मान लो की वह पूरी तैयारी के साथ आई हुई थी | उसने इस दिन का पूरा इतिहास रट रखा था | पहले तो उसने अंकुर से इस दिन के दूसरे और नामों के बारे में प्रश्न किया | लेकिन अंकुर ने इसके बारे में नहीं में उत्तर दिया | उसने कहा की उसे इस दिन के बारे में कुछ नहीं पता है | जैसे ही अंकुर ने इस दिन के बारे में कहा की उसे इसके बारे में कुछ नहीं पता है | अर्पिता ने उसे "डफर"....... ऐसा कह कर बुलाया | यार! कुछ तो जानकारी रखा करो | अंकुर ने कहा- क्या करूँगा, मैं? ऐसे दिन के बारे में जानकर, जिस दिन कुछ लोगों

को तो अपना प्यार मिल जाता है तो वहीं उसी दिन कुछ लोगों का दिल भी टूट जाता है | वैसे भी कौन सा मुझे इस पर क्विज कम्पटीशन करना है | ऐसे फालतू दिन के बारे में जानकारी रखने का मुझे कोई शौक नहीं है | तब अर्पिता ने कहा- अच्छा ठीक है, मत जानो | चलो कोई नहीं, अगर तुम्हें नहीं पता तो मैं ही बता देती हूँ |

दरअसल, इस दिन को रोमांटिक हॉलिडे, संत वैलेंटाइन डे अथवा फीस्ट ऑफ़ संत वैलेंटाइन जैसे कई नामों से जाना जाता है | यह दिन प्यार और लगाव के लिए मनाया जाता है | यद्यपि, इस दिन को पब्लिक हॉलिडे घोषित नहीं किया गया है | फिर भी इस दिन को लगभग सभी देशों में मनाया जाता है और मनाया भी क्यों न जायह? प्यार करने वाले तो हर जगह होते हैं | इस दिन के बारे में ढेर सारी कहानियाँ प्रसिद्ध हैं | कई प्रारंभिक ईसाई शहीदों का नाम वैलेंटाइन था | १४ फरवरी को मनाया जाने वाला वैलेंटाइन डे, रोम के वैलेंटाइन और टर्नी के सम्मान में मनाया जाता है | इसी तरह से इस 'डे' को कई लोगों की जिंदगी से जोड़ा जाता है |

वह प्यार भरी इस ज्ञानर्द्धक कहानी को सुना ही रही थी की तभी अंकुर ने उसे बीच में टोका- "तुम यह सब हमें क्यों सुना रही हो ?" अत्सर ने कहा- अरे यार बोलने दो अच्छा ही तो बता रही है | अंकुर ने कहा- अरे, खाक अच्छा बता रही है | इसी प्यार की वजह से ना जाने कितने लोग निपट गए | प्यार में अब तक लोगों को दर्द के सिवाय मिला ही क्या है? रिया ने अंकुर की बात को गलत ठहराते हुए कहा- अरे इसमें कहीं ना कहीं, उन दो प्यार करने वालों की भी गलती रहती है | आज के आशिक प्यार को 'दो जिस्मों का मिलना बताते हैं' | जबकि प्यार वह खूबसूरत एहसास है, जो दो दिलों को जोड़ता है |

रिया यह सब बोल ही रही थी की तभी अर्पिता ने पास के गमले में लगे गुलाब के फूल को तोड़ा और अंकुर से बोल दिया "अंकुर तुम्ही मेरे प्यार हो |" मेरे दिल में तुम्हारे लिए जो था, मैंने तुमसे बोल दिया है, अब आगे तुम्हारी मर्जी....... | अब मेरे पास मौका था की मैं अर्पिता को यह एहसास दिला सकूँ की अंकुर भी उससे बहुत प्यार करता था | अब भले ही मुझे उससे झूठ बोलना पड़ा की अंकुर ने कई बार तुम्हारे

(अर्पिता) बारे में हम दोनों (अत्सर और तर्पण) से बात की है | यह तुम्हारी बहुत तारीफ करता है, ऐसा कहकर मैंने अत्सर की ओर देखा | जब तक अंकुर मना करता तब तक अत्सर ने भी हाँ बोल दिया की हाँ इसने कई बार तुम्हारी तारीफ की है | यह जान कर अर्पिता ख़ुशी से झूम उठी | अंकुर ने अर्पिता के प्रपोजल को स्वीकार किया | रिया ने कहा- "चलो अच्छी बात है, कम से कम आज इसने अपने प्यार का इजहार तो किया | बहुत दिन से मेरा सर खा रही थी की अंकुर को कैसे प्रपोज करूँ?" मेरे से पूछती रहती थी | हमेशा अंकुर-अंकुर रट लगाए रखती थी | लेकिन मैं इसकी हिम्मत की दाग देती हूँ की इसने बोल कैसे दिया? आठवीं कक्षा में एक लड़के ने इसका हाथ पकड़ लिया था, इस बात पर इसने चप्पल उठाकर उसके गाल पर धर दिया था | यह तो हमेशा प्यार के खिलाफ थी | इसका मतलब अब मेरी बहन बड़ी हो गई है | इस बात पर प्रिया ने थोड़ा सा हँस दिया | इस बात पर रिया ने कहा- इसमें हँसने वाली बात क्या है......?

रिया ने अर्पिता और अंकुर को ढेर सारी बधाइयाँ दी और एक दूसरे का साथ न छोड़ने के लिए कहा | अंकुर ने भी वादा किया की वह (रिया) जैसा कहेगी वैसा ही वह करेगा और अगर भविष्य में हम दोनों की शादी हुई तो यह मेरा तुमसे वादा है की मैं अपनी तरफ से अर्पिता को किसी तरह की दिक्कत नहीं आने दूँगा | रिया ने कहा- "शादी होगी का क्या मतलब? वह तो होना ही है |" केवल तुम दोनों की नहीं इन दोनों (तर्पण और प्रिया) की शादी भी होगी |

इसी बीच अंकुर ने कहा- अब जब एक जोड़ा बच ही गया हैं, तो क्यों न राधा का श्याम से मिलन भी हो जाए? मेरा मतलब तुम्हारा (रिया) का अत्सर से...... | लेकिन अत्सर ने कहा- नहीं! रिया मेरी एक अच्छी दोस्त है | मैं इसके बारे में ऐसा नहीं सोच सकता | इस बात पर रिया ने भी कोई आपत्ति नहीं जताया | उसने भी अत्सर का साथ दिया और अपनी दोस्ती को कभी न टूटने वाली दोस्ती का नाम दिया | तीन दोस्तों में से दो ने तो अपना-अपना लाईफ पार्टनर चुन लिया था |

तीनों दोस्तों में से दो के प्यार की कहानी के थोड़े से पार्ट से तो आप अवगत हो गए, लेकिन इस कहानी के मुख्य हीरो की कहानी की ग्रैंड इंट्री तो अभी बाकी है |

अभी तक तो उसकी जितनी भी कहानी से आप अवगत हुए, वह सब तो सिर्फ एक डेमो था।

एक तरफ हम दोनों (तर्पण और अंकुर) की कहानी तो अपने अंतिम पड़ाव पर थी ही, साथ ही साथ अत्सर के प्यार की कहानी भी धीरे-धीरे अपने कदम बढ़ा रही थी।

अत्सर पूरे समय कोचिंग में, स्वास्ती को ही देखता रहता था। वह हमेशा क्लास में वही जगह बैठने के लिए ढूँढता था, जहां से स्वास्ती और बोर्ड दोनों एक सीध में हों। जिससे टीचर को पता भी ना चले की वह देख कहाँ रहा है? पता नहीं यह कैसा प्यार था ? उसे उसके (स्वास्ती) सिवाय कुछ सूझता ही नहीं था। वह कोचिंग में तो स्वास्ती की ओर ही देखता रहता था और फिर घर आकर जो भी क्लास में पढ़ाया जाता था, उसे वह हम दोनों से घर आकर पढ़ लेता था। ऐसा वह इसलिए करता था, जिससे वह पूरे समय स्वास्ती को देख सके। वह कोचिंग में पूरे समय उसकी यादों में ही खोया रहता था। अगर हम लोग उससे पूछते की तुम ऐसा क्यों करते हो? तो वह हमेशा यही कहता- "यार! देखो..... घर पर तो वह मेरे सामने होती नहीं, एक कोचिंग ही ऐसी जगह है, जहाँ मैं उसे ठीक से देख सकता हूँ। ....(साँस अन्दर लेते हुए) पता नहीं नसीब कैसा हो, मैं फिर कभी उसे देख भी सकूँ या नहीं। वैसे भी किस्मत का कुछ भरोसा नहीं है, कब किसे कहाँ ले जाएगी....... ।" इस बात को लेकर अंकुर ने उससे कहा- जब ऐसी बात है, तो चलो जो भी तुम्हारे दिल में बात है, उससे बोल दो........ । लेकिन अत्सर हर बार यही बोलता- 'सही समय आने दो, बोल दूँगा।' जब अत्सर ऐसा बोलता, तब अंकुर थोड़े गुस्से में आकर बोलता- 'कब आएगा वह समय?' कब से तुम्हें हम ऐसे ही देखते आ रहे हैं। तुम ना बोल सको तो बताओ, मैं ही जाकर बोल देता हूँ। लेकिन वह उसे रोक देता था। वह कहता रुक जाओ इतनी जल्दी क्या है?

...... (अंकुर ने गुस्से में कहा) पकाते रहो तुम इसी तरह खयाली पुलाव, एक दिन कोई और आएगा, तुम्हारे सपनों को तोड़ कर चला जाएगा। तब तुम बैठकर मजे लेना

| तब वह बोलता अरे कोई नहीं, कोई ना कोई तो होगा ही, इसके बारे में सोचकर, मैं अभी से अपने दिमाग का दही क्यों करूँ?

अध्याय ८

अँधेरा

अपनी इस हल्की-फुल्की सी रोमांटिक कहानी के साथ ही साथ हमें जब भी मस्ती करने का मौका मिलता, हम लोग मस्ती करने से भी नहीं चूकते थे | हम लोग अपना एक भी पल ख़राब नहीं करते थे | क्लास में जब भी मस्ती करने का मौका मिलता था, हम लोग मस्ती करने में जुट जाते थे |

एक ऐसा ही दिन आया | उस दिन कोचिंग की लाइट अचानक गुल हो गई | रात का समय था | पूरी क्लास में अंधेरा सा छा गया | पीछे से सारे लड़कों ने हल्ला मचाना शुरू किया | अब जब आधी क्लास हल्ला मचा रही हो, तो बाकी के शांत कैसे रह सकते हैं? देखते ही देखते पूरी क्लास ने हल्ला मचाना शुरू कर दिया | हम तीनों ने भी यही किया | इतने बड़े हाल में अगर एक परिन्दा भी पंख फड़फड़ाए, तो कानों को आहट मिल ही जाती है | फिर जब हजार स्टूडेंट एक साथ शोर मचाएंगे, तो क्या होगा? अब ऐसे में टीचर भी क्या कर सकता है? वह भी शांत पूर्वक खड़े रहे | वैसे भी कुछ पता तो चल नहीं रहा था की कौन क्या कर रहा है |

कुछ बैक-बेंचेर्स ने तो हद ही कर दी...... “उन्हें जो लड़की पसंद थी, उसका नाम लेकर, ‘आई लव यू....’ ऐसा बोलना शुरू कर दिया |” हम लोगों ने अत्सर से भी बोलने के लिए कहा, लेकिन उसने मना कर दिया | उसने बोला की मैं अँधेरे में तीर

चलाना पसंद नहीं करता | यह सब तो फालतू का शोर मचा रहे हैं | इनके अंदर इतनी हिम्मत तो है नहीं की सामने से जाकर बोल सकें |

अत्सर की इस बात पर अंकुर ने कहा- "हाँ जैसे तुमने बहुत बड़े तम्बू गाड़ लिए हैं, ना....... |"

(अत्सर ने कहा) अरे तुम परेशान क्यों हो रहे हो?

बोलूँगा..... सही समय तो आ जाने दो और ऐसे अँधेरे में नहीं, मैं उससे यह बात रोड पर बोलूँगा, लेकिन अच्छे से...... |

क्लास में लगभग दस मिनट के लिए अँधेरा छाया रहा | इसी बीच एक लड़के ने कुछ ज्यादा ही हद पार कर दी..... |

क्लास में एक लड़की थी | वह बहुत खूबसूरत थी | उसकी वह हल्की नीली-नीली सी आँखें, उसके चेहरे पर लटकता हुआ उसके बालों का लट और उसका रस-मलाई जैसा चेहरा, उसकी खूबसूरती को चार चाँद लगा रहा था | और तो और उसने अपने आप को इस तरह से फिट रखा हुआ था की पूछो मत..... | वह भी ऐसी उम्र में, जब किसी को अपने शरीर के बारे में कोई खयाल ही नहीं होता | अब यह सब उसने खुद किया था या फिर गॉड-गिफ्टेड था, इसके बारे में किसी को कुछ खबर नहीं थी |

यह सब तो ठीक था, भगवान ने भी जैसे बाकी के लड़कों के साथ नाइंसाफी की हो | अरे ऐसा मैं ही नहीं, बल्कि क्लास के सभी लड़के भी बोलते रहते थे | कुछ ने तो यह भी कह दिया की भगवान बहुत बड़ा अत्याचारी है | उसने हम सब लड़कों के साथ बहुत ही जघन्य अपराध किया है | उसने एक लड़की को तो पटाखा बना दिया | अब यह तो एक के पास चली जाएगी और बाकी सब क्या करेंगे? तब बाकी लडके एक दूसरे से बोलते- करेंगे क्या? एक तो रसगुल्ले खा लेगा, लेकिन बाकी सब बची हुई चासनी चाटेंगे |

सबसे बड़ी बात, उसकी खूबसूरती का राज एक और वजह से था और वह है, उसके रसीले होंठों के पास का एक छोटा सा तिल, जो उसकी खूबसूरती को और भी ज्यादा रोचक बना रहा था |

जब वह पहले दिन क्लास में आई, सारे लडके उसे घूरने में लग गए | मैं अत्सर के बगल में बैठा था | उसके दूसरी साइड में अंकुर बैठा हुआ था | इस तरह, मेरे एक साइड में अत्सर बैठा था तो दूसरी साइड में एक दूसरा लड़का बैठा था | उस लड़की ने जैसे ही क्लास में कदम रखा, वह बोलता है- 'यार अगर यह मुझे हाँ कर दे तो, मैं सारी दुनिया छोड़ कर इसका बन जाऊँ |' उसकी यह बात सुनकर, अत्सर ने कहा- 'अभी तू अपने माँ-बाप का तो हो ही नहीं पा रहा है, किसी दूसरे का क्या होगा |' यह तू नहीं तेरे अंदर की कामुकता है, जो तुझे ऐसा बोलने के लिए मजबूर कर रही है | तब उस लडके ने कहा- 'क्या अत्सर भाई? ना तो आप हमें किसी लड़की के बारे में बोलने देते हो और ना ही खुद किसी से कुछ बोलते हो |' आपने तो एक को अपनी आँखों में बसा लिया है और उसी के बारे में सोचते रहते हो | हमें भी तो किसी के बारे में सोचने दो |

..अरे, हाँ! क्यों नहीं? .... सोचो, मैंने कौन सा रोक रखा है, लेकिन इस तरह से?

क्लास में अंधेरा सा छाया ही था की तभी पीछे से आवाज आई, "ओ मेरी प्यारी परी! मैं तुमसे बहुत प्यार करता हूँ | तुम मुझे बहुत अच्छी लगती हो | क्या तुम मुझे अपना सैयाँ बनाना चाहोगी ?" मैं तुम्हें फूल की तरह रखूँगा |

यह सब चल ही रहा था की तभी आगे से आवाज आई..... कौन है.... कौन है....... | तब तक लाइट भी आ गई |

क्लास की सभी लड़कियों के बीच में चहल-पहल मची हुई थी | सारी लड़कियाँ पीछे मुड़-मुड़ कर देख रही थी और एक ही बात बोले जा रही थी, "कौन कर सकता है, ऐसी गंदी हरकत |" परी भी थोड़ी सी परेशान दिख रही थी | किसी को कुछ समझ में नहीं आ रहा था की आखिरकार हुआ क्या? तभी टीचर ने क्लास में एन्ट्री लिया | टीचर के क्लास में आते ही, लड़कियों के बीच चहल-पहल बंद हुआ | टीचर ने आते ही फटकार लगाया- "तुम सब यहाँ पढ़ने आए हो या फिर सिनेमा देखने |" बिजली तो हर जगह गुल होती है | इसका यह मतलब तो नहीं की तुम लोग इस तरह की हरकत करोगे | टीचर ने पढ़ाना शुरू किया, लेकिन परी अभी भी बार-बार पीछे मुड़-मुड़ कर

देख रही थी। टीचर ने आखिरकार पूँछ ही लिया- "क्या हुआ तुम बार-बार पीछे मुड़-मुड़ कर क्या देख रही हो, कुछ खो गया है क्या?" परी ने कहा- 'नहीं सर.......।' .... (टीचर ने कहा) फिर अपना काम करो। उन्होंने उलटा उसे ही फटकार लगा दी और बोले भी क्यों ना? उसने बार-बार पीछे देखने का कारण भी तो नहीं बताया था।

अचानक मेरी नजर मेरे साइड में बैठे लड़के के चेहरे पर पड़ी। उसके होंठों पर परी के चेहरे पर लगे मेकअप का एक छोटा सा निशान था। जो बहुत ही बारीकी से देखने पर दिख रहा था। मैं उसे थोड़ी देर तक घूरता रहा। तभी उसने लड़खड़ाती हुई आवाज में कहा- 'भाई तुम मुझे क्या देख रहे हो, मैंने कुछ नहीं किया है।' मैं बहुत शरीफ़ लड़का हूँ।

उसकी इस बात से यह तो पता चल गया था की सब कुछ उसी का किया कराया था। क्लास पूरी होने के बाद, जब हम लोग बाहर आए तो बाहर खड़ी लड़कियों के एक ग्रुप में कुछ वाद-संवाद चल रहा था। एक लड़की ने कहा- 'यार ऐसे कोई कर सकता है?' कुछ तो, जानकर खुश हो रहीं थी और कुछ इस तरह से खफा थी, मानो उनके अंदर की 'रानी लक्ष्मी बाई' जाग गई हो। तभी एक ने कहा- "यार! काश उसने मेरे गालों पर 'किस' किया होता।" इतना सुनते ही हमारी आँखें खुली की खुली ही रह गईं।

पूरी बात जानने के बाद, मैंने उस लड़के को खोजना शुरू किया। लेकिन वह तो तब तक वहाँ से जा चुका था। बाद में अत्सर और अंकुर ने मेरे से पूछा की क्या हुआ था? उस लड़की के साथ.....। तब मैंने सारी बात दोनों को बताया। पूरी बात सुनने के बाद अत्सर और अंकुर दोनों ने एक सुर में कहा- "लोफ़र साला"। उसके बाद हम लोग वहाँ से चले गए।

वैसे अगर एक तरीके से देखें तो वह लड़का बहुत हिम्मती भी था और अगर दूसरे तरीके से देखें तो उसके जैसा डरपोक इस दुनिया में कोई नहीं होगा। अरे अगर कुछ बोलना या करना ही था तो उससे सीधे जाकर बोल देता। क्या मिला उसे ऐसा करके ? उलटा उसकी इस हरकत से, वह लड़की परेशान ही हुई। हिम्मत तो थी नहीं

की सामने से जाकर कुछ बोल देता | ऐसा करने से, कौन सा वह लड़की उसे मिल गई | उसका यह राज, राज ही रह गया | वह कभी किसी से बोल भी नहीं पाया की यह कांड उसने ही किया था | उस बात को हम सब ने वहीं दफन कर दिया क्योंकि इस बात को आगे बढ़ाने का कोई मतलब भी नहीं था | अगर हम इस बात को किसी और से कहते भी तो उस लड़के की जान सलामत ना रहती और यह बात अगर ऑफिस तक पहुँच जाती तो उसे कोचिंग से निकाल भी दिया जाता | हमें हमेशा से यही शिखाया गया है की अगर हम किसी का भला नहीं कर सकते तो उसका बुरा करने का भी हमें कोई हक नहीं है | इसलिए हम लोगों ने इस राज को राज ही रखना पसंद किया |

कोचिंग में हम तीनों और उस लड़के के सिवाय किसी को नहीं पता था की उस लड़की के गाल पर, अंधेरे में 'किस' किसने किया था | हाँ! घर आकर अत्सर ने यह बात रिया को जरूर बताया था, क्योंकि वह किसी की कही हुई बात कभी किसी से नहीं कहती थी और रिया ने खुद अत्सर को यह बात किसी से ना बताने के लिए कहा था |

खैर हमें क्या करना इन सब से........ | कई बार हमने क्या, आपने भी सुना होगा की "बड़े-बड़े शहरों में तो ऐसी छोटी-छोटी घटनाएँ होती रहती हैं |" चलो कोई नहीं, "रात गई बात गई, राजा के घर से रानी के घर, राजा की बारात गई |" अब यह बात तो वहीं ख़त्म हो गई |

सब कुछ अच्छा चल ही रहा था की एक दिन उसी सप्ताह के अंतिम दिन यानी की शनिवार को एक लड़के ने फिर एक हरकत कर दी..... |

दरअसल, यह बात है बजरंगी नाम के एक नालायक लड़के की | क्लास का सबसे बदमाश छात्र....... | वह आए दिन क्लास से निकाल दिया जाता था | उसे लड़कियों को चिढ़ाने में बहुत मजा आता था | उसने अपने आगे की शीट पर बैठी लड़की का बाल खींच दिया और जैसे ही उसने यह हरकत की टीचर ने उसे देख लिया | फिर क्या था, अब पूरे कोचिंग में हड़कंप मच गया, अंतिम निर्णय यह आया की इस लड़के को कोचिंग से निकाल दिया जायह | लेकिन लड़की ने कहा- कोई नहीं सर जाने

दीजियह यह सब तो फालतू के लोग हैं, इनके पास कोई काम तो होता नहीं इसलिए ऐसी हरकत करते रहते हैं | इस बार तो कोचिंग के संचालक (छरछर प्रसाद तुंगशेर) ने उसे सख्त हिदायत देकर छोड़ दिया | लेकिन लड़के तो लड़के होते हैं और अगर बात किसी बिगड़े हुए लड़के की हो तो फिर पूछो मत....... | उसी दिन लास्ट में उसने एक दूसरी लड़की को कुछ गंदे तरीके से छेड़ दिया | उस गधे को यह नहीं पता था की हर लड़की एक जैसी नहीं होती | इस बार ना तो कोचिंग की तरफ से उसे छोड़ा गया और ना ही उस लड़की ने उसे बचाया | इस बार उसे कोचिंग से निकाल ही दिया गया | यह एक तरह से, ऐसे मनचलों के लिए एक सबक था, ऐसा तुंगशेर क्लासेज की सारी लड़कियाँ बोल रही थी |

अध्याय ९

माँ-बाप से दूर

एक बार फिर से, हम लोग शनिवार को अंकुर के घर पर एकत्रित हुए | यह फरवरी महीने का अंतिम शनिवार था | इस बार फिर हम लोगों ने रविवार के दिन पार्टी करने का प्लान बनाया | लेकिन पहले अपना कोचिंग का काम पूरा करने के बाद |

कोचिंग से आने के बाद हम लोग अपने-अपने रूम पर गए | कोचिंग का जो भी काम था, उसे पूरा करने के बाद शाम को अंकुर हमारे रूम पर आया | उस समय हम लोग अपने लिए कुछ खाने का इंतजाम कर रहे थे | ....अरे, हाँ! खाने से याद आया........ | यार! यह छात्र जीवन भी ना, बहुत ही ज्यादा जटिल होता है | हम लोग हमेशा से टीवी सीरियल में, फिल्मों में, यहाँ तक की न्यूज़ में भी देखते आ रहे हैं कि फ़लाने लडके ने इस परीक्षा में प्रथम, या फिर फले खेल में फला पुरस्कार अर्जित किया है | लेकिन अगर हम बात करें उस लडके की, मेरा मतलब उन ज्यादातर लड़कों से है जो किसी शहर में अजनबियों की तरह आते हैं और किसी खडूस मकान-मालिक के घर, कमरा किरायह पर लेकर अपने प्रतियोगी परीक्षाओं की तैयारी में लग जाते हैं | इनमें से कुछ तो सफल हो जाते हैं, लेकिन कुछ बिना सफल हुए ही अपने माता-पिता के भावनाओं के शिकार बन जाते हैं | भावनाओं के शिकार से मतलब है, उनकी शादी कर दी जाती है | हाँ! अब यह शिकार ही तो माना जायहगा ना........ | बंदा! कई सालों तक तैयारी करता है, नौकरी नहीं मिली तो उसकी शादी कर दी जाती है | वैसे भी इस

मामले में लड़का भी कुछ नहीं बोलता क्योंकि बात आ जाती है, उसके माता-पिता के इज्जत की....... | ....अरे यह बात मैं नहीं बोल रहा, ऐसा वह लोग बोलते हैं, जिनके साथ ऐसी घटना घटित होती है | ऐसा वह इसलिए बोलते हैं, जिससे लोग यह समझें की लड़का पढ़ना तो चाहता था, लेकिन क्या करें वह बेचारा भी मजबूर था | आखिरकार उसे अपने माता-पिता के इज्जत का भी तो ख्याल रखना था | अरे आप खुद सोचो, जब तक आप नहीं चाहोगे आपसे कोई किसी तरह की जबरदस्ती कैसे कर सकता है? इस मामले में मैं तो यही बोलूँगा की लडके को खुद लड्डू खाने का मन था | अब भले ही उसे पता था की लड्डू खाने से उसका पेट ख़राब हो जायहगा | अब रही बात पेट ख़राब होने के बाद दवा खाने की तो, कोई नहीं, केमिस्ट की दुकान पर एक रुपयह का टेबलेट तो मिल ही जायहगा | चलो कोई नहीं गाँव में केमिस्ट की दुकान ना सही, लेकिन दादी के हाथ से बना हुआ देशी बालम खीरा चूरन तो मिल ही जाएगा | कुछ ऐसी ही सोच के साथ, लड़का सारी बात जानते हुए भी शादी का लड्डू खा लेता है | वैसे भी आप खुद ही सोचो किसी भूखे शेर के सामने मास डाल दो और फिर उसे जाल में बाँध दो तो उस समय उसकी हालात क्या होगी....... | वैसे ही! यह शादी वाला फंडा भी है | वैसे मुझे नहीं लगता की मुझे इस बात को ज्यादा विस्तार से बताने की जरूरत है | क्योंकि एक ना एक दिन इस दुनिया में रहने वाला हर इंसान इस सच्चाई का सामना करता है | हाँ यह है की अलग-अलग देशों में शादी के इस लड्डू को अलग-अलग तरीके से खाया जाता है और उसे ऐसा करना भी पड़ेगा नहीं तो उसकी हालत उसी तरह होगी जैसे किसी जंगल में ऊँचे पेड़ हों और उस जंगल में एक खरगोश बेचारा भूखे मर रहा है |

अरे बातों ही बातों में, मैं कहाँ से कहाँ पहुँच गया | हम लोग खाने के बारे में बात कर रहे थे | इलाहाबाद में किरायह पर रह रहे किसी लडके से पूछा जाए की, 'और बताओ खाना पीना हो गया?' इस प्रश्न का उसके पास एक ही जवाब होता है- 'हाँ हो गया...... |' मुझे लगता है इस प्रश्न के लिए सबके पास यही उत्तर होता है | लेकिन इस उत्तर में एक बात छिपी होती है | जिस समय लड़का उत्तर दे रहा होता है, उस समय

अगर आप उसके चेहरे को ध्यान से देखें तो आप जिंदगी भर किसी छात्र से इस तरह का प्रश्न नहीं करेंगे | चलो यह तो ठीक है, यह तो खाना-खाने या ना खाने की बात थी | इसका जवाब तो उसने थोडा दुखी मन से दे दिया | लेकिन इलाहाबाद में किरायह पर रह रहे किसी लडके से गलती से अगर यह पूछ लिया जाए की 'आज खाने में क्या बनाया था ?' इस प्रश्न का उत्तर सुनने के बाद आप यही समझोगे की दुनिया में आपसे ज्यादा भाग्यशाली कोई नहीं होगा | खासकर यह बात उन छात्रों के लिए है, जो अपनी फैमिली के साथ रह रहे हैं | क्योंकि इस प्रश्न का उत्तर छात्र बड़ी ही दर्द भरी आवाज में देता है | उस समय उसकी आवाज में दर्द तो होता ही है, साथ ही साथ गुस्सा भी होता है | अगर गलती से किसी ऐसे लडके ने प्रश्न कर लिया, जो अपने मम्मी-पापा के पास रह रहा है, तो फिर उसे खरी-खोटी ना सुनना पड़े, ऐसा हो ही नहीं सकता | क्योंकि इस प्रश्न का उत्तर लड़का बड़े बेढंगे तरीके से देता है | अरे खुद ही सोचो किसी चोट खाए हुए इंसान से अगर यह प्रश्न करोगे की, "चोट लग गई क्या?" तो सोचो उसकी हालत क्या होगी | अब ऐसे प्रश्न का उत्तर तो वह टेढ़े मुंह से ही देगा ना....... | इसी तरह से खाने से सम्बंधित उस प्रश्न पर भी लड़का एक ही जवाब देता है ....अरे नहीं भाई मैं तो तुम्हारी भाभी के हाथ से बना हुआ खीर खाकर आ रहा हूँ....... |

........यार! तुम भी कमाल कर रहे हो, सब को पता है कि इलाहाबाद में रूम लेकर रह रहा हर छात्र एक ही खाना पकाता है और वह है "देशी पुलाव अथवा दाल-चावल" | यह सबसे सस्ते और टिकाऊ देशी पकवानों में से हैं | ऐसा उन छात्रों का कहना होता है | रोटी के दर्शन कियह हुए तो उन्हें महीनों बीत जाते हैं |

खैर, यह सब तो आम बात है | वैसे भी इतनी ज्यादा आबादी वाले देश में, यह तो आम बात ही होगी | ....अरे हाँ हम बात कर रहे थे अंकुर के बारे में......... अंकुर ने आते ही इसी तरह का प्रश्न पूछ डाला, "क्या हो रहा भाई?" अब अत्सर कहाँ शांत रहने वाला था, उसने भी टेढ़े मुहँ जवाब दे दिया, "भाई हम लोग तो बारात में नाच रहे हैं |" ......आओ तुम भी शामिल हो जाओ | यह तो ठीक था, फिर उसके बाद यह बोलने की क्या जरूरत थी कि "अच्छा, खाना पका रहे हो क्या?" फिर क्या था, अत्सर

की तरफ से जवाब आया, "नहीं भाई हम लोग तो मसाज कराने के लिए मसाज पार्लर में बैठे हुए हैं।

अध्याय १०

चरखा पांडे

यह सब चल ही रहा था, तभी हमारे मकान मालिक के बेटे, "चरखा" भाई साहब ने एंट्री ली | उनकी एक आदत थी, वह जहाँ भी जाते अपना गैस का सिलेंडर साथ लेकर जाते थे और इस गैस सिलेंडर में एलपीजी नहीं बल्कि 'मानवीय बायो गैस' भरी होती थी | जब 'मानवीय बायो गैस' सिलेंडर के साथ किसी इंसान को जोड़ा जाता है, तो उसका मतलब सब को पता होता है और मुझे नहीं लगता की मुझे ज्यादा कुछ बताने की जरूरत है |

चरखा पांडे जी ने आते ही अपना बदबूदार गैस का सिलेंडर खोल दिया | अब क्या था, पूरे रूम में गैस ही गैस फ़ैल गई | इसीलिए जब अत्सर को पता चलता की चरखा जी आ रहे हैं, तो वह पहले ही कमरे में अगर बत्ती जला देता था | पांडे जी आते ही बोलते- "अरे वाह क्या खुशबू है |" इतना बोलने में उनकी इतनी ऊर्जा खर्च होती की पीछे से गैस सिलेंडर का ढक्कन अपने-आप खुल जाता था | चरखा जी के घर में, उनके मम्मी-पापा के अतिरिक्त कोई और भी था, जो बहुत ही खास था | अब एक नौजवान लड़के के लिए खास कौन होता है, यह तो सब को पता होता है | वैसे एक बात तो थी, चरखा पांडे जी बहुत सीधे-साधे इंसान थे, 'बिल्कुल गाय जैसे....... |'

हमारे यहाँ, इंडिया में गाय को पालतू जानवरों में सबसे पूज्य माना जाता है |

तो हम बात कर रहे थे चरखा पांडे की..... | अब जब भी चरखा पांडे जी आते, मैं उनसे एक ही प्रश्न पूछता, 'और बताइए पांडे जी, आस्था जी! का क्या हाल है?' यह सुनकर पांडे जी उलटे पाँव भागने की कोशिश करते, लेकिन उनकी किस्मत इतनी खराब थी की जब भी चरखा जी आते उस समय अंकुर वहाँ जरूर उपस्थित रहता था | वह पांडे जी को पकड़ लेता और हम दोनों को बाहर निकलने के लिए कहता | अंकुर पांडे जी को उनके द्वारा छोड़े गए, गैस के साथ अंदर बंद कर देता था | अब पांडे जी चिल्लाते रहते लेकिन अंकुर था की दरवाज़ा ही न खोलता और वह तब तक दरवाज़ा न खोलता जब तक की पांडे जी यह न बोल देते की 'भाई दरवाज़ा खोलो अब हवा शुद्ध हो गई है |'

दरअसल, आस्था पांडे, चरखा पांडे की बहन थी | उनकी कहानी भी कम रोमांटिक नहीं थी | उनके पीछे मोहल्ले के सारे लड़के पागल थे | .....हो भी क्यों न, आस्था जी थी ही इतनी खूबसूरत | लेकिन कुछ भी हो आस्था पांडे जी थी बहुत संस्कारी....... | उस बेचारी लड़की को लुक्खो की नजर से अपने-आप को बचाने के लिए घर के अंदर ही कैद रहना पड़ता था | मोहल्ले के एक दो लुक्खे, आस्था जी के प्यार में पागल भी थे | लेकिन पांडे जी के पिता जी ने उनके सपनों को सच नहीं होने दिया | चरखा पांडे जी जब भी आते, कुछ न कुछ खाने के लिए जरूर लेकर आते थे | यह सब उनकी बहन, आस्था पांडे जी भेजती थी | अरे भाई मेरे लिए नहीं, वह यह सब अत्सर के लिए भेजती थी | दरअसल, आस्था पांडे का भी दिल अत्सर भाई साहब पर अटका हुआ था | कभी-कभी तो हमें इस बात को लेकर अत्सर से जलन भी होती थी | लेकिन कुछ भी हो अत्सर तो अपना ही दोस्त था | उससे बैर रखना हमारे लिए अच्छी बात नहीं थी | लड़कियाँ उसकी फैन हो भी क्यों न? वह जिस भी लड़की से बात करता, बड़े प्यार से बात करता था | और तो और वह पहली बार में ही लड़की को दोस्त भी बना लेता था | सबसे बड़ी बात तो यह थी की वह कभी किसी लड़की को गलत निगाह से नहीं देखता था | इस बात का पता, इंसान के बात करने के तरीके से ही चल जाता है | जहां एक तरफ रिया उसकी एक अच्छी दोस्त थी, वहीं दूसरी तरफ

आस्था भी उसकी एक अच्छी दोस्त ही थी, बिल्कुल हमारी तरह....... | हो भी क्यों न? अत्सर जिससे भी कोई रिश्ता जोड़ता, उसे अच्छी तरह से निभाता भी था |

चरखा पांडे को 'चरखा पांडे' बुलाने की वजह, उनकी बड़ी-बड़ी हांकने की आदत थी | देखने में भले ही वह सीधे-साधे थे, लेकिन वह जब हांकना शुरू करते तो फिर जल्दी बंद नहीं होते थे | वही फालतू की बाते कि हम पांडे हैं, हमारे पास यह है, वह है..... ऐसी ही ढेर सारी बकवास....... | वैसे तो उनका असली नाम, 'खजुहर पांडे' था | इसकी वजह थी की वह जब छोटे थे, तब उन्हें हमेशा खुजली करने की आदत थी | अरे भाई खुद की खुजली नहीं बल्कि यह खुजली, वह गाय-भैंस की करते थे | यही वजह थी की उनके बाबा जी ने उनका नाम 'खजुहर पांडे' रख दिया था | गाँव में जब कभी कोई भैंस या गाय खुजली करने लगती और वह पत्थर में रगड़ना शुरू करती, तब उस समय उन्हें ही बुलाया जाता था | उनका हाथ लगते ही भैंस खुजली करना बंद कर देती थी | ....पता नहीं उनके हाथों में क्या जादू था | यह काम उन्होंने १० साल की उम्र में ही शुरू कर दिया था |

अरे! ऐसा मैं नहीं, बल्कि उनके गाँव के कुछ लोगों ने ही हमें बताया था | हालांकि चरखा पांडे जी ने तो इस बात को गलत ठहराया था | लेकिन कोई भी बात हो, हमें इससे क्या लेना, हमारे लिए चरखा पांडे जी मनोरंजन की दुनिया तो थे ही |

चरखा पांडे जी कहानियाँ भी बहुत सुनाते थे | वह जब भी गाँव से वापस आते हमारे लिए एक-दो कहानी जरूर अपने साथ लेकर आते थे | इस बार भी पांडे जी ने एक नई कहानी सुनाया | कहानी भी बड़ी मजेदार थी | उन्होंने बताया की उनके गाँव में एक मिश्रा जी थे | मिश्रा जी के दो बेटे थे | मिश्रा जी के पिता जी बहुत धनी थे | उनके पास काफी जमीन जायदाद थी | वह गाँव के नामी अमीरों में से थे | मिश्रा जी अपने माता-पिता के इकलौती संतान थे | इसलिए घर में उनका मान-सम्मान कुछ ज्यादा ही था | बचपन से ही मिश्रा जी खाने-पीने में अव्वल थे | उनके खाने-पीने की कहानियाँ आस-पास के गाँव में बहुत प्रसिद्ध थी | मिश्रा जी जब तक तो छोटे थे, तब तक तो ठीक था | वह अपने माता-पिता द्वारा दी गई चीजें ही खाते थे | उनका जो मन

करता अपने मम्मी-पापा से जिद करके ले लेते थे | वैसे भी अपनी इकलौती औलाद को कोई क्यों रोकेगा? ऐसा ही, मिश्रा जी के साथ भी था | उनकी कहानी कुछ ऐसी है-

जब मिश्रा जी दसवीं कक्षा में थे, तो एक बार किसी गाँव के बारात में वह भी अपने साथियों के साथ गए | वहाँ खाने-पीने का अच्छा प्रबंध था | मिश्रा जी अपने सभी दोस्तों के साथ कतार में बैठे हुए थे | वह लोग आपस में बात-चीत कर रहे थे, तभी उनके एक दोस्त ने सब के सामने एक शर्त रख दिया की जो आज सबसे ज्यादा पूरी खाएगा उसे सबसे कम पूरी खाने वाला, यादव की दुकान से भरपेट गोल-गप्पे खिलाएगा | फिर क्या था, मिश्रा जी ने खाना-खाना शुरू कर दिया | उनके पास तो अच्छा-खासा अनुभव भी था | लगभग आधे घंटे की कड़ी मेहनत के बाद मिश्रा जी ने ५० पूरियाँ खा लिया | लेकिन मिश्रा जी का पेट भी कम नहीं था, इतनी पूरियाँ खाने के बावजूद मिश्रा जी अभी भी चौंडकर चल रहे थे | इतनी पूरियाँ खाने के बाद भी मिश्रा जी का पेट अभी भी चिपका ही था |

दरअसल, मिश्रा जी बचपन से ही ज्यादा खाना-खाने वाले इंसान थे | उनकी माँ तो कभी-कभी खाना बनाते-बनाते परेशान हो जाती थी | ऐसी ही उनकी एक कहानी है कि एक बार मिश्रा जी की माँ ने खाना पकाया और मिश्रा जी के घर पर न रहने की वजह से खाना रख दिया | अभी ना तो उनकी माँ ने खाना खाया था और ना ही उनके पापा ने खाना खाया था | मिश्रा जी जब खेल-कूद कर वापस आए तो उन्होंने अपनी माँ से खाना लाने के लिए कहा? लेकिन उनकी माँ उस समय अपना कुछ काम करने में व्यस्त थी | इसलिए उन्होंने मिश्रा जी को खुद खाना लेने के लिए बोल दिया | मिश्रा जी अंदर गए और तीन लोगों के लिए बना खाना धीरे-धीरे करके खुद ही खा गए | जब उनके बाहर आने में ज्यादा समय लगा तो उनकी माँ खुद अंदर गईं | अन्दर जाकर उनकी माँ ने देखा कि मिश्रा जी खाना-खाकर पास में पड़ी एक चारपाई पर आराम से लेटे हुए थे | इतने में उनके पिता जी भी आ गए | अब उनके पिता जी के लिए खाना परोसने के लिए, जब उनकी माँ रसोई में गई तो उन्होंने सारा बर्तन खाली पाया | तब उन्होंने इसके बारे में मिश्रा जी से पूछा, मिश्रा जी ने कहा- वह तो उन्होंने खा लिया |

अब उनकी माँ भी परेशान हो गईं | उनके माता-पिता को पता चल गया था कि उनका बेटा कितना खब्बू है | धीरे-धीरे एक दिन उन्हें उस बारात की बात भी पता चली | अब तो उनका सक भूत-प्रेत की ओर होने लगा | उन्हें लगा उनके बेटे के अंदर कोई भूत घुस गया है | उसी की वजह से वह इतना खाना खा रहा है | इसलिए वह गाँव के कुछ पाखंडियों के पास भी गए | चलो अच्छा तो यह था की उन पाखंडियों ने भूत-प्रेत की बात को गलत ठहराया | लेकिन कुछ भी हो मिश्रा जी तो अपने माता-पिता के इकलौती संतान थे, इसलिए उनकी चिंता तो उन्हें होनी ही थी | लेकिन अब वह कर भी क्या सकते थे | इसलिए उन्होंने उस दिन से उन्हें कभी, ना तो खुद खाना निकालने के लिए कहा, ना ही कभी बारात में जाने के लिए कहते थे |

अभी वह शर्त बाकी थी, जो उनके दोस्त ने सब के सामने रखा था | इत्तिफ़ाक से जिसने शर्त रखा था, उसी ने सबसे कम खाया | अब बारी आई उस शर्त को पूरा करने की, दोनों लोग पहुँच गए, गाँव के मध्य में स्थित चौराहे पर यादव जी के ठेले के पास | वहाँ जाकर उनके दोस्त ने यादव जी को कहानी सुनाई तो यादव जी जोश में आ गए | उन्होंने भी शर्त रख दी की भले ही मिश्रा जी ने ५० पूरियाँ खा ली हो लेकिन यह मेरे गोलगप्पे २० से ज्यादा नहीं खा पाएंगे | अब मिश्रा जी ने भी बोल दिया, अगर खा लिया तो? यादव जी ने कहा- तो यह पूरे गोलगप्पे आप के हो जाएंगे | यह सारे गोलगप्पे मैं आपको खिला दूंगा | मिश्रा जी के दोस्त ने यादव जी को रोका भी, लेकिन यादव जी ठहरे यादव जी, वह भी पीछे हटने वालों में से नहीं थे | उन्होंने खिलाना शुरू किया | देखते ही देखते मिश्रा जी ने बहुत जल्द २० गोलगप्पे खा लिया | अब यादव जी लगे नाक रगड़ने...... | अरे भाई अब बस करो, यार! मैं लुट जाऊँगा | मैंने नहीं सोचा था, तुम कई दिनों से भूखे हो...... | लेकिन मिश्रा जी ने कहा- नहीं! अब आप अपना वादा पूरा करो | अब यादव जी को अपना वादा तो पूरा करना ही था | उन्होंने फिर से मिश्रा जी को गोलगप्पे परोसने शुरू किया | देखते ही देखते मिश्रा जी पूरे गोलगप्पे खा गयह | अंततः यादव जी के आँख में आँसू तक आ गए | ....आए थे पैसा कमाने, खाली हाथ लौट गए | यादव जी जब घर गए तो उनकी बीवी ने उन्हें जमकर फटकार लगाई

| लेकिन यह अच्छी बात थी की मिश्रा जी के पिता जी को जब यह बात पता चली तो उन्होंने यादव जी के जो भी पैसे हुए थे, उन्हें दे दियह थे |

कुछ लोग कहते हैं की इसी चिंता में मिश्रा जी के पिता जी की मौत हो गई थी | उनके पिता जी के जाने के बाद उनके माँ का भी निधन हो गया था | बड़े लाड़-प्यार से उनके माँ-बाप ने उन्हें पाला-पोषा था | उन्हें क्या पता था की उनके घर बेटा नहीं, शैतान पैदा हुआ था | माता-पिता के जाने के बाद मिश्रा जी का अधा-धुंध खाना-खाने का यह कार्यक्रम जारी रहा | धीरे-धीरे करके मिश्रा जी ने अपने पिता की दी हुई अमानत को बेचना शुरू कर दिया | मिश्रा जी की बीवी भी इसी चिंता में सूखकर मिर्ची हो गई थी | ऐसा भी नहीं की मिश्रा जी इतना खाते थे तो अच्छे-खासे तगड़े इंसान होंगे | वह भी सूखे हुए छुहारे की तरह थे | उनकी बीवी भी आए दिन उन्हें भला-बुरा कहती रहती थी | लेकिन मिश्रा जी पर इन सब बातों का कोई असर नहीं पड़ता था | जब तक मिश्रा जी के दोनों बेटे छोटे थे, तब तक तो ठीक था | मिश्रा जी अपने पिता की दी हुई अमानत को बेचकर आराम से खा-पी रहे थे | धीरे-धीरे एक दिन ऐसा आया की मिश्रा जी गाँव के गरीबों की गिनती में आने की कगार पर आ गए | तब तक उनके दोनों बेटों की भी शादी हो चुकी थी और उनके भी छोटे-छोटे उत्पाद (बच्च्चे) बाजार में आ गए थे | बड़े बेटे ने बाप की यह हालत देखकर, उनसे दूरी बना ली और अपने हिस्से का सारा धन लेकर अपने बीवी-बच्चों के साथ अलग रहने लगा | अब वह अलग जीवन यापन करने लगा | लेकिन छोटे बेटे ने अपने माँ-बाप के साथ ही रहना पसंद किया | बड़े बेटे के अलग होने के बाद, मिश्रा जी ने भी अपना खाना-पीना कम कर दिया | वैसे भी अब उनकी उम्र भी ढलने लगी थी | उनके छोटे बेटे के तीन बेटे थे | मिश्रा जी की दो बेटियां भी थी | मिश्रा जी ने अपनी बेटियों की शादी तो अच्छे घर में कर दिया था | छोटे बेटे के तीनों बेटों का नामकरण मिश्रा जी ने ही किया था | उनके नाम कुछ मजाकिया थे | उन्होंने अपने बड़े नाती का नाम ‘पिंटू’ रखा था | यह तो ठीक था, लेकिन बाकी दो नातियों के नाम उन्होंने ‘खुराना’ और ‘जुगड़ू’ रखा था |

कुछ इसी तरह की कहानियों से, चरखा पांडे जी हमारा मनोरंजन कराते थे | अब इन कहानियों में कितनी सच्चाई थी, इसके बारे में हमें कुछ नहीं पता था | तो इस तरह से चरखा पांडे जी जब भी आते थे तो अपनी ऊट-पटांग की कहानियों से हमारा मनोरंजन कराके ही जाते थे | यह सब तो छोड़ो, मुझे सबसे अच्छा लगता था की जब भी वह आते अपनी बहन के हाथ का बना हुआ, कुछ ना कुछ लेकर आते थे | अब वह भले ही केवल अत्सर के लिए ही आता हो, खाते तो हम लोग ही थे | अत्सर तो बस थोड़ा सा चख कर लेता था | इस बात को लेकर हम लोग कभी-कभी अत्सर से थोड़ा हँसी-मज़ाक भी कर लेते थे | जैसे की, “यार! आस्था पांडे जी के... हैं, बहुत अच्छे |” इतना कहने पर अत्सर जब हमारी तरफ देखता तो इतने में अंकुर बात को आगे बढ़ाते हुए बोलता- “अरे! उनके हाथ से बने हुए पकवान यार... |”

अध्याय ११

सगाई

शनिवार का दिन तो था ही, हम लोगों ने पहले से ही अपना सारा काम पूरा कर लिया था | मैंने और अत्सर ने मिलकर लगभग आधे घंटे की कड़ी मेहनत के बाद थोड़े से चावल और कुछ सब्जियाँ वगैरह मिलाकर, 'मिक्स भात' बना लिया था | जिसे हम लोग देशी पुलाव कहते हैं | हम लोग धीरे- धीरे पुलाव भी बनाने में लगे थे और साथ ही साथ चरखा जी की कहानी का आनंद भी ले रहे थे | वैसे भी पुलाव बनने में आधे घंटे थोड़ी ना लगते हैं, यह तो चरखा पांडे की कहानी की वजह से ऐसा हुआ था |

पुलाव बनकर तैयार हो गया | चरखा पांडे जी ने विदा लेने के लिए कहा | अत्सर ने उन्हें रोकने की नाकाम कोशिश की, लेकिन चरखा पांडे जी यह कहकर चले गए कि उन्हें जल्दी घर वापस जाने के लिए बोला गया था | वैसे भी! उनका घर लंदन में थोड़ी ना था | उनका घर भी तो, उसी बिल्डिंग में ही था | बस एक फ्लोर नीचे जाना था | लेकिन हम लोग कर भी क्या सकते थे, उन्हें तो जाना ही था | मन के मर्जी वाले इंसान थे |

चरखा पांडे जी चले गए | हम लोग अपनी देशी पुलाव की पार्टी करने बैठ गए | अंकुर ने कुछ नमकीन वगैरह लाने के लिए कहा | वह नमकीन लाने के लिए जा ही रहा था, लेकिन अत्सर भाई साहब तो दोस्त पर जान छिड़कते ही थे | वह बोले, अरे नहीं तुम लोग बैठो, मैं लेकर आता हूँ |

अत्सर भाई नमकीन लेकर आए | देशी पुलाव और नमकीन का मिश्रण खाना, हमें अंकुर ने ही शिखाया था | इन दोनों के मिश्रण का टेस्ट भी अच्छा होता है और साथ ही साथ अगर थोड़ी सी चटपटी चटनी भी हो तो देशी पुलाव और भी टेस्टी हो जाता है | हम लोगों ने एक बड़ी सी थाली में देशी पुलाव को निकाला और तीनों एक साथ खाने के लिए बैठ गए | इसी बीच अंकुर ने मेरे और प्रिया के बीच हुई, उस रात की घटना को छेड़ दिया | उसका कहना था की अगर उस दिन प्रिया वहाँ ना आती तो हमें सिलेक्शन के जस्ट बाद, शादी करने का फैसला ना लेना पड़ता | इस बात पर मैंने बोल दिया- कोई नहीं तुम्हें इसकी चिंता करने की कोई जरूरत नहीं है, मुझे तो प्रिया से शादी करना ही होगा | क्योंकि मैंने प्रिया से वादा किया है | सबसे बड़ी बात तो यह है की प्रिया के मम्मी-पापा बहुत अच्छे हैं | मैं उन्हें धोखा नहीं दे सकता हूँ | तब अंकुर ने कहा- तो क्या तू अपने पापा के पैसे पर प्रिया को खाना खिलाएगा? अंकुर की यह बात भी सच थी | अब इसके लिए मुझे कुछ ना कुछ तो करना ही था | लेकिन अब मैं कर भी क्या सकता था? अब हमारी इस समस्या का समाधान अत्सर ही कर सकता था और उसने किया भी | उसने कहा- एक काम करो, तुम लोग सेलेक्शन के बाद सगाई कर लेना और शादी नौकरी लगने के बाद कर लेना | अरे भाई, यह शादी करने का फैसला हम लोगों ने ऐसे ही नहीं कर लिया था | यह फैसला प्रिया के घर वालों ने ही लिया था | क्योंकि उन्हें मेरे और प्रिया के बारे में पता चल गया था | उन्हें यह बात अंकुर के नीचे के फ्लोर पर रह रहे, एक बंदे ने बताया था | उस रात जब प्रिया आई थी, तब उस लड़के ने उसे आते हुए देख लिया था | उसे सक भी ना होता कि प्रिया वहाँ आई भी थी | अगर उसने प्रिया के आने के बाद, अत्सर और अंकुर को छत पर जाते ना देखता | यह मान लो उसने फिल्म का ट्रेलर देख लिया था | वह प्रिया के पापा को इसकी खबर देता भी ना, अगर वह उसका दीवाना ना होता तो..... | वैसे भी छोटे शहरों में लोग एक छोटी सी बात को बढ़ा चढ़ाकर बोलने में माहिर होते हैं | क्योंकि उन्हें दूसरों की खिल्लियाँ उड़ाने में मजा जो आता है |

प्रिया, रिया जितनी खूबसूरत तो नहीं थी, लेकिन फिर भी उसके भी चाहने वाले कम नहीं थे |

अब बात यह थी की सगाई के बारे में प्रिया के पापा से बोलता कौन? वह तो सीधे शादी पर रुके हुए थे | वह तो हम दोनों की शादी कराने में लगे हुए थे | क्योंकि बात पूरे मोहल्ले में फ़ैल गई थी | उन्हें इंतजार था तो केवल प्रिया के उम्र के १८ साल पूरा होने का...... | अगर वह बात सुनते थे, तो केवल रिया और अत्सर की, लेकिन इस समय वह उन दोनों से भी नाराज थे | क्योंकि रिया ने यह सब जानते हुए भी उन्हें नहीं बताया और अत्सर से इसलिए की उस समय वहाँ होते हुए भी, उसने हमें रोका नहीं...... | उन्हें उस लडके ने कुछ ज्यादा ही भड़का दिया था | हालाँकि अत्सर ने बाद में उनकी सारी गलत फ़हमी को दूर कर दिया था | लेकिन वह फिर भी शादी की बात पर जी रुके हुए थे | क्योंकि उस रात की बात को लोगों ने कुछ ज्यादा ही आगे बढ़ा दिया था | और वैसे भी छोटे शहरों में एक छोटी सी घटना भी खास घटना उभर कर सामने आ जाती है खास कर इन मामलें में ......|

वह अत्सर को बहुत मानते थे | उनका इरादा रिया और अत्सर की शादी कराने का था | लेकिन ऐसा संभव नहीं था | क्योंकि जैसा की मैंने पहले भी बताया की अत्सर और रिया बहुत अछे दोस्त थे | वह अपनी दोस्ती को दोस्ती तक ही सीमित रखना चाहते थे | फिलहाल जो भी था, अब वह सब रिया और अत्सर के हाथ में था | मैंने अत्सर से कहा की वह एक बार प्रिया के पापा से बात करें.... | मैं चाहता था की अत्सर उन्हें बताए की मैं पहले नौकरी करना चाहता हूँ और बाकी सब बाद में.... | अत्सर ने कहा- ठीक है, मैं तुम्हारी बात को उनके सामने रखने की पूरी कोशिश करूँगा |

अब! हमारी बात तो ठीक थी | मेरी और प्रिया की शादी तो खुद प्रिया के मम्मी-पापा की मर्जी से होनी थी | लेकिन बात थी तो अंकुर और अर्पिता की....... | मैं और प्रिया तो एक ही जाति के थे | लेकिन हमें डर था तो अंकुर के दूसरी जाति के होने से...... | हमें ज्यादा समस्या उसके दूसरी जाती का होने से भी नहीं था, बल्कि समस्या इस बात की थी की अंकुर के मम्मी-पापा इस बात से राजी होंगे भी या नहीं | खैर यह

तो बाद की बात थी | इस समय शादी की बात को लेकर केवल मुझे ही टेंशन होती थी | इसलिए मैंने अत्सर से कहा की वह जल्दी से इस समस्या का हल निकाले...... | इसलिए अपना देशी पुलाव ख़त्म करने के बाद, जब हम लोग अंकुर के छत पर गए | अत्सर ने इस बात का जिक्र रिया से किया | रिया ने भी हमारी बात पर गौर किया | लेकिन उसने कहा की उसके मामा जी उसकी बात मानेंगे नहीं, क्योंकि वह इस समय उससे नाराज चल रहे हैं | उसने मुझसे कहा की मैं खुद जाकर उनसे बात करूँ | अब मेरे अंदर इतनी हिम्मत तो नहीं थी, लेकिन फिर भी मेरे भविष्य की बात थी | केवल मैं ही नहीं, मेरे और प्रिया दोनों के भविष्य की बात थी | इसलिए मैं प्रिया को भी अपने साथ ले गया |

हमने अपनी बात उनके सामने रखा | पहले तो वह हमारी किसी भी बात को सुनने के लिए राजी नहीं थे | लेकिन जब प्रिया की मम्मी ने कहा, तब वह हमारी बात को सुनने के लिए राजी हुए | हमारी शादी की बात से केवल प्रिया के घर पर ही नहीं, बल्कि मेरे घर पर भी इसकी वजह से कोहराम मचा हुआ था | एक तरफ हमारे मम्मी-पापा और प्रिया के मम्मी-पापा थे, तो दूसरी तरफ मैं और प्रिया थे | जब प्रिया के पापा को मेरे और प्रिया के बारे में पता चला तो उन्होंने मेरे पापा से मिलने का फैसला किया और उनसे मिलकर, उन्होंने मेरे पापा जी से पूरी बात बताई | मुझे ख़ुशी थी तो बस इस बात की कि उन्होंने किसी तरह का बखेड़ा खड़ा नहीं किया और शांति से पूरी बात को संभाल लिया | ....हाँ यह था की मेरे दोस्तों को इसका खामियाजा भुगतना पड़ा था | उन्हें दोनों तरफ से सुनना पड़ा था |

हमारे लिए यह अच्छी बात थी की यह सारी बातें केवल मेरे और प्रिया की फैमिली के ही बीच सीमित थी | मेरे मम्मी-पापा वही कर रहे थे, जो प्रिया के मम्मी-पापा बोलते थे | वह लोग उनकी बात मानते भी क्यों ना, एक लड़की की इज्जत क्या होती है, उन्हें अच्छी तरह से पता था | इसलिए इस बारे में जो भी बात होती थी, दोनों फैमिली मिलकर उसे आराम से संभाल लेते थे | रिया के मामी जी (प्रिया की मम्मी) के कहने पर उसके मामा जी हमारी बात से सहमत हो गए और उन्होंने मुझे

अपना भविष्य संभालने के लिए एक अवसर प्रदान किया | उनके हमारी बात से राजी हो जाने के बाद, मैंने उनका पैर छुआ | उन्होंने मुझे आशीर्वाद दिया | अब तो हमारी ख़ुशी का ठिकाना नहीं था | मैं अब शुद्ध दिमाग से अपनी पढाई कर सकता था |

अध्याय १२

वादा

जैसा की मैंने पहले ही बताया की यह शनिवार का दिन था | हम लोगों ने आज के दिन फिर से पार्टी करने का मन बनाया था और ऐसा ही किया, हम लोगों ने.... | लेकिन आज की पार्टी हम लोगों ने पहले प्रिया के घर पे किया |

आज प्रिया के मम्मी-पापा भी घर पर थे | प्रिया की मम्मी, हमारे लिए कुछ पकौड़े और चाय ले कर आईं | सारे लोग टीवी के सामने बैठे हुए थे | प्रिया के पापा ने टीवी में आ रहे कार्यक्रम को रोक रखा था | क्योंकि हम लोग एक बहुत पुरानी मूवी "नदिया के पार देखने बैठे थे" | प्रिया के मम्मी को यह मूवी बहुत पसंद थी | इसलिए उसके पापा जी मार्केट से डीवीडी लेकर आयह थे | प्रिया की मम्मी तो आ गई, लेकिन टीवी अभी भी वैसे की वैसे ही थी क्योंकि रिया का आना अभी बाकी था | जब तक रिया आती तब तक के लिए प्रिया की मम्मी जी सास-बहू के सीरियल लगा कर बैठ गईं | सीरियल में जब भी कोई सास-बहू के झगड़े का दृश्य आता, प्रिया के पापा उस पर कुछ ना कुछ कमेन्ट करते और सबको हँसाते रहते थे | थोड़ी देर बाद रिया भी आ गई | प्रिया के पापा ने मूवी को चलाया | फिल्म शुरु हुई | प्रिया के पापा-मम्मी, रिया, अर्पिता और अत्सर सब लोग बिस्तर पर टीवी की तरफ मुंह करके बैठे हुए थे | प्रिया, मैं और अंकुर तीनों पीछे लगे सोफ़े पर बैठे थे | अर्पिता ने अपने पापा से पूछा की क्या वह लाइट ऑफ कर सकती है? उसने कहा ऐसा करने से पूरा कमरा सिनेमा हाल की

तरह बन जाएगा | उसके पापा ने हाँ बोल दिया | बाकी सब ने भी प्रिया का समर्थन किया | प्रिया ने मन ही मन मंद-मंद मुस्कराना शुरू किया | क्योंकि उसके इरादे कुछ ठीक नहीं थे | अरे भाई, मैं जो उसके बगल में बैठा था | मेरे एक तरफ अंकुर था और दूसरी तरफ प्रिया थी | मैंने प्रिया के इरादों को समझ लिया था | इसलिए मैंने वहाँ से हटने के लिए सोचा | जैसे ही मैंने, उसके पास से उठने की कोशिश की प्रिया ने मेरे हाथ पकड़ लिए | मैं भी वापस फिर से वहीं बैठ गया | क्योंकि प्रिया ने मुझे वापस सोफे की ओर खींच लिया था |

प्रिया ने लाइट ऑफ कर दिया | पूरे कमरे में केवल टीवी से आने वाली रोशनी का ही बोल-बाला था | वैसे भी हम लोग तो बिल्कुल पीछे बैठे हुए थे | वहाँ पर टीवी के स्क्रीन से आने वाली लाइट बहुत कम ही पहुँच पा रही थी | अब लाइट के नियम के अनुसार, अंकुर तो हमें देख सकता था | क्योंकि हम तीनों समान प्रकाशीय छेत्र में बैठे हुए थे | लेकिन बाकी लोग हमें नहीं देख सकते थे | क्योंकि पहली बात तो वह सभी हम तीनों से आगे बैठे हुए थे, जिसकी वजह से वह हमें पीछे मुड़ कर नहीं देख सकते थे | क्योंकि वह सब फिल्म का लुत्फ उठाने में व्यस्त थे | दूसरी बात, वह लोग कुछ ज्यादा ही प्रकाशीय छेत्र में बैठे थे | वे सभी टीवी के ज्यादा पास थे | इसलिए उनके पास ज्यादा लाइट आ रही थी | सब लोग शांति से बैठ कर फिल्म का आनंद ले रहे थे |

दस-पंद्रह मिनट बीत गए थे | अब प्रिया से रहा नहीं जा रहा था | उसने मुझे परेशान करना शुरू किया | पहले उसने मेरे हाथ में जोर से चींटी काटा, जिससे मैं थोडा सा अपनी जगह से खिसक गया | इसकी आहट अंकुर तक पहुँच गई | उसने सर हिलाते हुए संकेतों में पूछा- क्या हुआ? मैं कुछ बोलता, इतने में प्रिया ने फिर से मेरे हाथ में चींटी काटा.......| उसने मुझे अंकुर से कुछ ना कहने के लिए, दोबारा मेरे हाथ में चींटी काटा था | मैंने भी इशारों ही इशारों में अंकुर को समझाया की कोई बात नहीं, सब ठीक है | अंकुर ने प्रिया की ओर थोड़ी सी नाराजगी भरी निगाह से देखा और फिर फिल्म देखने में लग गया | वह समझ गया था की प्रिया ने जरूर कुछ किया है |

प्रिया बार-बार मुझे परेशान करती रही | वह कभी मेरे कंधे पर चींटी काटती तो कभी मेरे पैर के किसी हिस्से में...... | वह बार-बार मुझे परेशान करती, लेकिन मैं उसके हर वार को नाकाम कर देता था | वह जब भी मुझे चींटी काटती, मैं धीरे से अपने हाथ के जरिए उस जगह पर सहलाता और फिर शांति से बैठा रहता | वह मेरी तरफ से कोई रिएक्शन ना आने की वजह से, मेरे से थोडा नाराज हुई और तेजी से उसने मेरे पैर पर अपने पैर से मारा | इस बार मुझे कुछ ज्यादा ही दर्द हुआ | इसलिए मैंने भी उसके पैर पर तेजी से धर दिया | जिससे उसके मुंह से दर्द भरी आवाज निकल गई | अर्पिता ने जल्दी से बल्ब जलाया | सभी लोगों ने, क्या हुआ? क्या हुआ? बोल कर पीछे देखा | रिया तेजी से दौड़कर प्रिया के पास आई | मैं डर सा गया की अब तो मैं गया | लेकिन तभी प्रिया ने अपनी तरफ से प्रति उत्तर दिया की "पता नहीं क्या था? मेरे पैर पर तेजी से टहलते हुए गया |" तभी अचानक दरवाजे के पास एक चूहा दिखा | अर्पिता ने कहा अरे चूहा था....... वह देखो.... | प्रिया की माँ ने कहा- क्या बेटा? तुम चूहे से डर गई | प्रिया के पापा ने कहा, चलो कोई नहीं बैठो सब लोग | इस बार अर्पिता ने बल्ब जलने दिया | सब लोग फिर से जहाँ थे, वहीं जाकर बैठ गए | लेकिन अंकुर अभी भी हमारी तरफ देख रहा था | वह हमारे हर क्रियाकलाप को देख रहा था | प्रिया ने थोड़ी नाराजगी भरी आँखों से मुझे देखा | सब लोग फिर से शांति से बैठकर फिल्म देखने में जुट गए |

लगभग आधे घंटे बीत गए थे | अब मैं थोडा सा उबाऊ महसूस कर रहा था | वैसे भी इतनी पुरानी फ़िल्में मुझे पसंद नहीं थी | मैं बार-बार उबासियाँ ले रहा था | थोड़ी देर में प्रिया ने अपने मम्मी से कहा की मम्मी मुझे नींद आ रही है | मैं सोने जा रही हूँ | सब लोग फिल्म देखने में मस्त थे | इसलिए सब ने एक स्वर में कहा- हाँ हाँ..... जाओ | अंकुर ने पहले प्रिया की तरफ देखा, फिर वह मेरी तरफ देखने लगा | वह ऐसे देख रहा था जैसे की वह यह कहना चाहता हो की नींद तुम्हें आ रही है या उसे | प्रिया वहाँ से चली गई | वह बहुत सोच-समझ कर वहाँ से गई थी | उसे पता था की अगर मुझे नींद आ रही है तो थोड़ी देर में मैं वहाँ से जाऊंगा जरूर और यह सच भी था | आधे घंटे बीत गए | अब मेरे से बैठे नहीं रहा जा रहा था | इसलिए मैंने अंकुर से वहाँ

से चलने के लिए पूछा तो उसने कहा की वह अभी नहीं आ रहा | इसलिए मैंने अत्सर को भी साथ चलने के लिए कहा, उसने भी जाने से मना किया | लेकिन बिना चाभी के मैं कैसे जा सकता था | मेरे कमरे की चाभी तो अंकुर के कमरे में ही रह गई थी | इसलिए उसने मुझे अपने घर की चाभी दिया | प्रिया के पापा ने तो मुझे रात वहीं सोने के लिए कहा, लेकिन मैंने मना किया | उन्होंने कहा- कोई नहीं, जैसी तुम्हारी मर्जी |

मैंने अंकुर से चाभी ली और कमरे से बाहर निकल गया | कमरे से बाहर निकल कर, गलियारे से होकर, मैं जीने के पास पहुंचा | प्रिया अपने कमरे के गेट पर थी | ऐसा लग रहा था जैसे वह मेरे आने का इंतजार कर रही थी | उसने गेट पर पहुंचते ही मेरा हाथ पकड़ लिया | तभी अचानक वहाँ अत्सर आ गया | मैं थोड़ा परेशान सा हुआ | लेकिन अत्सर ने मुझे जल्दी से वहाँ से चले जाने को कहा | जब तक मैं वहाँ से जाता तब तक अंकुर भी वहाँ आ चुका था | लेकिन यह तो अच्छा था की उसने भी कोई गलत प्रतिक्रिया नहीं किया | मैं वहाँ से चला गया | प्रिया ने अपने कमरे का दरवाज़ा अंदर से बंद कर लिया | मैं जाकर सीधे अंकुर के कमरे में लेट गया | अत्सर बाथरूम जाने के लिए और अंकुर अपने कमरे पर आने के लिए बाहर निकला था | उन लोगों ने वही किया | अंकुर मेरे पीछे-पीछे कमरे में आया | मैं लेटा हुआ था | पहले तो उसने गुस्से से मेरी तरफ देखा, फिर अचानक हँसने लगा और "नालायक" ऐसा कहते हुए मेरी तरफ अपने पास रखे हुए एक टमाटर को फेंका | उसने मुझे समझाया और कहा देख भाई, तुम जो कर रहे हो, हो सकता हो वह तुम्हारे लिए सही हो..... | लेकिन मुझे यह समझ में नहीं आ रहा की अभी आज ही तुम दोनों ने प्रॉमिस किया था कि ऐसा अब तुम दोनों दोबारा नहीं करोगे तो फिर तुमने अपना वादा कैसे तोड़ दिया | तब मैंने सारी बात उसे बताया | तब उसने कहा कि यार मानना पड़ेगा, तेरी होने वाली बीवी तो बहुत रोमांटिक है |

थोड़ी देर बाद अत्सर भी आ गया | उसने बस एक ही बात कहा- 'मतलब की तुम दोनों नहीं सुधरोगे |' तुम दोनों की किस्मत तो बहुत अच्छी है कि सिर्फ हम दोनों ने ही तुम्हें देखा | अंकुर ने कहा की चलो ठीक है, जो हुआ सो हुआ | वैसे भी यह सब

इन दोनों की मर्जी है | फिर अत्सर ने मुझे कमरे पर चलने के लिए कहा | अंकुर ने हम दोनों को वहीं पर रुकने के लिए कहा |

रात के नौ बज रहे थे | पहले तो हम दोनों ने वहाँ रुकने से मना किया | लेकिन अंकुर ने दोबारा रुकने के लिए कहा, इसलिए हम लोग वहीं पर रुक गए | वैसे भी दूसरे दिन रविवार था, इसलिए कोचिंग बंद था | मैंने बगल में सिंगल बेड पर पड़े बिस्तर को जमीन पर फैलाया, जिससे तीनों आराम से लेट सकें और तीनों जहाँ-तहाँ पड़ गए | अंकुर ने चौकी को फ़ोल्ड करके बगल में रख दिया | अंकुर हम तीनों के लिए एक-एक कप चाय बनाने में लग गया | चाय बनाते-बनाते अंकुर ने मेरे से तफरी लेना शुरू किया | वह दोनों ऐसे ही इधर-उधर की बाते-बोल कर हंसी उड़ा रहे थे | उन्हें हँसता देख, मैं भी थोडा सा हँस देता, यह कहते हुए की “यार तुम लोग भी ना..... लेलो! आज जितने मजे लेना है, मेरा भी समय आएगा |” इस बात पर अंकुर ने कहा- ऐसा कोई समय नहीं आने वाला | अंकुर ने कहा की उसे इस बात की ख़ुशी है की उसे अर्पिता ने पसंद किया | बस दिक्कत है तो मेरे और अर्पिता के अलग-अलग जाति का होना, अगर अर्पिता के मम्मी-पापा ने मुझे अपनाने से मना कर दिया तब मेरे लिए दिक्कत हो जाएगी | इस बात पर अत्सर ने उसे भरोसा दिलाया की ऐसा कुछ नहीं होगा | बस तुम अपने आप को संभाल कर रखना | ऐसा कहते हुए, उसने मेरी तरफ देखा | मैं समझ गया था की वह क्या कहना चाहता था | उसने कहा की तुम सिर्फ अपनी पढ़ाई पर ध्यान दो बाकी सब ठीक होगा |

अंकुर ने चाय को छानकर तीनों के लिए अलग-अलग कप में रख दिया | उसने अत्सर को चाय दिया और फिर मेरे पास आया | जब वह मुझे चाय दे रहा था तब मैं उसकी ओर देख रहा था | अंकुर ने कहा, मुझे क्या देख रहे हो | लड़की थोड़ी ना हूँ मैं, जो तुम मुझे देख रहे हो | अत्सर ने कहा- अरे! अंकुर, तर्पण तुम्हें इसलिए देख रहा है, क्योंकि उसे इस समय उस समय का अनुभव हो रहा है, जब लोग लड़की देखने जाते हैं और लड़की अपने होने वाले प्रिय पती के लिए चाय लेकर आती है और फिर दोनों

ने तेजी से ठहाके लगाए। मैं भी उनके साथ हँसने लगा। तीनों ने अपनी-अपनी चाय ले ली ......।

थोड़ी देर शांति से बैठे रहने के बाद दोनों ने मेरी तरफ देखा और फिर तेजी-तेजी से हँसने लगे। मुझे कुछ समझ में नहीं आया। मैंने उनकी इस हँसी का कारण जानना चाहा। तब अंकुर ने कहा, "यार तुम लोग ऐसा कैसे कर लेते हो, वहीं बगल में उसके मम्मी-पापा थे और तुम दोनों वहीँ पर अपना फालतू का काम करने में लग गए। मानना पड़ेगा भाई, महान हो तुम दोनों। अगर हम दोनों ना आते तो न जाने क्या करते तुम दोनों। वैसे भी प्रिया कमरे के पास में ही खड़ी थी।

मैंने भी अपना प्रति उत्तर दिया।" यार! मैं क्या कर सकता था। मैंने वहाँ से भागने की कोशिश किया था लेकिन तब तक उसने मेरा हाथ पकड़ लिया था। तब अत्सर ने कहा की किसी से वादा करना तो आसान है, लेकिन उसे निभाना सबके बस की बात नहीं है।

उस समय, मैं उन दोनों को ऐसा भी नहीं कह सकता था कि तुम दोनों को कोई मिला नहीं, ऐसा करने के लिए, नहीं तो तुम दोनों भी छोड़ते थोड़ी, क्योंकि अभी एक हफ्ते पहले अंकुर के दूसरे पडोसी की बेटी ने अंकुर के साथ ऐसा किया था और अंकुर वहाँ से बच निकला था। इसके लगभग छः महीने पहले अत्सर के साथ भी यह हादसा हुआ था। हालाँकि यहाँ पर भी मेरे और प्रिया के बीच कुछ फालतू की हरकते नहीं हुई थी। और अंकुर और अत्सर भी तो मजे ले रहे थे।

अत्सर अपने नाना-नानी के गाँव 'दहिया', यानी की मेरे गाँव गया हुआ था। वहाँ पर एक लड़की थी, जो मेरे घर के पड़ोस में रहती थी। वह अकसर अत्सर से मिलने के लिए आ जाया करती थी। एक बार उसने मौका पाकर अत्सर को रोक लिया था। उस समय वहाँ पर, केवल हम तीन लोग ही थे। जब तक वह उसे ज्यादा उत्साहित करती तब तक तो अत्सर उसका ध्यान अपने ऊपर से हटाकर वहाँ से भाग निकला था। अत्सर के बचने तक तो उसने अत्सर को चुम्मा ले लिया था। अत्सर के उससे दूर जाने पर उसने अत्सर को डफर बुलाया था। तब अत्सर ने उसे यह कह कर बुलाया

था की "तुम बहुत गंदी हो |" मुझे गंदे लोग पसंद नहीं | इतना बोलकर अत्सर वहाँ से चला गया था | मैं अभी भी वहीं पर था | उस लड़की ने मेरे से कहा था की उससे बोल देना की मुझे दोबारा गंदा ना बोले | मैंने कुछ गलत नहीं किया है | मेरे दिल में उसके लिए हमेशा जगह बनी रहेगी | वह मुझे पसंद करें या ना करें | इस बात पर मैंने उसे समझाया था की बात दिल की नहीं है | यहाँ अगर तेरे दिल में उसके लिए जगह होती तो तू ऐसा कभी ना करती | क्योंकि उसके लिए प्यार का मतलब, नजदीक आना नहीं होता |

कुछ ऐसी है, मेरे दोनों दोस्तों की कहानी | यही वजह थी की मैं उन्हें पलट कर उनके मजाक करने पर जवाब नहीं दे पाता था |

अध्याय १३

दोस्त के घर पर पार्टी

मेरी धडकनों को तो प्रिया ने सातवें आसमान पर पहुंचा दिया था | मैं तो बात करते-करते, जैसे था वैसे ही सो गया था | अत्सर और अंकुर अभी भी अपनी-अपनी पढाई में लगे हुए थे | सुबह हुई, मैं गहरी नींद में सो रहा था | अचानक मुझे लगा जैसे कोई बादल मेरे ऊपर फट गया हो | मेरी आँख खुली | सबसे पहले मैंने छत की ओर देखा | यह क्या? मुझे पूरी छत ऐसी दिख रही थी, जैसे नीले आसमान में तारे टिमटिमा रहे हों | मैंने अपनी निगाह चारों तरफ दौड़ाया | पूरे कमरे में हल्का अंधेरा सा छाया हुआ था | सारी खिड़कियाँ बंद थी | अचानक मेरे कानों में जोर से आवाज आई | सुबह हो गई, अब तो उठ जा नालायक | तभी अचानक कमरे में रंग बिरंगी लाइटों का जलना शुरू हुआ | अचानक आवाज आई- “ओए! डी.जे. गाना बजा रे......... |”

गाना बजना शुरू हुआ | मैंने देखा की मेरे सामने तीन लड़कियाँ खड़ी थी | मेरे बगल में दो लडके खड़े थे | उन दोनों ने मुझे खींचकर, नीचे फैले पानी में गिरा दिया | अब भले ही मेरे आँख पर पानी गिरा दिया गया था, लेकिन मैं अभी भी नींद में ही था | मैंने किसी तरह से अपने-आप को एकाग्र किया | यह क्या? मैंने देखा की प्रिया, अर्पिता, रिया, अंकुर और अत्सर सभी मस्ती में झूम रहे थे | मैं जमीन पर पड़ा था | यह सब देख मेरे तो जैसे होश ही उड़ गए हों | अरे! यह देखकर नहीं की वह लोग मस्ती में झूम रहे थे, बल्कि यह देखकर की रिया और अत्सर भी मजे से झूम रहे थे | तभी अत्सर

और अंकुर ने मुझे उठाया और मुझे प्रिया की ओर धक्का दे दिया | प्रिया ने मेरा हाथ पकड़ा और यह कह कर मुझे चारों तरफ नाचने लगी की नाचो तर्पण, आज पापा-मम्मी ने हमें पार्टी करने का मौका दिया है | गाना काफी तेजी से बज रहा था | इसलिए मुझे कुछ ज्यादा सुनाई नहीं दे रहा था | प्रिया ने मेरे कानों में मुझसे बीती रात को जो कुछ भी हुआ था, उसके लिए माफ़ी माँगा | क्योंकि मैंने अर्पिता, रिया और अपने दोनों दोस्तों से वादा किया था की हम दोनों अब दोबारा ऐसी हरकत नहीं करेंगे | लेकिन कुछ भी हो उसने जो भी किया हो, चलो कम से कम उसे इस बात पर पछतावा तो था | उस नालायक ने मेरे किए हुए वादे पर पानी फेर दिया था | प्रिया मेरे से माफ़ी ना मांगती तो पूरी जिंदगी मैं अपने आपको ही कोसता की मैंने किसी से वादा किया और उसे पूरा भी नहीं कर पाया |

मेरे चारों तरफ पार्टी वाले गानों की आवाज सुनाई दे रही थी | मेरे सारे दोस्त मस्ती में झूम रहे थे | थोड़ी देर के लिए मैंने प्रिया से अपना हाथ छुड़ाया और कोने में जाकर खड़ा हो गया | सब अपने धुन में नाच रहे थे |

थोड़ी देर बाद, मैंने भी पिछली सारी बातों को भुलाते हुए उनके साथ मस्ती करना शुरू कर दिया | मैंने भी उनके साथ जाकर झूमना शुरू कर दिया | हम लोग लगभग दो मिनट तक एक ही गाने पर नाचते रहे | अचानक अंकुर ने जाकर गाना बदल दिया | अभी तक तो ऐसे ही साधारण से गाने चल रहे थे | इस बार अंकुर ने एक वयस्क गाना चला दिया | वह डर्टी फिल्म का गाना था | यह गाना कुछ इस तरह से था..... "चुटकी जो तूने काटी है ....लड़की तू है बड़ी बुम्बाट...... |" जैसे ही गाना बजना शुरू हुआ तीनों लड़कियों ने अपनी-अपनी कमर हिलाना शुरू किया | वैसे तो रिया शांत मिजाज की लड़की थी | लेकिन आज वह भी बाकी की लड़कियों की तरह मस्ती करने में लगी थी | उस समय उसे देखकर कोई नहीं कहने वाला था की रिया एक साधारण लड़की थी | उसने अत्सर को अपनी ओर खींचा |

अत्सर भी आज थोड़े मस्ती के मूड में था | ऐसा लग रहा था जैसे दोनों ने उस दिन अपनी शराफत इस पार्टी के नाम कर दिया हो | उधर अंकुर और अर्पिता भी नाचने

में मस्त थे | उन दोनों ने भी उस दिन अपनी शराफत पार्टी के नाम कर दिया था | उस दिन मेरे चारों दोस्त रंगीन हो गए थे | अरे ऐसा मैं ही नहीं बल्कि अगर मेरी जगह कोई और भी होता तो वह भी ऐसा ही बोलता | ऐसा मैं इसलिए बोल रहा हूँ क्योंकि जैसे ही अंकुर ने इस गाने को चलाया, वैसे ही रिया और अर्पिता दोनों ने विद्या बालन की तरह नाचना शुरु कर दिया और अत्सर और अंकुर ने अपने पास रखे हुए रंग से भरे हुए दो गुबारों को उठाया और उन दोनों की ओर फेंक दिया | मैं अपनी आश्चर्य भरी आँखों से यह सब देख रहा था | उधर प्रिया "ओहो! अर्पिता दीदी, रिया दीदी बोल-बोल कर चिल्लाए जा रही थी |" मैं गाने को सुनकर धीरे-धीरे झूम रहा था और उन सब के क्रियाकलापों को देख रहा था | अचानक मेरे सर से एक गुब्बारा टकराया मेरे फ़ेस पर रंग सा फ़ैल गया | मेरा पूरा चेहरा रंगीन सा हो गया | मैंने देखा की प्रिया के हाथ में ऐसा ही एक रंगो से भरा गुब्बारा था | मैं उसकी ओर दौड़ा, इतने में उसने दोबारा एक दूसरा रंगों से भरे गुब्बारे को मेरे चेहरे पर दे मारा | मैंने भी पास के मेज पर रखे गुबारों को उठाया और उसकी ओर फेंका | लेकिन वह गोल-गोल सा घूमे जा रही थी | इसलिए वह गुब्बारा जाकर अत्सर को लग गया | अब अत्सर ने मेरे से बदला लेने के लिए एक गुब्बारा उठाया और मेरे ऊपर दे मारा | लेकिन अत्सर का निशाना मुझसे चूक गया | वह गुब्बारा इस बार रिया को जाकर लग गया |

अब क्या था, रिया ने रंगो से भरा एक बड़ा सा गुब्बारा उठाया और अत्सर की ओर निशाना लगाकर खड़ी हो गई | सारे लोग हल्ला कर रहे थे की रिया मारो उसने तुम्हें मारा...... मारो तुम उसे...... अर्पिता उधर से चिल्ला रही, मारो दीदी.... | लेकिन रिया तो रिया ही थी, उसने गुब्बारे को वापस कर लिया और शांति से खड़ी हो गई | उसकी इस हरकत से सब निराश हो गए | अत्सर अब निश्चिंत हो गया | लेकिन अचानक रिया ने अपने हाथ में लिए गुब्बारे को अत्सर की ओर फेंक दिया | सबने ज़ोर से तालियाँ बजाई | अत्सर भी मेरी तरह रंग से लतफत हो गया | दरअसल रिया ने उस समय उस गुब्बारे को वापस इस लिए लिया था, जिससे अत्सर निश्चिंत हो जाए और वह आराम से उसे अपना निशाना बना सके | क्योंकि अगर वह उसी समय उस गुब्बारे

को फेंक देती और अत्सर उस जगह से हट जाता तो वह गुब्बारा अर्पिता को जाकर लग जाता | जबकि रिया अत्सर को अपना निशाना बनाना चाहती थी | अब क्या था, अत्सर ने फिर से एक गुब्बारा उठाया और रिया की ओर फेंक दिया | इस बार अत्सर का निशाना रिया को ही लगा | रिया ने बर्तन में रखे पानी को अत्सर के ऊपर फेंक दिया | इसके बाद अत्सर ने वह किया जो देख कर हम सब आश्चर्यचकित थे | क्योंकि हम ऐसा कभी सपनों में भी नहीं सोच सकते थे की अत्सर भी ऐसा कर सकता था |

रिया के अत्सर की ओर रंग फेंकने के बाद वह उसकी ओर तेजी से गया और उसे अपनी गोद में उठाया और उसने रिया को पास में रखे ढेर सारे रंगों से भरे हुए गुबारों के बीच गिरा दिया | रिया के नीचे गिरते ही सारे गुब्बारे फूट गए और रिया ने पूरी तरह से रंगो से नहा लिया | अब रिया भी शांत नहीं रही | उसने अत्सर को अपनी ओर खींच लिया | अत्सर भी उसके बगल में जाकर गिर गया और फिर रिया ने पास में फैले हुए जो भी बचे हुए गुब्बारे थे उन्हें एक-एक करके अत्सर के ऊपर फेंकना शुरू कर दिया | उसने सारे गुब्बारे अत्सर के ऊपर फोड़ दिया | दोनों वहीं पर होली खेलने में लग गए | एक तरफ से रिया गुब्बारे फेंकती तो दूसरी तरफ से अत्सर जमीन पर फैले रंग को उठा-उठा कर उसकी ओर फेंकता जा रहा था | यह नजारा देखकर हम सब खूब मजे ले रहे थे | वह नजारा बहुत ही सुंदर था |

इस अद्भुत नजारे को देखकर हम सभी बहुत खुश हो रहे थे | जैसे ही अत्सर ने रिया को अपनी गोद में उठाया, रिया थोड़ी शर्मा सी गई | उधर, यह सब देखकर अर्पिता ने अपने मुहँ पर हाथ रखा और हाआआ.... ऐसा कह कर चिल्लाई | उधर प्रिया को यह सब देख बहुत मजा आ रहा था | वह ज़ोर-जोर से सीटी बजाने लगी | मैं और अंकुर भी शांत नहीं थे | हम लोग भी तेजी से हल्ला मचा रहे थे | अंकुर मेरे से बोल रहा था की तर्पण देखो आज हमारा दोस्त सही रास्ते पर आया है | हम लोगों की सोच गलत थी की हमारा दोस्त रोमांस नहीं कर सकता | मैंने कहा- हाँ तुम सही बोल रहे हो | अत्सर और रिया एक स्वर में बोले, अबे गधों! यह रोमांस नहीं है | अब क्या, हम लोग थोड़ी सी मस्ती भी नहीं कर सकते हैं? दोनों आपस में ही खेल रहे थे | अचानक

उन दोनों ने उठकर, हमारी तरफ बचे हुए गुब्बारे फेंकते हुए कहा- "तुम लोग ऐसे खड़े होकर क्या मजे ले रहे हो? तुम लोगों ने क्या सोचा था की तुम लोग बच जाओगे |" जैसे ही उन दोनों ने हमारी तरफ रंग फेंका, हम लोग इधर-उधर भागने लगे | अब हम लोगों ने भी एक दूसरे पर रंग फेंकना शुरू कर दिया |

अचानक, अत्सर और अंकुर मेरी तरफ बढ़े और उन दोनों ने मुझे रंगो से भरी जमीन पर दे मारा | मैं जमीन पर गिर गया | मैंने जमीन पर पड़े रंग को उन सब की ओर फेंकना शुरू कर दिया | मैंने अंकुर का पैर पकड़ा और उसे जमीन पर गिरा दिया | अर्पिता ने बाहर से पानी ले आया और हम दोनों के ऊपर फेंकना शुरू कर दिया | अंकुर तेजी से उठा और उसने अर्पिता के हाथ में लिए हुए पानी के बोतल को छीन लिया और उसी के ऊपर पूरा पानी गिरा दिया | अत्सर ने मेज पर पड़े हुए सारे सूखे रंग को पूरे कमरे में उडाना शुरू कर दिया | थोड़ी ही देर में पूरा कमरा रंग-बिरंगा सा हो गया | यह रंगो की एक ऐसी होली थी जो दो प्रेमियों के बीच में नहीं बल्कि दो दोस्तों के बीच में खेली जा रही थी | वह नजारा देख कोई भी बोल सकता था की यह दो दोस्त नहीं बल्कि दो प्रेमी हैं | लेकिन ऐसा कुछ नहीं था |

वैसे भी इंडिया एक ऐसा देश है, जहां दोस्ती शब्द की बहुत कदर की जाती है | वह बात अलग है की कुछ लोग उसका गलत फायदा उठा लेते हैं और वह किसी के साथ गलत खुद नहीं करते बल्कि उनसे यह सब कराया जाता है | जब कोई किसी के साथ गलत करता है तो वह ऐसा खुद नहीं बल्कि उसके अन्दर छिपी हुई कामुकता उससे सब कुछ करवाती है |

खुशनसीब होती हैं वह लडकियाँ, जिन्हें अत्सर जैसे दोस्त मिलते हैं और रिया अपने-आप को खुशनसीब मानती भी थी | ऐसा नहीं था की कभी रिया और अत्सर को पास आने का मौका ना मिला हो | कई बार ऐसा हुआ जब वह लोग अपनी दोस्ती को गलत दिशा में मोड़ सकते थे | लेकिन उन दोनों ने ऐसा कभी नहीं किया | वह एक दूसरे से वैसे ही मिलते थे जैसे की हम लोगों से मिलते थे | कई जगहों पर ऐसा हुआ है की रिया और अत्सर अकेले थे लेकिन उन्होंने कोई गलत काम नहीं किया | उनकी

जगह कोई दूसरा होता तो जरूर आगे बढ़ जाता | पता नहीं क्यों लोग लड़कियों को केवल कामुकता की नजर से देखते हैं | खैर इसमें केवल लड़कों की ही गलती नहीं है, कहीं ना कहीं लड़कियाँ भी खुद अपने लिए गड्ढा खोदने में कसर नहीं छोड़ती हैं | इन्हें भी तो हर चीज की बड़ी जल्दी होती है | पहले खुद ही आगे आती हैं और फिर बाद में दूसरे को दोषी ठहराती हैं | सदियों से हम सुनते आ रहे हैं की "ताली एक हाथ से नहीं बजती |" यह बहुत सही बात है | वैसे भी अगर देखा जाए तो इसमें किसी की कोई गलती नहीं है | किसी के लिए एक काम अच्छा होता है तो वहीं दूसरी तरफ दूसरा इंसान उसी काम को गलत ठहराता है | हम अपनी-अपनी जरूरत के हिसाब से किसी काम को सही या गलत ठहराते हैं | खैर यह सब तो सब की अपनी-अपनी सोच है | हमें क्या लेना-देना इन सब बातों से, हमें तो सिर्फ पार्टी करनी है |

गाने एक के बाद एक चल रहे थे | पार्टी मजे से चल रही थी | होली नहीं थी फिर भी हमारी सन्डे पार्टी, होली की पार्टी में बदल गई थी | इस रंग-बिरंगे कार्यक्रम का आयोजन रिया और अत्सर ने मिलकर किया था | रिया को अत्सर ने शाम को ही बता दिया था की हम लोग शनिवार रात को पार्टी करने वाले थे, लेकिन प्रिया और तर्पण के मामले को लेकर हम लोग पार्टी नहीं कर पाए | जिससे रिया ने अपने मामा से बात किया और उसके मामा ने सब को साथ में पार्टी करने के लिए कहा | प्रिया के पापा ने ही उन सबको इजाजत दिया था |

पार्टी चल रही थी | सब एक दूसरे के ऊपर कमरे में पड़ी सारी चीजें उठा-उठा कर फेंक रहे थे | अचानक अर्पिता का पैर फिसला और वह जमीन पर गिर पड़ी | तेजी से गिरने की वजह से उसके पैर में हल्की सी मोच आ गई थी | अंकुर नें उससे उसकी हालत के बारे में पूछा | उसके पैर में हल्का सा दर्द हो रहा था | वह उठ नहीं पा रही थी | इसलिए अंकुर ने उसे कुर्सी पर बैठाने के लिए उठाया | जैसे ही अंकुर ने अर्पिता को उठाया, तभी प्रिया ने अपनी मम्मी को बुलाने के लिए दरवाज़ा खोला | सामने अंकुर के फ्लैट के नीचे रहने वाला वही लड़का खड़ा था, जिसने मेरे और प्रिया के बारे में प्रिया के पापा से बताया था | वह जल्दी से दौड़ कर गया और प्रिया के पापा को बढ़ा-

चढ़ा कर बताया | प्रिया के पापा वहाँ आए | उन्होंने रिया और अत्सर दोनों को फटकार लगाना शुरू कर दिया | लेकिन इतना था की उन्हें अर्पिता पर भरोसा था | इसलिए उन्होंने अर्पिता से एक बार सारी बात जानना चाहा | अर्पिता ने पूरी बात उन्हें समझाया | पूरी बात जानने के बाद उन्होंने उस लड़के को पहले तो दो थप्पड़ लगाया, फिर उसे वार्निंग देकर छोड़ दिया | उन्होंने अर्पिता के पैर में आई मोच के बारे में पूछा? अर्पिता ने कहा- सब ठीक है | अब उसके पैर का दर्द भी जा चुका था | वैसे भी हल्की सी मोच थी | अब हम सब ने उसे दोबारा उछलने से माना किया | प्रिया के पापा ने कहा की 'करो पार्टी', लेकिन दरवाज़ा खोल कर, नहीं तो लोग गलत तो समझेंगे ही | तब अत्सर ने कहा की अंकल हमने इस लिए दरवाज़ा बंद कर रखा था, जिससे कोई परेशान ना हो | आवाज ज्यादा होने की वजह से हमने दरवाज़ा बंद किया था | वैसे भी दरवाज़ा पूरी तरह से बंद नहीं था | अगर कोई हल्का सा भी अन्दर की तरफ ढकेलता करता तो दरवाज़ा आराम से खुल जाता | अर्पिता के पापा यह बोल कर चले गए की "मैं कुछ नहीं जानता, बस मेरा भरोसा ना तोड़ना तुम लोग |" मुझे देश-दुनिया से मतलब नहीं है | लोग कुछ भी कहें, तुम लोग सही से रहो |

उनके जाते ही हमने फुल आवाज में होम थिएटर को शुरू कर दिया | सब लोग मजे से झूम रहे थे | अर्पिता अपने पैरो की वजह से कुर्सी पर ही बैठी थी | हमारी पार्टी लगभग आधे घंटे तक और चलती रही | कुल दो घंटे तक हमारी रंगो भरी पार्टी चलती रही | पार्टी खत्म हुई, सब रंग-बिरंगे हो गए थे | रिया ने कहा- 'तुम लोग अच्छे से, फ्रेश होकर घर पर आ जाओ |' मैं चल के तुम लोगों के लिए कुछ खाने के लिए बनाती हूँ | इतना बोल कर वह लोग बाहर जाने लगे सबसे लास्ट में मैं और प्रिया थे | इस बार फिर से प्रिया ने वही पुरानी हरकत करने की कोशिश की | लेकिन मैंने उसे वहाँ से भागने के लिए कहा | प्रिया वहाँ से तेजी से आगे बढ़ी | उसको तेजी से आगे बढ़ते देखकर अर्पिता ने पूछा- क्या हुआ? उसने कहा- कुछ नहीं चलो जल्दी, इन लोगों के लिए खाने के लिए कुछ बनाना भी तो है | तब अर्पिता ने कहा- "हाँ, जैसे जल्दी से जाकर, सारा काम तू ही पूरा करने वाली है |" तुझे तर्पण के पास जाने के मौके तलासने

के अतिरिक्त कुछ आता भी है। अर्पिता की इस बात पर सब हँसने लगे। प्रिया ने भी अपने मुंह पर हाथ रखते हुए, हाहाहा.... करते हुए वहाँ से चली गई।

सारी लड़कियाँ वहाँ से जा चुकी थी। अब हम लोग अंकुर का रूम साफ करने में लग गए। रंग को छुड़ाना तो हमारे बस में नहीं था। हम लोगों से जितना कुछ हो सका हमने किया और हाँ! अर्पिता का पैर भी अब ठीक हो चुका था। अब वह आराम से जा सकती थी। इसलिए उसे घर जाने में क्रोई दिक्कत नहीं हुई। वैसे तो जाते समय अंकुर ने पूछा की चल कर छोड़ देता हूँ। लेकिन उसने कहा- नहीं मैं चली जाऊँगी। हम लोगों ने मिलकर पूरा कमरा साफ सुथरा कर दिया।

अध्याय १४

चौटाला जी की बारात

कमरे की सफाई करने के बाद, हम तीनों नहा-धोकर प्रिया के घर पहुँच गए | जाते भी क्यों ना हमें खाने के लिए जो बुलाया गया था | वैसे भी किसी शहर में अपने परिवार से दूर रहने पर अगर कोई अच्छा परिवार मिल जाए तो वह परिवार भी एक छात्र के लिए सगे परिवार से कम नहीं होता | लेकिन कुछ भी हो, अपने परिवार के साथ ना होते हुए भी इलाहाबाद में रहने वाला छात्र, अपने लिए खाने-पीने का इंतजाम तो कर ही लेता है | हमेशा के लिए तो ऐसा नहीं हो पाता, हाँ इतना है की जब भी कोई शादी होती थी, छात्र बाराती बनकर पहुँच जाते थे | खाना-खाने के बाद हर बंदा यही कहता की "जय हो चौटाला जी की.... |"

दरअसल, यह कहानी 'रामपाल चौटाला' जी की है | जो अपनी ही बारात में अपने पापा-मम्मी के विरोध में आ गए थे | बात कुछ इस तरह थी | चौटाला जी अपनी बारात लेकर इलाहाबाद में आए हुए थे | उनकी शादी में कुछ छात्र भी भोजन करने के लिए घुस गए थे | किसी तरह से लड़की के पिता को पता चल गया की कुछ बाहरी लड़के बारात में घुस गए हैं | वह बारातियों के साथ खाना खाने में लगे हुए हैं | इतनी खबर मिलते ही लड़की के पिता ने सारे लड़कों को खोजना शुरू कर दिया | लगभग आधे घंटे की मशक्कत के बाद रामपाल चौटाला के ससुर 'छप्पन लाल चांडाल' ने लड़कों को ढूंढ निकाला | कुछ लड़कों को तो रामपाल चौटाला ने बचा लिया, यह

कहकर की वह सब उनके दोस्त हैं | बाकी के लडके जो बारात में छिपे हुए थे, उन्हें छप्पन लाल चांडाल, पुलिस के हवाले करने की बात करने लगे | लेकिन उस समय चौटाला जी ने उन्हें बचाया | चौटाला जी ने शर्त रख दिया की अगर इन लड़कों के साथ ऐसा किया गया तो वह बारात छोड़ कर चले जाएंगे | ऐसा चौटाला जी इसलिए कर रहे थे क्योंकि चौटाला जी खुद इस तरह की समस्या को झेल चुके थे | चौटाला जी ने चार साल तक इलाहाबाद में रह कर तैयारी किया था, तब जाकर उन्हें अव्वल दर्जे की सरकारी नौकरी मिली थी |

चौटाला जी ने सभी बारातियों को अपनी कहानी सुनाया की वह भी दूसरों की शादी में घुस कर दावत खाते थे, जब उन्हें खाना पकाने का मन नहीं करता था | इस बात का इतना असर पड़ा की अब कोई भी लड़की का पिता किसी भी लड़के को बारात में दावत खाने से रोकता नहीं था | इसमें लडके के पिता भी लड़की के पिता की हेल्प करते थे | वैसे भी शादी-बारात में तो दो चार पढ़ने वाले लड़के घुस ही जाते हैं | दुनिया में अगर कोई सबसे गरीब फैमिली है तो वह है, छात्र फैमिली | तो कुछ इस तरह से रामपाल चौटाला की कहानी थी |

इसी वजह से छात्र उनका गुणगान करते थे | अकसर लोग खाना-खाने के बाद, जोर से डकार लेते हैं | लेकिन शादी बारात में छात्र खाना-खाने के बाद डकार तो लेते ही थे, उसके साथ ही साथ चौटाला जी का शुक्रियादा करना भी नहीं भूलते थे | क्योंकि उसके बाद तो हर बारात में लड़की के पिता सौ-पचास लोगों के लिए खाना बढ़ा कर ही बनवाते थे |

अध्याय १५

पड़ोस में खाने पर निमंत्रण

अरे बातों ही बातों में मैं कहाँ से कहाँ पहुँच गया | हम लोग प्रिया के घर पर दावत खाने जा रहे थे | हम लोगों ने जल्दी से अपना-अपना काम खत्म किया और प्रिया के घर पहुँच गए | हम लोगों ने जाते ही हल्ला मचाना शुरू कर दिया | अरे खाना ले कर आओ | अरे हम लोग अकेले ही हल्ला नहीं मचा रहे थे | हमारे साथ प्रिया भी थी | वह हर काम में आगे थी | बस पढ़ने के लिए ना कहो उसे |

दरअसल, हर काम में क्या, एक तो खाने में और दूसरा-मुझे नहीं लगता मुझे आगे कुछ बताने की जरूरत है | उसकी दूसरी प्रतिभा से तो आप पहले ही परिचित हो चुके हैं | उसे यही दो काम ठीक से आते थे | चलो यह तो अच्छा था की वह मेरे अतिरिक्त किसी और लड़के को पसंद नहीं करती थी | पसंद क्या वह मेरे अतिरिक्त किसी दूसरे की ओर आँख उठा कर भी नहीं देखती थी | वैसे तो वह बहुत अच्छी लड़की थी | अरे! हाँ, भाई पता है..., प्रिया अच्छी लड़की थी, यह बात सुनकर आपको लग रहा होगा की मैं ऐसा क्यों बोल रहा हूँ | अरे सीधी सी बात है, मेरे लिए तो एक अच्छी लड़की ही थी | मैं तो उसे बुरा नहीं बोल सकता क्योंकि जो कुछ भी हुआ था, उसमें मैं भी शामिल था |

थोड़ी देर बैठने के बाद, हमारे सामने अच्छे-अच्छे पकवान आने लगे | प्रिया की मम्मी ने आज खीर बनाया था | रिया को खीर बहुत पसंद थी | इसलिए उन्होंने आज

खीर बना रखा था | खीर के साथ रिया कुछ अच्छी सी मसालेदार सब्जियां और कुछ पूरियाँ लेकर आई | इतना खाना देखकर सबके मुहँ में पानी आ गया | खीर केवल रिया को ही नहीं, बल्कि प्रिया को छोड़कर हम सब को भी पसंद थी | प्रिया को खीर पसंद नहीं थी | इसलिए उसकी पसंद का एक पकवान और बना था | जिसे हम लोग सेवईं कहते हैं | यह पकवान हमारे इंडिया में बहुत प्रसिद्ध है | लोग इसे बड़े चाव से खाते हैं | अब रिया को सबसे ज्यादा खीर पसंद थी, तो प्रिया को सेवई | लेकिन अर्पिता को सब अच्छा लगता था | वह खाने-पीने में ज्यादा नखरे नहीं करती थी | उसके ज्यादा नखरे न होने की वजह से ही अंकुर उसे पसंद करता था | नखरे ज्यादा रिया भी नहीं करती थी, जितना प्रिया के नखरे थे | वह अपने मम्मी के बनाए हुए हर खाने में नुस्क निकालती रहती थी | बस सेवईं को छोड़कर |

हाँ, एक बात तो थी की वह रिया के खाने में कभी नुस्क नहीं निकालती थी | रिया के खाने में तो कोई भी कभी नुस्क नहीं निकालता था | वह इतना अच्छा खाना बनाती ही थी की कोई भी उंगलियाँ चाटता रह जाए | उसके हाथों में जादू था | इसीलिए तो जो भी प्रिया के घर आता, वह रिया के हाथ का खाना-खाने के बाद रिया को अपने घर का बहू बनाने का सपना देखने लगता | लेकिन रिया के मामा सबको मना कर देते थे | उनका कहना था की जो इंसान किसी लड़की को खाना बनाने की वजह से खुश होकर, उसे अपने घर की बहू बनाने की सोचता हो उसके घर में वह लड़की कभी खुश नहीं रह सकती | क्योंकि ऐसे घर में लड़की जाकर केवल खाना बनाने के लिए ही रह जाएगी | उसका पूरा दिन पूरे घर वालों के लिए खाना पकाने में ही चला जाता है | उनकी यह बात सच भी थी, ऐसा होता भी आ रहा है |

चलो कोई नहीं, यह सब तो समाज में चलता रहता है |

खाना आते ही हम सबने खाने पर ध्यान लगाया | वैसे भी बहुत दिन के बाद ऐसा खाना-खाने के लिए मिला था, नहीं तो इससे पहले हम लोग चावल उबाल-उबाल कर ही खा रहे थे | रोटी का दर्शन कियह हुए तो हमें महीनों बीत जाते थे | ऐसा इसलिए नहीं था की हमारे पास रोटी बनाने के लिए संसाधन नहीं थे, यह सब हमारे अंदर

उपस्थित आलस्य की वजह से था | इतिहास गवाह है की छात्र हमेशा से खाना पकाने में सबसे आलसी रहा है | हम सब बचपन से रामानंद सागर के धारावाहिक रामायण में देखते आ रहे हैं की उस समय भी छात्र चावल पकाकर ही खाते थे और अपना पेट भरते थे | जब भी रामायण में छात्र को खाना-खाते दिखाया गया है, हमेशा चावल ही खाते दिखाया गया है |

यह सब तो छोड़ो, हम लोग तो खाना-खाने के लिए पीतल या फिर स्टील के बने बर्तन का इस्तेमाल कर लेते हैं | वह लोग तो पत्ते में ही खाना-खाते थे | ऐसा इसलिए नहीं की पत्ते में खाना-खाने से शुद्ध होता है बल्कि इसलिए की बार-बार थाली नहीं धोना पड़ेगा | नहीं तो आप ही सोचो, क्या उस समय पानी की कोई कमी थी? उस समय तो नदियों में हमेशा पानी बहता रहता था | और तो और उनका घर भी नदी के पास होता था | उनके रहने के लिए कुटिया उसी जगह बनाई जाती थी, जहाँ से सारी चीजें आसानी से मिल जाए | हम ऐसा भी नहीं कह सकते की उस समय धातु से बने बर्तनों की कमी थी, हाँ समस्या थी तो केवल एक बात की उन्हें खाना पकाने के लिए चावल वगैरह गाँव-गाँव में जाकर इकट्ठा करना पड़ता था | तो इसमें क्या, हमें भी तो राशन लाने के लिए हर महीने घर जाना पड़ता है | चलो मैं अपनी बात छोड़ देता हूँ, मैं तो महीने के एक दिन जाकर घर से राशन लेकर आ जाता था | लेकिन कुछ छात्र ऐसे भी होते हैं, जिन्हें हर हफ्ते घर जाना पड़ता है | क्योंकि उनके परिवार के लोग उन्हें एक बार में राशन ले आने ही नहीं देते | उनका कहना रहता है की हर हफ्ते घर आओ और अपने लिए राशन लेकर जाओ, कम से कम इसी बहाने घर तो आते रहोगे | ....अरे यार या तो पढ़ाई करा लो या फिर घर बुला लो | वैसे ऐसा बहुत कम ही लोग अपने बच्चों के साथ करते हैं |

चलो ठीक है, आइयह हम लोग वापस अपने खाने पर अपना मन एकाग्र करते हैं | हम लोग खाने में जुटे थे, तभी प्रिया के पापा जी आ गए | आज वह थोड़ा नाराज से दिख रहे थे | अब भले ही उन्हें हम लोगों पर भरोसा रहा हो लेकिन फिर भी जब कोई उनके बच्चों के बारे में बुरा-भला कहेगा तो वह इस बात को कैसे सहन कर सकते

थे | कोई भी हो मन में थोड़ा सा संदेह तो आ ही जाता है | उन्होंने कमरे में प्रवेश किया | हम लोग पकवान खाने में लगे हुए थे | वह भी आकर बगल में लगे सोफ़े पर बैठ गए | थोड़ी देर तक वह शांत रहे | अंकुर अपना खाने में लगा था | वह उसे ही देख रहे थे | उसने अपने-आपको खाने के साथ इतना व्यस्त कर लिया था की उसे किसी के आने-जाने की कोई खबर नहीं थी | उसके सिर्फ हाथ हिल रहे थे और बाकी खाना-खाने के लिए मुंह तो हिलेगा ही...... | तो चलो मान लेते हैं की मुंह भी हिल रहा था | खाने में हम दोनों भी लगे थे | लेकिन जब हमने उन्हें शांति से बैठते देखा, तब हम लोग आराम से बैठ कर उनकी ओर घूरने लगे |

इतने में प्रिया की मम्मी जी आ गई | उन्होंने हमें शांत बैठा देखा तो उन्हें लगा की हमें खाना पसंद नहीं आया | इसलिए उन्होंने पूछा- क्या हुआ बेटा, तुम लोग खा क्यों नहीं रहे? खाना अच्छा नहीं लगा.....? इतने में अंकुर ने कहा- अरे नहीं मम्मी जी खाना तो बहुत अच्छा है | उसने तफरी लेते हुए कहा- दरअसल क्या है ना, इन लोगों को खीर अच्छी नहीं लगती | अत्सर ने कहा- नहीं मम्मी जी ऐसा कुछ नहीं है | खाना बहुत अच्छा है | वह बस हम लोग थोड़ा सा आराम कर रहे थे | उसकी मम्मी अंकुर की बात पर हँसने लगी | उन्होंने और खाना लेने के लिए पूछा | मैं तो डरा हुआ था, इसलिए मेरे मुंह से तो वैसे भी कोई शब्द नहीं निकल रहे थे | अत्सर ने कहा- नहीं मम्मी जी अब और ज्यादा खाने की इच्छा नहीं है | उन्होंने दोबारा पूछा, “क्या खाना अच्छा नहीं है क्या? तुम लोग बहुत कम खा रहे हो |” इस बार सब ने कहा- नहीं मम्मी जी, खाना बहुत अच्छा है | अंकुर ने फिर कहा- “अरे मम्मी जी खाना तो बहुत अच्छा है, लेकिन यह कमबख़्त पेट ही बहुत जालिम है, यह ज्यादा खाना-खाने ही नहीं देता |” उसकी इस बात पर सब लोग हँसने लगे | यहाँ तक की प्रिया के पापा भी, जो काफी देर से शांत बैठे थे | जैसे ही उनके चेहरे पर ख़ुशी दिखाई दी, मैंने तुरंत प्रिया की मम्मी से कहा- “मम्मी जी एक कटोरी खीर और..... |” उन्होंने खुश होते हुए कहा- हाँ बेटा, मैं तो कब से पूछ रही हूँ |

उन्होंने मेरी कटोरी ली और खीर ले आने चली गई | प्रिया के पापा ने पूछा- तो, कैसी रही पार्टी... "बच्चों"? सब ने कहा- पापा जी, पार्टी बहुत अच्छी थी | उन्होंने थोड़ी सी साँस अन्दर ली और बोले, चलो अच्छी बात है | अंकुर ने थोड़ा रुकते हुए कहा- "माफ करना अंकल! हमारा गलत इरादा बिल्कुल नहीं था |" वह अर्पिता के पैरो में चोट थी, इसलिए.... | उन्होंने कहा कोई नहीं मुझे तुम सब पर भरोसा है | वैसे तो तुम लोग खुद ही समझदार हो, बच्चे नहीं हो तुम लोग की मैं हर वक्त तुम्हें समझाता रहूँ और बाकी तो सब सही है | अब रही बात दूसरे लोगों की तो, उनसे तो मैं निपट लूँगा |

अंतिम में उन्होंने मेरे और प्रिया की ओर देखा और बोले-तुम्हारे ग्रुप में कुछ लोग हैं, जिन पर कभी-कभी थोड़ा सा संदेह होता है | लेकिन कोई नहीं, आखिरकार हो तो तुम सब मेरे ही बच्चे, खुश रहो, तुम सब... | उन्होंने प्रिया से कहा- "ओए छिपकली, जा अपनी मम्मी से बोल खाना लेकर आए |" प्रिया ने अपनी मम्मी से जाकर कहा | उनका खाना उनके सामने आ गया | हम लोग खाना खा चुके थे | इसलिए हम लोग अब जाने की तैयारी में लग गए | जाते समय हम लोगों ने प्रिया के पापा से नमस्ते किया |

प्रिया के घर से वापस अंकुर के कमरे पर आने के बाद हम लोगों ने थोड़ा सा आराम करने का मन बनाया | अंकुर का चेहरा अभी भी थोड़ा सा उदास ही था | वह उसी बात को लेकर परेशान था | अत्सर ने उससे कहा- यार तुम परेशान क्यों हो रहे हो | चलो कोई नहीं जो हो गया सो हो गया | वह गुस्से में बोले जा रहा था- "मन तो करता है की जाकर उस हरामी को दो जूते लगा दूँ, जिसने अंकल से झूठी बात कहा है |" अत्सर ने कहा अरे कोई नहीं यार इतना तो सहन करना पड़ता है | चल तूने तो कुछ नहीं किया है फिर भी तू इतना परेशान हो रहा है | उसने मेरे लिए हँसते हुए कहा- तुम इसको देखो, इसने और प्रिया ने इतना बड़ा कांड किया | तुम्हें इनके चेहरे पर कभी उदासी दिखी | अंकुर ने कहा- अरे वह बात नहीं है यार! अर्पिता के पापा हम लोगों पर कितना भरोसा करते हैं | आजकल किस लड़की का पिता बाहरी लड़कों पर भरोसा

करेगा? अत्सर ने कहा- बात तो तुम्हारी सही है | लेकिन इसमें इतना उदास होने वाली क्या बात है? खुश रहो.... |

हम सभी बिस्तर पर ऐसे पड़े थे जैसे बहुत बड़ा काम करके आए हों | अंकुर थोड़ी देर शांत रहा और फिर बोला, "आज के बाद मैं अर्पिता से तभी मिलूँगा जब मैं उसके लायक बन जाऊँगा |" अत्सर ने कहा- क्या बोल रहे हो तुम? यार! हमें वह घर पर खाने-पीने के लिए बुलाते हैं, तुम नहीं चलोगे तो हम लोग कैसे जाएंगे | अंकुर ने कहा- नहीं तुम लोग जाना, सिर्फ मैं नहीं जाऊंगा | अब उसने उस जगह से पलायन करने का मन बना लिया | जिस घर में वह रह-रहा था, वह उसके मामा जी का था | उन्होंने उसे वह घर रहने के लिए दिया था | अंकुर अकेले था, इसलिए उसने नीचे का फ्लोर रेंट पर दे रखा था | उसके मामा जी! इलाहाबाद से दूर, कहीं बाहर रहते थे | अंकुर ने अब पूरा घर किरायह पर दे दिया | उसने हमें वहाँ रहने के लिए बोला था | लेकिन मेरा मन वहाँ जाने का बिल्कुल नहीं था | क्योंकि वहाँ फिर प्रिया का घर बगल में था ही, वह फिर मौका मिलने पर आती-जाती रहती | उसकी इस हरकत से मेरे लिए समस्या खाड़ी हो सकती थी |

उसने उसी दिन अपना फ्लैट किरायह पर दे दिया और इस बार उसने कोचिंग के पास जाकर एक घर देखा | उसने फ्लैट के साथ-साथ एक कमरा भी ढूंढ रखा था | फ्लैट उसने हम दोनों को भी साथ में रहने के लिए ढूंढा था और कमरा इसलिए की अगर हम दोनों ने उसके साथ जाने से मना कर दिया तो फिर वह अकेले उस कमरे में रहेगा | उसने जिन लोगों को अपना फ्लैट किरायह पर दिया था, वह लोग एक हफ्ते बाद आने वाले थे | इसलिए उसने अभी एक हफ्ते तक वहीं रहने का फैसला किया | इसी बीच एक दिन प्रिया के मम्मी ने हमें फिर खाने पर बुलाया | इस बार अंकुर हमारे साथ नहीं गया था | इसलिए प्रिया के पापा ने उसके बारे में पूछा | अत्सर ने सारी बात बताया | अंकल जी थोड़ा सा मुस्कराए और बोले, "मुझे अपने उस बेटे पर फक्र है |" उस दिन से उनके दिल में अंकुर के लिए प्यार और बढ़ गया | उन्होंने कहा- "अत्सर बेटा! मेरे बेटे से जाकर बोलना, मुझे उससे कोई शिकायत नहीं है | हाँ अगर उसने यही

फैसला किया है तो उससे बोलना अब वह उसे पूरा भी करें |" उन्होंने प्रिया के मम्मी से अंकुर के लिए खाना देने के लिए कहा | उस दिन मुझे पता चला की भरोसा क्या होता है | उस दिन से मैंने भी यह फैसला लिया की अब मैं भी प्रिया को अपने पास नहीं फड़कने दूंगा | मैं घर जाना छोड़ सकता था | लेकिन इससे मेरे खाने-पीने का काम गड़बड़ हो जाता | वैसे भी, अत्सर का मानना था की कभी भी खाने से बैर नहीं रखना चाहिए | खाने ने हमारा क्या बिगाड़ा है | वैसे भी खाने से दुश्मनी करके हमें क्या मिलता | इसलिए अब मैं प्रिया के घर, जब उसकी मम्मी बुलाती थी तब जाता तो था, लेकिन प्रिया से दूर ही रहता था | मैंने अत्सर से कहा की चलो हम लोग भी अंकुर के साथ चलते हैं | अत्सर ने कहा ठीक है |

हम तीनों ने जाकर वह फ्लैट किरायह पर ले लिया, जो अंकुर ने पसंद किया था | अब हम लोग "राज विहार" से एक किलोमीटर दूर "रीत विहार" में आकर रहने लगे | रीत विहार से तुंगशेर क्लासेज के बीच की दूरी लगभग ३०० मीटर है | यह बात हमने प्रिया की मम्मी से बता दिया था की हम लोग भी अंकुर के साथ रहने के लिए जा रहे हैं | इसलिए प्रिया के पापा जी हम लोगों के पास देखने के लिए गए थे की हम लोग कहाँ रह रहे हैं | वैसे भी प्रिया के पापा जी की मेरे पापा से बहुत अच्छी पहचान थी | वह अत्सर के पापा से भी मिल चुके थे | अत्सर के पापा ने ही उन्हें कहा था की एक बार जाकर वह देख ले की हम लोग कहाँ और कैसे रह रहे हैं | फ्लैट पर आने के बाद उन्होंने हमें कुछ ज्ञान की बातें बताई और अच्छे से पढ़ाई करने के लिए बोला | जाते समय उन्होंने हम तीनों को प्यार से गले भी लगाया |

अब जब भी मैं प्रिया के घर जाता, वापस आते समय बिना उससे मिले ही फ्लैट पर आ जाता था | इस बात को लेकर वह कभी-कभी मेरे से नाराज भी हो जाती थी | लेकिन अब मुझे उसके नाराज होने का कोई डर नहीं था | कभी-कभी मुझे डर लगता था की कहीं वह किसी और लड़के को पसंद ना कर ले | क्योंकि बहुत से लोग ऐसा करते हैं | लेकिन उसने ऐसा कभी नहीं किया | एक बार, मैं उसके घर से बाहर निकल

रहा था, तब उसने मेरे से बोला था की जल्दी से अपनी पढ़ाई पूरी करो जिससे हम लोग शादी कर सकें.... |

वह अर्पिता से छोटी थी | प्रिया ग्यारहवीं में थी और अर्पिता बारहवीं में थी | वहीं अगर रिया की बात करें तो मैं बताता चलूँ की रिया ने बारहवीं पास कर लिया था | उसने इसी साल बी. ए. में एडमिशन लिया था | वह अत्सर से एक साल बड़ी थी | लेकिन बड़े छोटे से क्या मतलब था | डफर तो दोनों ही थे | दोनों ने एक ही रट लगा रखी थी की हम लोग हमेशा दोस्त ही बने रहेंगे और नालायकों ने किया भी वही | चलो खैर यह सब तो उनकी मर्जी थी | हम लोग इसमें कर भी क्या सकते थे | हमने तो अपनी तरफ से बहुत कोशिश किया |

अध्याय १६

नया फ्लैट और परीक्षा की तैयारी

अब हम तीनों साथ-साथ रह रहे थे | इसलिए हमारे पास अब इतना टाइम था की हम लोग अपना-अपना काम अच्छे से पूरा कर सकते थे | अब हम तीनों एक साथ पढाई किया करते थे | अब हमारे खाने में रोज ना सही, हफ्ते में दो दिन रोटी जरूर मिल जाया करती थी | वह दिन थे- शनिवार और रविवार |

शनिवार को कोचिंग का काम पूरा करने के बाद हम लोग रात को रोटी बना लिया करते थे | रविवार को तो जब भी खाना पकाते रोटी और सब्जी ही बनाते थे | अब हमें खाना पकाने में आलस्य भी नहीं लगती थी | हफ्ते में कम से कम एक दिन ऐसा जरूर होता था, जब प्रिया के घर से हमारे लिए कुछ न कुछ खाने के लिए आ जाता था | प्रिया के पापा, हमारी तरफ, अपने काम के सिलसिले में, अकसर! आ जाया करते थे | इसलिए आते समय रिया और उसकी मामी जी जरूर कुछ ना कुछ बना कर हमारे लिए भेज देती थी और त्यौहार वगैरह पर तो हमारे घर से भी कुछ ना कुछ खाने के लिए आ जाता था | त्यौहार कोई भी हो किसी ना किसी के घर से कुछ-कुछ खाने के लिए जरूर आ जाता था | कुल मिलाकर अब हमारा छात्र जीवन थोड़ा सुखमय हो गया था | लेकिन यह सुखमय जीवन केवल अंकुर और अत्सर के लिए था | मेरे लिए तो अगर एक तरफ फायदा था तो दूसरी तरफ नुकसान भी था | कहाँ पहले खाना भी मिल जाता था और प्रिया का हाथ पकड़ने का मौका भी मिल जाता था |

अरे! ऐसा मैं नहीं बोल रहा हूँ, ऐसा अत्सर और अंकुर मुझे कह कर चिढ़ाते थे | अंकुर तो जब भी मौका मिलता, मजे लेना शुरू कर देता था |

एक महीने बाद हमें परीक्षा देने जाना था | परीक्षा केंद्र निर्धारित हो चुके थे | हम लोग अपने-अपने परीक्षा की तैयारी में जुट हुए थे | अब परीक्षा पास आ गई थी, इसलिए मैंने प्रिया के घर भी जाना कम कर दिया था | कहाँ पहले, हफ्ते में दो दिन तो जरूर आना-जाना हो जाता था | किसी ना किसी बहाने मैं वहाँ पहुँच ही जाता था |

सब कुछ ठीक चल रहा था | हमारी पढ़ाई ने अब और ज़ोर पकड़ लिया था | अब हम लोगों का हर जगह आना-जाना बंद हो चुका था | वैसे भी परीक्षा के समय तो आना-जाना बंद ही हो जाता है | हम लोगों की पढ़ाई तीन हफ्ते तक तो ठीक चली लेकिन जल्द ही हमारे ऊपर एक समस्या आन पड़ी |

दरअसल, यह बात तब की है जब हम लोग अपनी पढ़ाई करने में जोरो-सोरों से लगे हुए थे | अचानक फोन की घंटी बजी..... | यह मोबाइल अत्सर का था | फोन अंकुर के पास रखा हुआ था | अत्सर और मैं, दोनों लोग एक प्रश्न हल करने में लगे हुए थे | इसलिए अत्सर ने अंकुर को फोन पर बात करने के लिए कहा | अंकुर ने फोन उठाने के लिए जैसे ही हाथ बढ़ाया, फोन की घंटी बजनी बंद हो गई |

अंकुर ने मोबाइल उठा कर कॉल रिकार्ड चेक किया | अंकुर ने मेरे से मजाक करते हुए कहा- “तर्पण तुम्हारे ससुराल से फोन आया है |” मैंने उसे इग्नोर किया और साथ ही साथ अंकुर को एक हिदायत भी दिया की आइंदा वह ससुराल कहकर ना बुलाए | क्योंकि अभी मैं पढ़ाई कर रहा हूँ | इसलिए मुझे इन सब बातों से कोई मतलब नहीं है | उसने कहा- सॉरी यार..... | मैं तो मज़ाक कर रहा था | अत्सर ने भी कहा- “अरे तुम इतना गुस्सा क्यों हो रहे हो? वह तो सिर्फ मज़ाक कर रहा था |” हम लोग तुमसे थोड़ा सा मज़ाक भी नहीं कर सकते क्या? अरे मज़ाक तो दोस्तों से ही किया जाता है | अब उन दोनों के इस भावुक अत्याचार से मैं भी ठंडा हो गया | मैंने भी अपनी तरफ से अंकुर से सॉरी बोला | अंकुर ने कहा- कोई नहीं! सब चलता है | तुम अगर दो जूते भी मार देते तो भी चलता | मैंने भी कहा- अरे ऐसा क्यों बोल रहे हो....? मैं ऐसा

करने का तो दूर, ऐसा कभी सोच भी नहीं सकता | अत्सर ने कहा- चलो ठीक है, अब तुम लोग शांत हो जाओ और कॉल बैक करके देखो, क्या बात है? लेकिन मैंने अंकुर को कॉल बैक करने से मना कर दिया | मुझे लगा प्रिया ने कॉल किया होगा | वह ऐसे ही कॉल करती रहती थी | मेरे मना करने पर, अंकुर ने मोबाइल को उसकी जगह पर फिर से रख दिया | मैं और अत्सर फिर से अपना प्रश्न हल करने में लग गए | प्रश्न मैथ का था | अत्सर को अच्छी-ख़ासी मैथ आती थी | पढ़ाई के मामले में हम तीनों की अलग ही कहानी थी | मुझे केमिस्ट्री अच्छे से आती थी और यह इसलिए क्योंकि मैं रटने में माहिर था | मुझे समीकरण रटने में मजा आता था | अंकुर फ़िज़िक्स का दीवाना था | वैसे तो थोडा बहुत सब को तीनों सब्जेक्ट आते थे | आता भी क्यों ना, परीक्षा तो तीनों विषय की देनी थी | परीक्षा में थोड़ी ना कोई किसी की हेल्प करने जाता है | हाँ यह था की तीनों के पास किसी एक विषय में पकड़ अच्छी थी | यही वजह थी की हमें कभी किसी विषय में कोई समस्या नहीं होती थी |

अंकुर अपना प्रश्न हल करने में लगा हुआ था | हम लोगों की पहले से प्लानिंग थी की जिसको जो सब्जेक्ट अच्छे से आता है, पहले उसे अच्छे से हल करना होगा | मैंने अपना केमिस्ट्री का काम ख़त्म कर लिया था | अब मैं मैथ के प्रश्न हल कर रहा था | वह दोनों भी अंतिम छोर पर ही थे | हम लोग सुबह से बैठे हुए थे | जब भूख लगती तो तीनों मिलकर अपने लिए कुछ खाने के लिए जल्दी से बना लेते थे | लगभग आधे घंटे की कड़ी मेहनत के बाद अंकुर और अत्सर ने भी अपना पसंदीदा विषय खत्म करके, दूसरे विषय की तैयारी में लग गए | यह हम लोगों का रोज का काम था | यह रविवार का दिन था |

अब हमारी परीक्षा भी पास आ गई थी | इसलिए अब हमारे कोचिंग भी बंद होने वाले थे | हमारे कोचिंग बंद होने में दो दिन और बाकी थे | दो दिन बाद हमें पूरा दिन पढ़ाई करने के लिए मिलने वाला था | हम लोगों ने अपना काम पूरा किया | काम पूरा करने के बाद | अत्सर ने उस फोन की बात को एक बार फिर से दुहराया | अत्सर ने कहा की एक बार कॉल बैक कर लिए होते, हो सकता हो कोई जरूरी काम रहा हो |

मैंने कहा अगर जरूरी काम होता तो दोबारा कॉल तो आती.... | अंकुर ने कहा- हाँ! सही कह रहे हो.... | उस बात को हमने इग्नोर किया | उस दिन हमने रात के दस बजे तक पढ़ाई किया | पढ़ाई करने के बाद, हमने अपने लिए रात्रि का भोजन तैयार किया और खाना-खाने के बाद तीनों लेट गए | हम लोगों की रोज की एक आदत थी की हम लोग डिनर करने के बाद, दिन भर जो भी पढे-लिखे रहते थे, उसे एक बार दुहरा लेते थे | इसलिए इस बार भी हमने यही किया | ज़्यादातर मुझे ही बोलना पड़ता था | क्योंकि मैं केमिस्ट्री के समीकरण तैयार करता था | इसलिए मुझे सारे समीकरण उन दोनों को सोने से पहले सुनाना पड़ता था | वह दोनों भी अपने-अपने पसंदीदा विषय के जो भी फोर्मूले होते थे, उन्हें एक बार सुनाते थे | इससे जो भी भूलता रहता था, हमें एक बार दुहराने से, याद आ जाता था और फिर वह बात लंबे समय के लिए हमारे दिमाग में बैठ जाती थी | अपना जो भी याद करना था, उसे दुहराने के बाद हम लोग सो गए | यह पहला रविवार था, जब हम लोगों ने रविवार के दिन बैठ कर पूरे दिन पढ़ाई किया था |

दूसरे दिन जब सुबह हुई, हम लोगों ने अपने लिए थोड़ा सा नाश्ता तैयार किया और कोचिंग के लिए तैयार हो गए | अचानक मेरी निगाह अत्सर के आँख पर पड़ी | उसकी आँख लाल सी हो गई थी | ऐसा लग रहा था जैसे उसने पूरी रात जागकर पढाई किया हो | मैंने उसके आँख के बारे में उससे जानना चाहा | अंकुर ने भी कहा- “हाँ भाई! तुम्हारी आँखें सच में लाल हैं |” उसने यह कह कर बात को टाल दिया की कुछ नहीं वह तो रात को कोई कीड़ा आँख में चला गया था | लेकिन मुझे अभी भी संदेह था | क्योंकि अगर कीड़े की वजह से आँख लाल होती तो आँख में थोड़ी सी जलन भी होती | लेकिन ऐसा नहीं था | जब मैंने उससे पूछा तो उसने कहा की नहीं उसके आँख में जलन नहीं है | वह तो बस हल्का सा ही है सब ठीक हो जाएगा | हमें इतना कह कर उसने जल्दी से कोचिंग जाने के लिए कहा | अंकुर अभी भी तैयार ही हो रहा था | मैंने उससे कहा जल्दी करो अंकुर क्या लुगाइयों की तरह तैयार हो रहे हो | अंकुर ने कहा हाँ ठीक है | उसके तैयार हो जाने के बाद हम लोग अपने मंजिल की ओर चल

दियह। कोचिंग में पहुँचने पर हमने देखा की अत्सर बार-बार स्वास्ती की ओर देख रहा था। वैसे यह काम तो वह रोज करता था। लेकिन आज उसकी आँखों में एक अजीब सी बेचैनी थी। थोड़ी देर बाद टीचर भी क्लास में आ गया। आज हमारी क्लास दो घंटे ना चल कर, चार घंटे तक चली। ऐसा इसलिए क्योंकि टीचर को दूसरे दिन कहीं जाना था। इसलिए उन्होंने दूसरे दिन कोचिंग बंद रखने का मन बनाया था। अब जैसे ही टीचर ने कहा- आज तुम्हारा क्लास में लास्ट दिन है, इसके बाद तुम्हें घर पर ही बैठ कर अपनी पढ़ाई करना है। यह बात सुन कर अत्सर ने जल्दी से स्वास्ती की ओर देखा। अब उसकी आँखों में थोड़ी सी बेचैनी और बढ़ गई थी। मैंने उससे पूछा- "क्या हुआ भाई? सब ठीक है ना।" उसने कहा- "हाँ मैं तो ठीक ही हूँ। क्या हुआ? तुम ऐसा क्यों पूछ रहे हो?" अरे कुछ नहीं मुझे तुम थोडा परेशान से दिखे। इसलिए पूछ लिया..... । उसने कहा नहीं ऐसा कुछ नहीं है, मैं बिल्कुल ठीक हूँ। उसके इतना बोलने के बाद मैंने टीचर की बातों पर ध्यान देना शुरू किया। टीचर हमें यह बता रहे थे की कैसे पढाई करनी है। अपने आप को कैसे परीक्षा के लिए तैयार करना है। अब अत्सर भी टीचर की ओर देख रहा था। टीचर ने कहा- "कोर्स तो मैंने पहले ही पूरा कर दिया है, अब तुम्हें अपनी पढ़ाई अच्छे से करनी होगी।" इतना बोल कर टीचर ने अपना पढ़ाने का सिलसिला फिर से आगे बढ़ाया। इस समय जो पढाया गया था, उसी को दुहराने के लिए कोचिंग अभी तक चल रही थी। हमारी केमिस्ट्री और मैथ की क्लास पहले ही बंद हो चुकी थी। अब केवल फिजिक्स की क्लास चल रही थी।

पूरे चार घंटे लगातार पढ़ाई करने के बाद, हम लोग बाहर निकले। टीचर ने हमें, जाते समय! 'बेस्ट ऑफ लक' बोला। पूरी क्लास ने भी उन्हें थैंक्स कहा....। सब लोग बाहर निकले। आज का दिन कोचिंग में हमारे लिए अंतिम दिन था, इसलिए सब लोग आपस में मिलने-जुलने में लगे हुए थे। हम लोग भी बाहर आकर खड़े हो गए। हम लोग तो साथ ही रहते थे, इसलिए हमें तो और सब की तरह मिलने-जुलने की जरूरत नहीं थी। हम लोग दूसरों के क्रियाकलापों को देख कर ही खुश हो रहे थे। मुझे मेरे मामा जी ने बुलाया था। इसलिए मैंने अत्सर और अंकुर से जाने के लिए पूछा। मैं

चाहता था की वह लोग भी मेरे साथ चलें | लेकिन अत्सर ने मना किया, इसलिए मैं अकेले ही चला गया | वैसे भी अगर अत्सर ना जाता तो अंकुर भी ना जाता | मैं वहाँ से चला गया | अब अत्सर और अंकुर वहाँ पर थे | लगभग एक घंटे मामा के घर रहने के बाद, जब मैं कमरे पर वापस आया, तो मैंने देखा की कमरे पर अंकुर अकेले था | मैंने अंकुर से अत्सर के बारे में पूछा, अत्सर कहाँ गया? वह भी तो तुम्हारे साथ ही था | उसने बताया की उसे कुछ जरूरी काम था, इसलिए वह तुम्हारे जाने के बाद वहाँ से चला गया था | उसने मेरे से कहा की तुम कमरे पर चलो, मैं अभी थोड़ी देर में आता हूँ | जब अंकुर ने ऐसा कहा तब एक पल के लिए मैंने सोचा की उसकें पास ऐसा कौन सा जरूरी काम हो सकता है, जो वह अंकुर को साथ नहीं ले गया | फिर मैंने भी ज्यादा दिमाग पर ज़ोर नहीं डाला | मुझे भी लगा हो सकता हो कोई जरूरी काम रहा होगा | हम लोगों ने कुछ खाने-पीने का इंतजाम करने का मूड बनाया | लेकिन फिर अंकुर ने कहा- नहीं! अभी रहने दो, थोड़ी देर में अत्सर भी आ जाएगा तब कुछ बनाएंगे | मैंने भी कहा ठीक है |

अब, अत्सर फ्लैट पर नहीं था, इसलिए टाइम पास करने के लिए हम लोगों ने कैरम बोर्ड निकाला | हम लोग कैरम बोर्ड खेल रहे थे | मेरे दिमाग में अभी भी वह कोचिंग वाली बात घूम रही थी | अरे वही अत्सर की आँखों में बेचैनी वाली बात........ | मैंने अंकुर से इस बारे में बात किया | उसने कहा- "यार! मैंने ध्यान नहीं दिया, तुमने यह बात मेरे से पहले क्यों नहीं बताया |" मैंने उससे कहा- "यार अत्सर मुझे कुछ परेशान भी दिख रहा था |" और तो और वह स्वास्ती की ओर आज कुछ ज्यादा ही देख रहा था | पहले रहता था तो, वह कभी-कभी थोड़ी सी पढाई भी कर लेता था |

अध्याय १७

हवा का झोंका

अंकुर ने घड़ी देखा- "यार, दो घंटे हो गए, अभी तक अत्सर आया नहीं, क्या बात हो सकती है?" अब मुझे भी थोड़ा सा डर लग रहा था | मैंने अंकुर से कहा- यार, चलें क्या? देखते हैं, कहा है वह? लेकिन अंकुर ने कहा- यार, उसे हम लोग ढूँढेंगे कहाँ? उसने बताया तो है नहीं की वह जा कहाँ रहा है | अंकुर की बात भी सही थी | उसे हम लोग कहाँ-कहाँ ढूंढते, वह भी एक शहर में.... |

हम लोगों के बीच यह सब बातें चल ही रही थी की तभी अत्सर आ गया | लेकिन वह पता नहीं क्यों बहुत खुश दिख रहा था | इसके पहले कोचिंग में तो बहुत परेशान सा दिख रहा था | मुझे थोड़ी सी हैरानी जरूर हुई | लेकिन फिर खुशी भी हुई की चलो कम से कम मैंने उसे खुश तो देखा, अब वजह चाहे जो भी हो | लेकिन पता नहीं क्यों मुझे ऐसा लग रहा था, जैसे वह अभी भी अंदर ही अंदर नाखुश जरूर था | लेकिन फिर भी मैंने इस बात को इग्नोर किया | अत्सर आकर मेरे बगल में लगे सोफ़े पर बैठ गया | अरे! भाई, यह सोफा हमारा नहीं था | यह हमारे मकान मालिक ने हमें उपयोग करने के लिए दिया था और दिया भी इसलिए था, क्योंकि वह सोफा अब बहुत पुराना हो गया था और उनके पास अब एक नया सोफा आ गया था | यह नया सोफा उन्हें उनके बेटे की शादी में दहेज़ में मिला था | उनके घर में अब इस पुराने सोफे को रखने के लिए जगह नहीं थी | इसलिए मजबूरी में हमारे कंजूस मकान मालिक ने

हमें यह सोफा उपयोग करने के लिए दे दिया था | हम लोगों ने अपने मकान मालिक द्वारा दिए गए सोफे को बाल्कनी में रख दिया था |

सोफे पर बैठने के बाद, अत्सर ने हँसते हुए गहरी सी साँस ली......... | हम लोग भी उसके पास आकर बैठ गए | अंकुर ने पूछा की वह कहाँ गया था? उसने कहा कहीं नहीं बस ऐसे ही थोड़ा सा काम था | अंकुर ने कहा- थोड़ा सा या जरूरी..........? उसने कहा- हममममम.... जरूरी ही था | अंकुर ने कहा चलो ठीक है, जरूरी काम था तो अच्छी बात है | मैंने कहा- कौन सा जरूरी काम? अरे, कौन सा ऐसा काम था जो तुमने हमें बताना भी अच्छा नहीं समझा | ठीक है, नहीं बताया तो कोई नहीं, कम से कम एक फोन तो कर देते की तुम हो कहाँ? तुम तो जानते हो की हम दोनों के मोबाइल में बैलेंस नहीं था | हम लोग यहाँ परेशान हो रहे थे | हम लोगों ने कैरम बोर्ड निकाला खेलने के लिए, वह भी कब से लेकर बैठे रहे लेकिन उसे भी पूरा नहीं कर पा रहे थे | ......कब से गोटियाँ इधर-उधर मारते जा रहे थे | लेकिन एक भी गोटी किसी के भाग्य में नहीं आ रही थी | अंकुर ने कहा- "भाई सही बोल रहे हो, अब तो अत्सर तुम्हें बताना ही पड़ेगा की आखिरकार ऐसी कौन सी बात थी, जिसने तुम्हें सुबह से परेशान कर रखा था |

इतना कहने के बाद अत्सर ने कहा- ठीक है, सुनो....... | वह कुछ बोलता, तभी मैंने उससे कहा की पहले तुम यह बताओ की तुम्हारी आँख का अब क्या हाल है? और आज तुम बार-बार स्वास्ती की ओर देखकर परेशान क्यों हो रहे थे? और तुम्हारी आँखें आज लाल क्यों थी? उसने कहा, अरे रुको यार..... | ....एक-एक प्रश्न करोगे तब तो मैं ठीक से जवाब दे पाऊँगा ना....... | उसने कहा पहले तो मैं तुम्हें यह बता दूँ की मेरी आँख अब बिल्कुल ठीक है और अब तक तुमने जितने भी प्रश्न किया है, वह सब एक दूसरे से जुड़े हुए हैं | अंकुर ने तफरी लेते हुए कहा- एक दूसरे से जुड़े हैं, मतलब की यहाँ तो बहुत बड़ा झोल है | जहाँ तक मुझे लगता है, इसमें प्यार की कहानी जरूर होगी | इस कहानी में एक लड़की भी हो सकती है और हो सकता हो लड़का उस लड़की को लेकर परेशान भी रह चुका हो | अंकुर ने कहा- भाई हमारी तो जो भी लव

स्टोरी थी, उससे तो आप साक्षात परिचित हो चुके हैं | हम आपके बारे में ठीक से नहीं जानते हैं | अगर इस कहानी में कोई लव स्टोरी है, तो कृपा करके शुरू से बताना.... | अत्सर ने कहा- अरे ऐसा कुछ नहीं है | फिर से अंकुर ने कहा- भाई मुझे ऐसा लगता है की आप झूठ बोल रहे हो, इसके पहले मुझे ऐसा कभी नहीं लगा | लेकिन आज पता नहीं क्यों मेरा मन कह रहा है की जैसे आपने हम लोगों से अपनी लाइफ की कोई ना कोई कहानी को जरूर छिपाया है | मैंने भी कहा- 'हाँ अंकुर! तुम ठीक बोल रहे हो |' मुझे भी पता नहीं क्यों ऐसा लग रहा है | अत्सर ने कहा- अरे! रुको नालायकों.... तुम लोग मुझे कुछ बोलने भी दोगे..... | हम दोनों ने कहा- हाँ! बिल्कुल बोलो, लेकिन आज तुम्हें अपनी लाइफ की वह पूरी कहानी अच्छे से सुनानी है, जिससे हम लोग अब तक वाकिफ नहीं हैं | आज तो हमें जानना ही है | अंकुर ने कहा- भाई कृपा करके एक भी बात छिपाना नहीं | उसने अत्सर का हाथ अपने सर पर रखा और कहा- "भाई आपको मेरी कसम, आज तो आपको अपनी जो भी कहानी है, बतानी है |" क्योंकि हम लोगों ने कई बार ऐसा नोटिस किया है की जैसे स्वास्ती के लिए आप के दिल में बहुत प्यार है | तब अत्सर ने अंकुर को धीरे से एक थप्पड़ मारा और कहा तो इसमें कसम देने की क्या जरूरत है |

चलो ठीक है, मैं तुम्हें अपनी कोचिंग लाइफ की पूरी कथा सुनाता हूँ | अंकुर ने कहा, भाई अभी एक मिनट रुक जाओ........ | मैंने कहा, अब क्या हो गया? वह दौड़ता हुआ रूम के अंदर गया और चटाई लेकर आया | अत्सर ने कहा- यह किस लिए | उसने कहा... अभी बताता हूँ... | उसने चटाई को उसके सामने बिछाया और फिर उस पर बैठ गया | अब उसने कहा- 'हाँ अब ठीक है, भाई अब सुनाओ |' अत्सर ने कहा- यह क्या.... मैं कोई रामायण थोड़ी ना सुना रहा हूँ | अंकुर ने कहा- भाई मेरे लिए तो रामायण ही है | मैंने भी कहा- हाँ, अंकुर भाई तुम सही बोल रहे हो, मैं भी आता हूँ | मैं भी उसके पास चटाई पर जाकर बैठ गया | अत्सर ने कहा- यह क्या कर रहे हो तुम लोग? तुम लोग नीचे बैठो और मैं ऊपर, यह कैसे हो सकता है | तुम लोग जल्दी से ऊपर आकार बैठ जाओ, नहीं तो मैं तुम्हें कुछ नहीं बताने वाला | ......(तर्पण) नहीं

भाई अब तुम ऐसा नहीं कर सकते | अंकुर का कसम तुम नहीं तोड़ सकते | .....(अंकुर) भाई तुम्हें कहानी सुनानी है और हमें सुनना है, अब यह हमारी मर्जी, हम जहाँ चाहें वहाँ बैठ कर सुनें | ..... (अत्सर) अरे तुम लोग भी ना...., कभी-कभी मुझे धर्म संकट में डाल देते हो | इससे तो अच्छा था की तुम लोग मेरे सर पर बैठ जाते | अंकुर ने कहा- भाई अब देर ना करो, जल्दी करो मेरे अंदर ढ़ोल-नगाड़े बज रहे हैं | उसकी यह बात सुनकर अत्सर हँसने लगा और उसके साथ-साथ मैं भी हँसने लगा | अत्सर ने कहा- चलो जैसी तुम्हारी मर्जी | इससे पहले मैं तुम्हें बता दूँ, मेरी इस कहानी में कुछ खास दम नहीं है | तुम लोग इस कहानी को सुनकर बोर ही होने वाले हो | मैंने कहा- वह सब छोड़ो तुम सिर्फ कहानी सुनाओ | तुम बात को गोल-गोल घूमा रहे हो |

हम दोनों चटाई पर बैठे थे | अत्सर ने बोलना शुरू किया....... "अंकुर तुम्हें याद होगा, तुमने एक बार कोचिंग से घर वापस आते समय कहा था की लड़की क्यूट है |" यह तुमने स्वास्ती के बारे में कहा था |

दरअसल! तुमने बात तो बिल्कुल सही कहा था | वह क्यूट ही नहीं, वह बहुत अच्छी भी है | ऐसा मेरे दिल की धड़कनें कहती हैं | मैं हर पल उसी के बारे में सोचता रहता हूँ | मैं हर पल उसी के खयालों में डूबा रहता हूँ | हाँ बस इतना है की किसी को इसके बारे में कभी पता नहीं चलने देता हूँ | यहाँ तक की जब मैं तुम लोगों को मैथ के प्रश्न बताता रहता हूँ, तो उस समय भी वह बीच-बीच में मेरे खयालों में आ ही जाती है | वह उस समय भी मेरे दिलो-दिमाग में रहती है | मैं बड़ी मुश्किल से अपने मन को एकाग्र करके, तुम लोगों को प्रश्न का हल समझाता हूँ और उस समय जो भी मैं तुम्हें बताता हूँ, मुझे खुद नहीं याद होता की मैं क्या कर रहा हूँ | बस जो समझ में आता है, वही करता जाता हूँ | वह बात अलग है की प्रश्न का उत्तर सही आ जाता है | यह सब इसलिए संभव हो पा रहा है, क्योंकि उसे देखने से पहले ही मैंने यह सब पढ़ रखा था | इसलिए सारे प्रश्न मुझे रटे हुए हैं | मैं जो भी तुम्हें बताता हूँ, वह सब मैं रटे हुए प्रश्न तुम्हें समझाता हूँ | क्योंकि मुझे कुछ भी, समझ में तो आता नहीं है | तुम लोग प्रश्न हल करने के लिए देते हो, मैं प्रश्न देखता हूँ, और मेरे दिमाग में पहले वाले उत्तर याद आने शुरू

हो जाते हैं | यह तो अच्छा है की आज तक तुम लोगों ने ऐसे प्रश्न नहीं पूछे, जो मैंने पहले कभी हल नहीं किए थे | अगर तुम लोग ऐसे प्रश्न पूछते जो मैंने पहले से हल नहीं किए थे, तो मैं तुम्हारे प्रश्नों को शायद ही हल कर पाता |

उस दिन, जब तुमने मेरे से यह कहा की लड़की क्यूट है, तब मैं उसके खयालों में ही डूबा था | इसलिए मैंने तुम्हारी बात पर कोई प्रतिक्रिया नहीं किया था | कोचिंग में एक भी ऐसा दिन नहीं होता था, जब मैं उसको लेकर सपने ना देखता था | शुरू-शुरू में तो मैं कभी-कभी सपने ही सपने में उसके साथ हनीमून पर भी चला जाता था और यह सारे सपने मैं दिन में ही देखता था | मैं क्लास में रहता जरूर था, लेकिन मेरा दिमाग, टीचर क्या पढ़ा रहा है, उस पर नहीं बल्कि स्वास्ती के पास रहता था | टीचर को लगता था की मैं बहुत ध्यान से पढ़ाई कर रहा हूँ | लेकिन ऐसा कुछ नहीं था | मेरा ध्यान तो ब्लैक बोर्ड पर होते हुए भी नहीं था | यह सब तो ठीक था | इतना सब कुछ तो ज़्यादातर आशिक कर जाते हैं | लेकिन मेरी सोच कुछ और ही थी | मैंने अपने-आपको, उसके प्रति इतना एकाग्र कर लिया था की पूछो मत...... | वह मेरे से दश कदम दूर भी किसी से कुछ बोल रही होती थी तो भी मैं उसकी बातों को सुन लेता था | अरे ऐसा मैं नहीं कहा रहा हूँ, बल्कि मुझे ऐसा लगता था | मुझे लगता है, जैसे वह मेरे बारे में ही बात कर रही हो | इसी तरह की मेरी एक सोच है की मैं एक बार कोचिंग से बाहर निकला | उस दिन तुम लोग मेरे साथ नहीं थे | उस दिन भी उसके पापा जी उसे कोचिंग में छोड़ने के लिए आए हुए थे |

मैं बाहर निकला | वहाँ पर उसके पापा जी खड़े थे | वह उसका इंतजार कर रहे थे | मैं टीचर से प्रश्न पूछकर बाहर निकल रहा था | ऐसा नहीं की मुझे प्रश्न नहीं आ रहा था, इसलिए मैं अपनी समस्या को लेकर टीचर के पास गया था | बल्कि इसलिए की मैं उस पर लाइन मार सकूँ | क्योंकि वह भी प्रश्न पूछने के लिए गई थी | .....अरे! भाई मैं प्रश्न पूछने तब जाता ना, जब मेरे पास कोई समस्या होती और समस्या तो तब होती है जब आप कोई प्रश्न हल करें | .....हाँ एक परिस्थिति और है, जब हमारे पास समस्या होती है और वह तब, जब आप कभी बूक ही ना उठाएँ | ऐसी स्थिति में तो पूरी किताब

ही हमारी समस्या होती है | मैंने वह प्रश्न पहले से हल कर रखा था | लेकिन फिर भी मैं उसके पीछे से गया, वह भी ऐसा प्रश्न लेकर, जो मैंने पहले से हल कर रखा था | मेरे पास जो किताब थी, मैंने जल्दी से उसमें से एक चैप्टर खोला और उसमें से एक प्रश्न लेकर टीचर के पास पहुँच गया | वह आगे खड़ी थी | उसके साथ उसकी दोस्त भी थी | मैं अपने हाथ में एक मोटी सी किताब लिए उसकी तरफ तिरछी निगाह से देख रहा था | कुछ छात्र पहले से आए हुए थे | वह सब भी अपनी-अपनी समस्या लेकर टीचर के पास आए हुए थे |

थोड़ी देर तक इंतजार करने के बाद उसका नंबर आया | उसने एक प्रश्न पूछा | टीचर ने उसके प्रश्न को ऐसे ही मुंहजबानी बताया और फिर उसे व उसकी दोस्त को कॉपी पर हल करने के लिए कहा और फिर मुझे प्रश्न पूछने के लियह बुलाया | मैं जान बूझकर उस तरफ से जाना चाहा, जिस तरफ वह खड़ी थी | उस तरफ थोड़ी सी ही जगह थी | इसलिए टीचर ने दूसरी तरफ से निकलने के लिए कहा | लेकिन तब तक उसने मेरे निकलने के लिए जगह खाली कर दिया था | मैं उसके बगल से निकला | मेरा हाथ उसके हाथ से छू गया | जैसे ही उसका हाथ मेरे हाथ से लगा, मेरे अंदर की सारी घंटियों ने बजना शुरू कर दिया | मैंने किसी तरह अपने-आपको संभाला और टीचर के पास पहुँचा | मैंने अपनी समस्या को टीचर के सामने पेश किया | टीचर ने प्रश्न देखा और बोला- अरे! बेटा तुम इतनी जल्दी यहाँ कैसे पहुँच गए? यह अध्याय तो मैंने अभी पढाया भी नहीं है | मैंने गलती से दूसरे अध्याय में टिक लगा दिया था | अब मुझे अपनी बात को सही ठहराना था | इसलिए मैंने अपनी सफाई में कहा- "सर! वह मैंने पहले से ही थोड़ा सा पढ़ रखा था |" टीचर ने कहा- चलो अच्छा है | यह सब तो अच्छी बात है, मैं तो कहता हूँ की तुम और जल्दी आगे बढ़ो |

चलो ठीक है, अगर तुमने इस अध्याय को पहले से हल कर लिया है तो फिर तुम्हें इसके फ़ार्मुले भी आते होंगे | उन्होंने मेरे से एक फॉर्मूला उत्पन्न करने के लिए कहा | चलो यह तो अच्छा था की मैंने उस अध्याय को थोड़ा सा पहले से ही पढ़ रखा था | इसलिए मैंने कहा- सर! यह फॉर्मूला उत्पन्न करने के लिए हमारे पाठ्यक्रम में तो

है ही नहीं...... | तब उन्होंने कहा- इसका मतलब सच में, तुमने पहले से इस अध्याय को पढ़ रखा है | यह तो अच्छा हुआ की उन्होंने कोई दूसरा प्रश्न नहीं पूछा | इसके बाद उन्होंने मेरे प्रश्न को हल किया | उस दिन मेरा एक और भाग्य काम कर गया | मैंने जो प्रश्न टीचर से पूछा था वह किसी फ़ार्मुले पर आधारित नहीं था | अगर वह प्रश्न किसी फ़ार्मुले पर आधारित होता तो जाहिर सी बात थी की वह मेरे से वह फॉर्मूला जरूर पूछते और फिर मैं पकड़ा जाता | टीचर ने मेरा प्रश्न हल किया | तभी उन लोगों ने भी अपना प्रश्न हल करके, उन्हें दिखाने के लिए ले आई | मैं बगल से निकल गया | टीचर ने उनका उत्तर देखा और कहा सही है | मैं अब तक वहाँ से जा चूका था |

थोड़ी देर बाद, जब मैं कोचिंग के गलियारे से होकर आ रहा था, तब मैंने पीछे मुड़कर देखा तो वह लोग भी आ रही थी | मैं बाहर आकर थोड़ी देर के लिए वहीं पर खड़ा हो गया | वह दोनों बाहर आ गई | उसकी दोस्त ने अपनी स्कूटी लिया और वह वहाँ से चली गई | स्वास्ती अपने पापा के पास पहुँची | मैं भी वहाँ से चल दिया | जैसे ही मैं थोड़ी दूर चला | मेरे कानों में आवाज आई की जैसे वह अपने पापा से बोल रही हो की यह लड़का मेरी तरह चलता है | अरे, उसकी तरह, मतलब उसकी जैसी स्पीड, ऐसा नहीं की मैं लड़कियों की तरह चलता हूँ | अब, यह सच था या फिर मेरे दिमाग में ऐसे ही सब चल रहा था, यह मुझे खुद नहीं पता | इतना सुनने के बाद उसके पापा ने कहा- हाहाहा...... चलता है? इसका मतलब यह लड़की है | स्वास्ती ने कहा- अरे चलता है मतलब, रफ्तार की बात कर रही हूँ | उसके पापा ने कहा- अरे इसके बाल तो देखो, यह बीच से माँग निकालता है |

अब, सच कुछ भी हो, लेकिन मुझे तो यही सुनाई दिया था | हो भी सकता हो की उन्होंने ऐसा कहा हो क्योंकि मैं उस समय ऐसे ही बाल रखता था | मेरे बाल थोड़े से बड़े हो गए थे | इसलिए अगर मैं बगल से भी मांग निकालता तो भी वह बाद में बीच से ही हो जाते थे | हालांकि उनकी यह बात सुनने के बाद मुझे गुस्सा तो बहुत आया था | मन ही मन तो मैं यह भी बोल गया था की एक बार अपनी बेटी को मेरे पास छोड़ जाओ, फिर आपको पता चल जाएगा की मैं लड़का हूँ या लड़की | लेकिन

मुझे ऐसा नहीं सोचना चाहिए था | उन्होंने तो सिर्फ मज़ाक किया था | लेकिन मैं भी अपनी जगह सही था | आखिरकार! मैं भी तो एक इंसान ही था, उनकी बात का बुरा मानना तो मेरे लिए लाजमी था | वैसे भी मैंने ज्यादा गलत सोच के साथ नहीं बोला था | वह तो बस मैं अपनी भावनाओं में बहकर ऐसा बोल गया था | खैर, जो भी हो अब एक बार जो सोच लिया सो सोच लिया |

अब जब तक उनकी यह बात चलती, मैं उन लोगों से लगभग दस कदम आगे बढ़ चुका था | अब यह सब सच था या महज! यह सब मेरे सुनने-समझने में फेर था, इसका कुछ भरोसा नहीं... | मैंने अपनी साइकिल कोचिंग से थोड़ी दूर पर रख रखा था | मैंने अपनी साइकिल वहाँ इसलिए रखा था | क्योंकि वह भी जब साइकिल से आती थी तो वहीं पर अपनी साइकिल रखती थी | लेकिन इन सब का फायदा क्या था |

मैं बार-बार यही सोचता हूँ | मैं उसकी तरफ देखता तो था नहीं | बस मन ही मन में खयाली पुलाव पकाता रहता था | उस समय मैंने जो भी बात मन ही मन सोच रखा था | वह बात मेरे दिमाग में बैठ गई थी | जितना उनकी बात का मुझ पर असर नहीं था उससे कहीं जादा तो मुझे अपनी उस सोच पर पछतावा हो रहा था | इसलिए मैंने उसी दिन से यह सोच लिया था की मैं अब उसके बारे में ऐसा कभी नहीं सोचूँगा | वह तो बस गुस्से ही गुस्से में मैंने ऐसा सोच लिया था | लेकिन मुझे ऐसा नहीं सोचना चाहिए था | क्योंकि यह सब तो एक तरह से महज मेरी एक कल्पना ही थी | कोई किसी की बात को इतनी दूर से कैसे सुन सकता है | लेकिन अगर दूसरी तरफ से देखा जाए तो ऐसा हो भी सकता है | क्योंकि जब भी वह मेरे आस-पास होती थी, मेरे आँख और कान में से कोई न कोई उसकी तरफ एकाग्र जरूर होता था | सुनने वाला भी यह सोच-सोच कर पागल हो जाए की कोई किसी के प्यार में, इतना दीवाना, कैसे हो सकता है? लोग प्यार में जान दे देते हैं और आजकल प्यार में जान देना तो आम बात है, इसके अतिरिक्त और पता नहीं क्या-क्या करते हैं | लेकिन मेरा प्यार कुछ अलग ही है |

शुरू-शुरू में तो, जब तुम लोग अपनी साइकिल, साइकिल स्टैंड में रखते थे, तब मैं भी तुम्हारे साथ ही अपनी साइकिल वहीं पर रखता था | लेकिन जब मैंने उसे, अपनी साइकिल वहाँ रखते हुए देखा, तब मैंने भी अपनी साइकिल वहीं पर रखना शुरू कर दिया | तुम लोगों ने कई बार, इस बात को लेकर मेरे से, यह प्रश्न किया की मैं अपनी साइकिल वहाँ क्यों खड़ी करता हूँ? तो उस समय मैं तुमसे यह बात कहता था की यार वह इसलिए, यह लोग पैसे लेते हैं और बार-बार कौन टोकन लेने जाए | लेकिन यह बात सच नहीं थी |

असल बात तो यह थी की, मैं उसकी वजह से अपनी साइकिल को वहाँ पर खड़ी करता था | क्योंकि उसकी साइकिल के बगल में अपनी साइकिल खड़ी करने से, मुझे सुकून मिलता था | एक बार तो ऐसा हुआ की, मेरी साइकिल उसकी साइकिल के ऊपर गिर गई थी | यह देख मैं मन ही मन बहुत कुछ सोच गया था | अब एक तरफ से देखा जाए तो मैं बहुत बड़ा डफर भी था | क्योंकि जब वह मेरी तरफ देखती तो भी मैं उसकी तरफ नहीं देखता था | बस मन ही मन खयाली पुलाव पकाता रहता था | एक बार ऐसा ही हुआ | मैंने अपनी साइकिल उसके साइकिल के पास रख रखा था | बगल में, और ढेर सारी साइकल्स खड़ी थी | अगर उस समय दूसरा लड़का होता तो, वह पहले उसे साइकिल निकालने देता और खुद खड़े होकर, उसे देखता | लेकिन इस कहानी में उलटा हुआ | जैसे ही मैं वहाँ अपनी साइकिल निकालने के लिए पहुंचा, वह भी वहाँ आ गई | अब मैंने पहले उसे साइकिल निकालने को ना कह कर खुद ही घुस गया | मैंने अपनी साइकिल वहाँ से निकाल लिया | अब यहाँ भी मुझे लग रहा था, की जैसे वह मेरी तरफ देख रही हो |

इतना सब सोचना तो ठीक था | लेकिन जब मुझे ऐसा लग रहा था की वह मेरी तरफ देख रही है तो मुझे कम से कम, उसकी तरफ सर मोड कर देखना तो चाहिए था | लेकिन नहीं.... पता नहीं किस धुन में था, मैं... | मैंने अपनी साइकिल लिया और वहाँ से चला गया | बाद में उसने भी अपनी साइकिल लिया और वहाँ से चली गई | जहाँ हमारी साइकिल खड़ी होती थी, उसके थोड़ी दूर तक तो हमें एक ही रास्ते से जाना

होता था | लेकिन थोड़ी दूर पर दोनों को अपने-अपने रास्ते से जाना होता था | कुल मिलाकर ऐसा समझ लो की जैसे मेरे साइकिल के पीछे का पहिया उसके साइकिल के पीछे के पहियह की तरफ हो | मुझे उस मोड तक ऐसा लग रहा था जैसे वह मेरी तरफ देख रही हो | अब जैसे ही वह मोड आया, जैसे ही मैं अपने रास्ते पर जाने के लिए मुड़ा, पाँच कदम दूर चलने के बाद मुझे लगा की एक बार मुड़कर देखना चाहिए | इसलिए मैंने अपनी साइकिल को रोका और उसकी तरफ देखा | लेकिन अब कोई फायदा नहीं था, अब बहुत देर हो चुकी थी | वह अपने रास्ते से होकर आगे बढ़ी जा रही थी | मैंने भी उदास मन से अपनी साइकिल को खींचना शुरू कर दिया |

अगर देखा जाए तो यह भी एक तरह की कल्पना ही थी की वह मेरी तरफ देख रही थी | ऐसा मैंने इसलिए नहीं सोचा की वह मेरी तरफ देख रही थी, बल्कि मैंने भी उसकी ओर तिरछी निगाह से देखा था | इसलिए मेरे दिमाग में यह खयाल आया था | हाँ मैं यह मानता हूँ की तिरछी निगाह से सब कुछ साफ नहीं दिखता | लेकिन फिर भी इतना तो पता चल ही जाता है की इंसान का चेहरा किस तरफ है | कुछ ऐसा ही था वह नजारा | मैं उस दिन तो वहाँ से वापस चला आया | लेकिन मेरा मन अभी भी उसी की यादों में था | मैं अभी भी उसी के खयालों में था | कोचिंग से वापस आने के बाद, मैं जब तुम लोगों के साथ व्यस्त हो जाता, तब मुझे एक पल के लिए उसे भूलना पड़ता था | लेकिन वह किसी ना किसी तरह से मेरे दिमाग में आ ही जाती थी | अब मुझे लगभग सारी लड़कियाँ उसी के जैसी दिखने लगी थी | अगर कोई भी लड़की उसके चेहरे से जरा सी भी मैच करती थी, तो मुझे लगता था की यह वही है | लेकिन यह सब सिर्फ मेरा एक वहम था | इसे महज एक कल्पना ही मान लेना बेहतर होगा |

मैं अब हर रोज अपनी साइकिल वहीं पर खाड़ी करने लगा, जैसा की तुम्हें पहले से ही पता है | तो आज मैं तुम्हें बता दूँ की यह कोई पैसा बचाने या फिर टोकन ना लेने की वजह से नहीं था, बल्कि यह अपनी साइकिल को उसके साइकिल के पास रखने की एक चाल थी | मुझे खुद कुछ समझ में नहीं आ रहा था की मैं क्या कर रहा हूँ |

अरे! साइकिल खड़ी करने से कोई काम होता है क्या? जब तक की मैं उसकी ओर ना देखता..... | लेकिन कौन समझाए, मेरे दिमाग में तो भूसा भरा हुआ था |

यह सिलसिला आज तक चला | आज भी वह साइकिल से ही आई हुई थी | आज उसके पापा उसे छोड़ने के लिए नहीं आए थे | यह मेरे लिए एक तरह से खुशी का दिन था | ऐसा मुझे लगता है | लेकिन आगे की कहानी सुनने के बाद पता नहीं तुम्हारी क्या प्रतिक्रिया होगी | अभी तक तो मैं जो भी बता रहा था, वह सब तो बस ऐसे ही चल रहा था | और हाँ एक और बात बता दूँ की मैं उसको लेकर कभी-कभी बहुत आगे तक भी सोच गया हूँ | इन सब के बारे में, मैंने शायद एक बार तर्पण से बताया भी था | तर्पण भाई शायद तुम्हें याद भी होगा | खैर छोड़ो क्या करना, चलो मैं अब तुम्हें आज का एक राज बताता हूँ |

तर्पण, जब तुम क्लास ख़त्म होने के बाद, वहाँ से मामा के घर चले गए थे, तब मैं और अंकुर वहाँ पर थे | यह तो तुम्हें भी पता है | लेकिन शायद तुम्हें अंकुर ने बताया की नहीं की तुम्हारे जाने के बाद मैंने अंकुर को अकेले फ्लैट पर आने के लिए कहा था | मुझे खुशी है, इस बात की कि मेरे कहने पर इसने ज्यादा जिद नहीं किया की मैं इसके साथ ही घर चलूँ |

अब, आगे हो सकता हो! तुम्हारे लिए, कुछ रोमांचक बातें भी मिल जाएँ | मैं जानता हूँ, तुम जानने के लिए उत्सुक हो की मैंने अंकुर को वहाँ से जाने के लिए क्यों कहा? दरअसल बात यह थी की, आज मैं स्वास्ती से कुछ कहने के लिए गया था..... | अरे कुछ खास बात नहीं, बस ऐसे ही.... | चलो अच्छा, बता ही देता हूँ | अब ज्यादा गोल-गोल घुमाना भी अच्छा नहीं है | वैसे भी अंकुर कब से आस लगाए बैठा है की अब कुछ मजेदार कहानी आएगी | लेकिन हर बार उसे निराश ही होना पड़ता है |

बता रहा हूँ, अंकुर! बता रहा हूँ ....अब आगे आज की कहानी ही है |

दरअसल, आज सुबह, जब हम लोग कोचिंग जा रहे थे, तब तुम लोगों ने मेरे से पूछा था की मेरी आँख लाल क्यों है? तो मैं तुम्हें बता दूँ की इसकी वजह थी, स्वास्ती | दरअसल अब कोचिंग में हमारे दो दिन ही बचे थे | इसलिए मैं रात भर अपने दिमाग

में यही सोचता रहा की मैं अपने दिल की बात उसके सामने कैसे रखूँ? मैं इसी खयाल में खोया था | अचानक मेरे दिमाग में एक तरकीब आई और वह इस तरह थी की- "मैंने उसे देख तो लिया है, अब भले ही हमारी अच्छी मुलाक़ात ना हुई हो फिर भी मिले तो हैं ही ना | तो देखा जाए तो हमारा मिलन हो गया है | अब इसके बाद आता है, दोस्ती करने का समय, फिर प्यार और अंत में शादी और बाकी सब आगे तो अपने-आप हो जाएगा |" यह मेरे प्यार का समीकरण था | मैंने इसे नाम दिया है- "लव ट्रैफिक रूल" | मैं, यह सोचकर गया था की अगर उसने मेरे से दोस्ती कर लिया तब तो ठीक है, नहीं तो मैं हँसता हुआ वहाँ से वापस आ जाऊँगा और वापस आकर अपनी पढ़ाई बहुत अच्छी तरीके से करूंगा | यही वजह है की जब मैं आया तो तुम लोगों ने मेरे आते ही, मेरे से यह प्रश्न पूछा की मैं, अभी जाते समय तो निराश था फिर अचानक, यह खुशी क्यों? तो इसकी वजह यही है | अरे! हाँ अंकुर, बता रहा हूँ, आगे की बात भी | तुम परेशान ना हो कहानी अभी ख़त्म नहीं हुई है |

मैं जिस समय उससे यह बोल रहा था की- *"क्या तुम मेरे से दोस्ती करोगी?"* उस समय मैं बिल्कुल सीधे देख रहा था | मैंने ऐसा इसलिए किया क्योंकि मैं थोड़ा सा डरा भी था | मैं धीरे-धीरे उसकी साइकिल का पीछा कर रहा था |

जैसे ही मैं उसके बिल्कुल पास पहुँचा, मैंने एक गहरी सी साँस ली और उसके बगल में जाकर उससे बोला- *"एक मिनट, मैं तुमसे कुछ कहना चाहता हूँ |"* जैसे ही मैंने ऐसा कहा- उसने अपनी साइकिल रोक दिया |

मैं अभी भी सीधे देख रहा था | मैंने एक बार भी अपना सर उसकी ओर नहीं घुमाया था | साथ ही साथ मैंने उससे यह भी बोल दिया की उत्तर केवल *'हाँ' या 'ना' में देना* |

मेरी बात खत्म होते ही, उसने अपनी साइकिल का पैडल मारा और आगे बढ़ चली | मैंने फिर से, उसके पीछे से आवाज लगाया, हैलो........ | उसकी तरफ से प्रतिउत्तर आया- 'नो'....... |

अब, मेरे योजना के मुताबिक, मैंने भी अपनी साइकिल को अपने घर की ओर घुमाया और वहाँ से मन ही मन खुश होते हुए वापस चला आया | उस समय पता नहीं क्यों मुझे उसके नहीं कहने का कोई दुःख नहीं हुआ | यह सारी योजनायें, मैंने कल रात से ही तैयार कर रखा था | यह तो कुछ नहीं था, मैं तो यह तक सोच गया था की आज अगर उसके पापा जी रहे तो भी, मैं उसके सामने अपनी बात को रखूँगा जरूर | बस इतनी सी ही थी, अब तक की, मेरी प्रेम कहानी |

अब, अगर देखा जाए तो अत्सर की इस कहानी में कुछ खास दम नहीं है | लेकिन अगर इसे अच्छे से, प्यार के नजरिए से देखा जाए तो इस प्रेम कहानी में बहुत दम है |

दरअसल, जो उसने हम लोगों से कहा की वह अब बहुत खुश है और वह अब अपनी पढ़ाई को अच्छे ढंग से कर पाएगा तो मैं बता दूँ की उसने ऐसा गलत सोचा था | उसके कहानी खत्म करने के बाद, अंकुर ने उससे कहा भी था की भले ही तुम्हें ऐसा लग रहा है की तुम उसे भूल जाओगे और अपनी पढ़ाई को अच्छे से कर पाओगे तो तुम गलत हो | अब वह जब भी तुम्हारे सामने आएगी, तुम्हें तकलीफ होगी | कहानी सुनाते समय, अत्सर बहुत खुश लग रहा था | इस कहानी को वह इस तरह से नहीं सुना रहा था की जैसे वह उसकी खुद की प्रेम कहानी हो | बल्कि ऐसे बता रहा था जैसे किसी दूसरे की कहानी हो | मैं तो उस समय शांत रहा | अत्सर के साथ ही साथ, मैं भी थोड़ा सा मुसकुरा देता था | उसकी इस कहानी का, मुझ पर कोई खास असर नहीं पड़ रहा था | मैं अभी भी पहले जैसा ही था | कोई दुःख-दर्द नहीं की आगे अत्सर का क्या होगा? लेकिन अंकुर उदास जरूर था | वह जानता था की अभी भले ही अत्सर ऐसा कर रहा है, लेकिन बाद में उसे इस रिजेक्शन से बहुत दिक्कत होगी | ऐसा नहीं की अत्सर बहुत खुश था |

दरअसल, वह केवल बाहर से खुश था | वह बस एक दिखावा कर रहा था की देखो मुझ पर प्यार का कोई असर नहीं है | वह सोचता था की लोग फालतू का बोलते हैं की जब कोई लड़की एक लड़के के प्रस्ताव को अस्वीकार करती है तो दिल टूट

जाता है और ऐसा वह पहले कई बार बोल भी चुका था | उसे लगता था की उसके मन में स्वास्ती के लिए जो भी एहसास हैं, वह सब महज एक हवा का हल्का सा झोंका है|

"चलता रहा मैं नींद में, करता रहा तेरा दीदार मैं |
बेपरवाह हुआ पत्थर से, काँटों पर भी चलता रहा ।
ऐसा भी क्या मैंने कर दिया,
जो यह सजा मिली तेरे प्यार में |
हर दर्द को सहता रहा, रोता रहा तेरे प्यार में ।
खुद को ही तन्हा किया, खुद को खुद से जुदा किया ।
आग की दरिया में, मैं तो सोला सा ही जलता रहा ।
सच कहूँ तेरी याद में, बोतल के साथ जीता रहा ।
हीर है तू मेरे नींद की, राँझा हूँ मैं तेरे प्यार का ।
एक दिन बहुत पछताएगी, मेरी याद तुझको आएगी ।
आँखों में आँसू लिए, मेरा नाम जपती जायहगी।
चीखेगी तू चिल्लाएगी, अपना सर पटकती जाएगी |
मिलेगा ना तुझको प्यार, इस जहाँ में मेरे जैसा |
अब! किसका दिल जलाएगी???"

अध्याय १८

फ़ोन की घंटी

अत्सर ने तो अपनी बात ख़त्म कर दिया और हम दोनों से बोला की मैंने अपनी अब तक की जो भी कहानी थी, तुम्हें बता दिया है | अब तुम लोग जल्दी से चलो और कुछ खाने के लिए बनाते हैं | उसके कहने पर हम लोग, उसके साथ अपने पेट पूजा की तैयारी में लग गए | अंकुर कुछ प्याज और मैं, आलू के छोटे-छोटे टुकड़े काटने में लग गए | अत्सर ने बेसन के साथ कुछ मसाले और पानी का मिश्रण तैयार किया | हम लोग पकौड़े बनाने की तैयारी कर रहे थे | भले ही थोड़ी देर पहले, अत्सर थोड़ा खुश दिख रहा था, लेकिन अब उसका चेहरा थोड़ा-थोड़ा उदास दिखने लगा था |

पकौड़े खाते समय अंकुर ने उसके उदास चेहरे पर ध्यान दिया | इसलिए उसने पूछा की- क्या हुआ अत्सर भाई? अत्सर ने कहा- कुछ नहीं..... कुछ नहीं ...... हुआ क्या ...? इतने में फोन की घंटी बजी...... | अत्सर ने फोन उठाया.... हैलो...... | अब उसका चेहरा अचानक बिल्कुल उदास हो गया | अत्सर ने काफी देर तक फोन को अपने कान से लगाए रखा | उसकी फोन पर बात लगभग दो मिनट तक चलती | वह बीच-बीच में क्या.... कब..... कैसे.... के प्रश्न करता रहता रहा | फिर उसने अंतिम में कहा की इतना सब कुछ हो गया और तुम आज हमें बता रही हो | इतना कहने के बाद उसने कहा की चलो ठीक है, फोन रखो हम लोग वहाँ आ रहे हैं |

उसके फोन रखते ही, मैंने और अंकुर ने एक साथ पूछा की क्या हुआ? फोन पर तुम किससे बाते कर रहे थे? तो उसने कहा- कुछ नहीं वह बस ऐसे ही......... | फिर उसने कहा की यार चलो हमें रिया के मामा ने बुलाया है | अंकुर ने कहा- क्यों? तब उसने कहा अब यह तो मुझे भी नहीं पता, सारी बात हमें वहीं चलकर पता चलेंगी | हम लोगों ने उसकी बात मान ली और फिर दोबारा प्रश्न ना करके उसके साथ चल दिया | बाहर निकले तो वह प्रिया के घर की ओर जाने वाले रास्ते से ना जाकर, दूसरे रास्ते पर चलने के लिए मुड़ा | मैंने उससे कहा की भाई साहब प्रिया का घर दूसरी तरफ है | उसने कहा- अरे उन्होंने हमें दूसरी जगह बुलाया है | उन्हें हम लोगों से कुछ जरूरी काम है | अंकुर ने कहा चलो ठीक है | हम लोग उसके पीछे-पीछे चल दिए | रास्ते में, मैंने उससे पूछा की तुम फोन पर बात करते समय, घबराए हुए क्यों थे? उसने कहा- अरे कुछ नहीं.... बस ऐसे ही, वह मैं अभी अपने उसी सदमे में था | इसलिए जो भी बात बोल रहा था, तुम्हें लगा होगा की मैं घबराया सा था | अंकुर ने कहा की भाई साहब हमें चलना कहाँ है? यह तो बता दो, अभी कितनी दूर जाना है, जिससे हम लोग आटो वगैरह ले सके | अत्सर ने कहा- अरे हाँ! सही याद दिलाया, आटो तो लेना ही पड़ेगा | बस थोड़ी दूर जाना है | अंकुर ने आटो बुलाया |

लगभग पंद्रह मिनट में हमारी यात्रा खत्म हुई | ड्राइवर ने आटो रोका, मैंने नीचे उतर कर चारों तरफ देखा | सड़क के एक तरफ हस्पताल था तो दूसरी तरफ मंदिर | अब मेरे मन में दो तरह के खयाल आ रहे थे | पहले तो यह की कहीं मेरी शादी तो नहीं होने वाली | लेकिन फिर सोचा की अगर शादी करनी होती तो हमें मंदिर में क्यों बुलाते | वह तो घर पर पूरे विधि-विधान से कराई जाती | फिर दूसरा खयाल आया की कहीं कोई ज्यादा बीमार तो नहीं पड़ गया | मेरी दूसरी कल्पना सच भी हो गई | क्योंकि आटो से उतर कर, अत्सर हस्पताल की ओर चल पड़ा | तब मैंने उससे कहा, अत्सर तुमने बताया क्यों नहीं की क्या हुआ है? यह हम लोग हस्पताल क्यों आए हुए हैं? तू तो अभी बोल रहा था की हमें किसी जरूरी काम से बुलाया गया है | तब अत्सर ने कहा-

यार चल रहे हैं, वहीं चल के साक्षात रूप से देख लेते हैं | मुझे भी कौन सा, पूरी बात मालूम है | हम लोगों ने हस्पताल में प्रवेश किया |

जैसे ही हम लोग हस्पताल की सीढ़ियाँ चढ़ कर दूसरी मंजिल पर गए, वहाँ हमें प्रिया के पापा जी दिखे | अंकुर ने जाते ही प्रश्न किया, क्या हुआ अंकल? उन्होंने कहा- कुछ नहीं बेटा बस ऐसे ही..... | अरे वह प्रिया को थोड़ी सी समस्या है | मैं पहले ही समझ गया था | जब हम लोगों ने दूर से उन्हें देखा था | क्योंकि वहाँ पर, प्रिया को छोड़कर सब लोग उपस्थित थे और उनके पास जाते ही, मुझे मालूम भी हो गया | मैंने जैसे ही यह खबर सुना, मैं डर सा गया | फिर मैंने पूछा की आखिर हुआ क्या है? तब उन्होंने कहा की बेटा कुछ नहीं और तुम लोगों को इसके बारे में, बता किसने दिया? तब मैंने बोल दिया की अत्सर ने कहा की आपने हमें किसी जरूरी काम से बुलाया है | इसलिए हम लोग यहाँ पर आ गए | तब अत्सर ने कहा- अरे नहीं! वह अर्पिता ने फोन किया था | मैंने तुम लोगों से झूठ इसलिए बोला, जिससे तुम लोग परेशान ना हो | उसने कहा की अभी रहने दो, बाद में सारी बाते जान-समझ लेंगे | अभी सिर्फ, उसकी हालत के बारे में ध्यान देने वाली बात है | उसकी बात सुनकर, मैं वहीं पास में लगी कुर्सी पर बैठ गया | पहले तो जब मैंने देखा, मुझे लगा की लगता है, रिया को कोई समस्या है | क्योंकि, वह भी वहाँ पर नहीं थी और अत्सर फोन पर काफी परेशान होकर बात भी कर रहा था | इसलिए मेरा ध्यान सीधे रिया पर गया | लेकिन जब उन्होंने यह कहा की प्रिया को समस्या है, तब मेरे होश ही उड़ गए | प्रिया आपरेशन कक्ष में थी | इसीलिए मैं थोड़ा सा और डरा हुआ था |

यह सब एक दिन पहले का मामला था | उस दिन फ़ोन अर्पिता ने किया था और अंकुर ने मेरे कहने पर अपनी तरफ से फ़ोन नहीं किया था | उसने हमें यही बात बताने के लिए फोन किया था | अत्सर ने कहा भी था की एक बार काल बैक कर लेना चाहिए | खैर एक तरह से देखा जायह तो, मैंने सही भी किया था | अगर उस दिन अंकुर ने कॉल बैक किया होता तो सारी बात जानने के बाद हमारे लिए समस्या खड़ी हो जाती | इससे अत्सर के ऊपर भी असर जरूर पड़ता | हो सकता था, वह अपने दिल की बात

को स्वास्ती से बोल भी नहीं पाता | चलो कम से कम उसने अपने दिल की बात को किसी लड़की के सामने रखा तो सही |

वैसे देखा जायह तो, उसके अंदर बहुत हिम्मत थी | मेरे और अंकुर में से कोई भी होता तो हमारे अन्दर इतनी हिम्मत ना होती | वह तो प्रिया ने मुझे सीधे अंतिम निर्णय पर पहुँचा दिया था | लेकिन अगर पहले मुझे कहा जाता की मैं जाकर प्रिया से कुछ बोलूँ, तो फिर मेरा और उसका मिलन जिंदगी में कभी ना हो पाता | यही हाल अंकुर का भी था |

मैं और अंकुर जब भी मौका मिलता, हम लोग उससे एक बात जरूर पूछते थे की भाई तुम्हारे अंदर इतनी हिम्मत आई कैसे? ऐसे ही एक बार, किसी लड़के ने मजाक ही मजाक में अत्सर से कहा था की तुम्हारे अंदर इतनी हिम्मत नहीं है की तुम किसी लड़की को जाकर कुछ बोल सको | उस समय, मैं और अंकुर भी वहाँ पर उपस्थित थे | तब मैंने उसे जवाब दिया था की, हिम्मत की बात तो ना करो | जितनी हिम्मत इनके अंदर है, तू सोच भी नहीं सकता और फिर इसी बात पर अंकुर ने एक डायलाग बोला था की 'तुम हिम्मत की बात कर रहे हो, इनके एक बार 'शूशू' करने मात्र से ही तेरे जैसे दस निकल आयेंगे' | अंकुर की आदत थी, ऐसे डायलॉग्स बोलने की | अब डायलाग सही भी है या नहीं इस बात से उसको कोई मतलब नहीं होता था |

हम लोग आपरेशन कक्ष के बाहर खड़े थे | मुझे अभी पूरी तरह से नहीं पता चला था की उसे हुआ क्या था | जिससे भी पूछता, वह यही कहता की कुछ नहीं बस ऐसे ही, थोड़ी सी समस्या थी | मैं मन ही मन सोचता रहता की जब थोड़ी सी समस्या थी तो फिर वह आपरेशन कक्ष में क्या कर रही है | लेकिन यह बात मैं किसी से बोल नहीं पा रहा था | क्योंकि वहाँ पर उपस्थित लोग पहले से ही पर परेशान थे | मैं उन्हें और अधिक परेशान नहीं करना चाहता था | इसलिए मैं शांत पूर्वक बैठा रहा | लगभग एक घंटे बाद डॉक्टर बाहर आया | प्रिया के पापा ने पूछा की अब उसकी तबीयत कैसी है? डॉक्टर ने कहा- वह सही है और उसका आपरेशन सफल रहा | यह जान कर सब के चेहरे खिल गए | मैं उन सब की शक्ल ही देखे जा रहा था | मैंने अत्सर से इशारों में

पूछा- क्या हुआ? तब वह मेरे पास आया और उसने मुझे बताया की उसका रास्ते में एक्सिडेंट हो गया था | उसके पैर में चोट लगी थी | लेकिन डरने की कोई बात नहीं है, वह अब बिल्कुल ठीक है | एक पल के लिए तो मुझे उन सब पर बहुत गुस्सा आया | लेकिन अब, मैं क्या कर सकता था ? मैंने अत्सर से कहा भी की मैं कब से पूछे जा रहा की क्या हुआ है? लेकिन किसी ने भी मुझे बताना, अच्छा नहीं समझा | तब बगल में खड़े प्रिया के पापा ने कहा- बेटा! हम अगर तुम्हें बता भी देते तो इससे क्या फायदा होता? उलटा तुम और परेशान हो जाते | इसीलिए हम लोगों ने तुम सब को यह बात नहीं बताया | यह तो अर्पिता नालायक ने तुम लोगों को फोन कर दिया, जब की मैंने सब को मना किया था | तुम लोग अपनी पढ़ाई कर रहे थे | तुम्हें परेशान करने से हमें क्या फायदा होता | मैंने सोचा था की जब वह बिल्कुल ठीक हो जाएगी, तब बता देंगे | लेकिन, यह नालायक है ना, इसके पेट में कोई बात पचती नहीं है | अत्सर ने कहा- कोई बात नहीं, इसमें किसी की कोई गलती नहीं है | सब अपनी-अपनी जगह सही हैं | चलो जो हुआ सो हुआ, हमें इस बात की खुशी है की प्रिया खतरे से बाहर है |

मैं, प्रिया से एक बार मिलना चाहता था | लेकिन मेरे अंदर, किसी से यह बात कहने की हिम्मत नहीं थी | थोड़ी देर बाद प्रिया को आपरेशन कक्ष से साधारण कक्ष में लाया गया | सब लोग उससे यह बात पूछने में लगे थे की कैसी हो? मुझे मन ही मन बहुत गुस्सा आ रहा था | अरे एक बीमार लड़की कैसी होगी | वह किसी की शादी में खुश होकर नाच थोड़ी ना रही होगी | सीधी सी बात है, वह समस्या में है | सब लोग उसके बेड के पास में खड़े थे | मैं सबसे पीछे था | मैं आगे तो जा नहीं सकता था | वैसे भी, सबसे पहले तो फैमिली ही आती है | कुछ भी हो मुझे वहाँ देख कर वह बहुत खुश थी | उसके चेहरे पर थोड़ी सी ख़ुशी थी | उसने इशारों में ही समझा दिया की वह बिल्कुल ठीक है, मुझे परेशान होने की कोई जरूरत नहीं है | इसीलिए मैं भी शांत पूर्वक पीछे खड़े होकर सब देख रहा था |

इसके पहले मुझे कभी किसी बात से डर नहीं लगा था, जितना उस दिन | उस दिन मुझे इस बात का एहसास हुआ था की जब आप किसी से दिल से जुड़े हों तो

उसके खोने का डर क्या होता है | इस दर्द का एहसास हर किसी को एक ना एक दिन जरूर होता है | अगर उदाहरण के तौर पर लें तो अत्सर अभी इस मामले का ताज-ताजा उदाहरण था | वह भले ही बाहर से खुश था, लेकिन वह अंदर ही अंदर झुलस रहा था | मुझे इस बात का एहसास तब हुआ, जब मेरे अंदर प्रिया के खोने का डर पैदा हुआ | उसे आपरेशन कक्ष में देखकर, मैं बिल्कुल डर सा गया था, अब भले ही प्रिया को गहरी चोट नहीं लगी थी | प्रिया के पैर के अंगूठे में चोट थी, ऐसा मेरे से बताया गया था | लेकिन अभी भी मुझे थोडा सा सक था | मैं अभी यही सोच रहा था की केवल अंगूठे में चोट की वजह से किसी को आपरेशन कक्ष में क्यों रखा जायहगा यही नहीं बाहर आने के बाद उसके सर में भी पट्टी बंधी हुई थी | मेरा सोचना बिल्कुल सही था |

थोड़ी देर बाद, मैंने अर्पिता से अकेले में पूरी बात जानने की कोशिश किया | तब अर्पिता ने मेरे से बताया की उसके सर में भी हल्की सी चोट थी |

यह दिन हमारे लिए बहुत ही बुरा था | अगर देखा जायह तो हमें एक के बाद एक झटके लगे थे | भले ही अंकुर के साथ पर्सनली कुछ नहीं हुआ था | लेकिन वह भी हमारे इस दुख में अपना पूरा सहयोग दे रहा था | अंकुर, अत्सर के पास खड़ा था | अत्सर का चेहरा अब धीरे-धीरे और भी उदास होता जा रहा था | उसने एक बात और कहा था की उसने स्वास्ती से अपने दिल की बात क्यों कहा था? क्योंकि वह नहीं चाहता था की उससे पहले कोई और जाकर उससे यह बात कहे | इसलिए उसने ऐसा कदम उठाया | लेकिन किसे पता होता है की कब उसके साथ क्या होगा? इस दुनिया में आप हर चीज की कल्पना कर सकते हैं, परिणाम को छोंडकर और यह बात हमारे फिजिक्स के टीचर ने ही कहा था | वह जब भी कोई प्रश्न हल कर रहे होते थे, उस समय अगर कोई चर राशि नहीं मालूम होती तो वह बोलते की कोई नहीं, इसकी कल्पना कर लो की यह हमें पता है | बस उत्तर की कल्पना मत कर लेना...... | उनकी यह बात सही भी थी | अब अत्सर के मामले में ही देख लो, उसे क्या पता था की उसे स्वास्ती की तरफ से क्या जवाब मिलेगा | लेकिन फिजिक्स टीचर ने यह बात केवल पढाई के

मामले में कहा था | खैर जो हुआ सो हुआ, अगर यह बात वहीं पर खत्म हो गई होती तो कोई बात नहीं थी | लेकिन ऐसा कैसे हो सकता था | शादियों से चली आ रही एक कहावत है की 'सब नियति का रचा हुआ खेल है, इस दुनिया में जो कुछ भी होता है, उसका परिणाम तो सबको एक ना एक दिन भुगतना ही पड़ता है |' अब वह चाहे किसी के हित में हो या फिर अहित में |

प्रिया एक हफ्ते तक हस्पताल में रही | उसके बाद, उसकी तबीयत ठीक होने पर, उसे हस्पताल से घर लाया गया | हम लोग अब शाम को हर रोज उसके घर उसकी हालत जानने के लिए पहुँच जाते थे | हमारे जाते ही, उसका चेहरा ख़ुशी से खिल उठता था | एक दिन, उसने अपने मम्मी-पापा की ना मौजूदगी में एक बात कहा की 'तर्पण का तो ठीक है, वह तो मेरा जबरजस्ती का प्री-हस्बैंड तो है ही, लेकिन तुम दोनों (अत्सर और अंकुर) मेरे एक अच्छे दोस्त हो, तुम तीनों को साथ देखकर मुझे बहुत खुशी होती है |' तुम सब के आ जाने से मेरा दर्द और कम हो जाता है | अगर केवल तर्पण आता तो मेरा दर्द जरूर कम होता, लेकिन तुम दोनों के आ जाने से मेरा दर्द और भी कम हो जाता है |

प्रिया ने जबरजस्ती का प्री-हस्बैंड इसलिए कहा क्योंकि उनके बीच कुछ ना होते हुए भी उन्हें गली में बदनाम कर दिया गया था | हालाँकि, प्रिया सच में तर्पण से शादी करना चाहती थी | उसने ऐसा एक बार अर्पिता से कहा भी था | और अर्पिता ने उसकी यह बात हम सब से बता दिया था |

अरे! हाँ, मैं प्री-हस्बैंड के बारे में थोड़ा सा बता दूँ | दरअसल, यह अत्सर के द्वारा उत्पन्न किया हुआ शब्द है | इसका मतलब होता है, शादी से पहले का हस्बैंड.... | अगर बात करें हिन्दू धर्म की तो, प्री-हस्बैंड और हस्बैंड में केवल रत्ती भर सिंदूर का फर्क है | इसी तरह से यह बात "वाइफ़" पर भी लागू होती है |

प्रिया से मिलकर वापस आते समय, प्रिया मेरे से मेरी पढ़ाई के बारे में जरूर पूछती थी | एक दिन, अर्पिता ने हम लोगों से बताया की प्रिया रोज तुम लोगों के लिए, तुम्हारी सफलता के लिए, भगवान से प्रार्थना करती है | रिया के बारे में हमें पता था

की वह रोज मंदिर जाती थी | लेकिन प्रिया के बारे में नहीं सोचा था की वह भी कभी पूजा-पाठ कर सकती थी | भले ही वह मंदिर नहीं जा सकती थी लेकिन वह घर पर ही थोड़ी बहुत पूजा-आराधना कर लेती थी |

अध्याय १९

प्यार और परीक्षा

धीरे-धीरे समय बीतता गया | अब हमारी परीक्षा होने में ज्यादा समय नहीं रह गया था | एक हफ्ते बाद हम लोगों की परीक्षा थी | अब प्रिया भी हद तक ठीक हो गई थी | इसलिए उसने मेरे से कहा की हम लोग पूरे मन से अपनी तैयारी करें | रिया और उसके मामा-मामी ने भी यही कहा | इसलिए अब हम लोगों ने उसके घर जाना बंद कर दिया और पूरे मन से अपनी पढ़ाई करने में लग गए | इसी बीच, परीक्षा से दो दिन पहले, कोचिंग में प्रैक्टिस के लिए टेस्ट रखा गया था | इसलिए अब हमारे पास कुल मिलाकर तीन से चार दिन का ही समय था, अपने-आपको परीक्षा के लिए अच्छी तरीके से तैयार करने के लिए | इसलिए अब हम लोगों ने अपना घूमना-फिरना पूरी तरह से बंद कर दिया | तीन दिन बाद जब हम लोग टेस्ट देने के लिए पहुंचे तो वहाँ पर स्वास्ती भी आई हुई थी | हम लोग टेस्ट देने के लिए क्लास में बैठ गए | स्वास्ती आगे बैठी थी | अत्सर ने जैसे ही उसे देखा वह थोड़ा सा परेशान सा हो गया | कोचिंग के कार्यकर्ता प्रश्न पत्र वगैरह लेकर आ गए |

टेस्ट शुरू हुआ, अत्सर प्रश्न हल करने के लिए अपनी पेन उठाता, लेकिन फिर रख देता | यह होम टेस्ट था, इसलिए यहाँ पर कोई शीटिंग प्लान नहीं लगाया गया था | यही वजह थी की हम तीनों एक साथ बैठे हुए थे | मैंने उसे बैठे देखा तो उससे पूछा की क्या हुआ, अत्सर? उसने कहा- कुछ नहीं | उसने अपनी पेन लेकर, बे-मन से प्रश्न

हल करना शुरू कर दिया | दो घंटे बाद हमारा टेस्ट ख़त्म हुआ | सब क्लास से बाहर निकले, हम लोग अपनी-अपनी साइकिल लेने के लिए चले गए | स्वास्ती पहले से ही जा चुकी थी | वह अभी अपने घर नहीं गई थी | वह दूसरी कोचिंग के पास जाकर खड़ी थी | उसके साथ उसकी दोस्त और कुछ दूसरी लड़कियाँ भी थी | हम लोग साइकिल लेकर जा रहे थे | तभी हमारे कान में आवाज आई..... यार जानती हो, उस लड़के के 'चश्मे के फ्रेम' में 'ऐरो' है और स्वास्ती के चश्मे के फ्रेम में 'सर्किल' है | इतना सुनकर, उसकी एक दूसरी फ्रेंड ने उत्तेजित होते हुए कहा- वाह! स्वास्ती, उसके पास ऐरो और तुम्हारे पास सर्किल है | इत्तिफ़ाक से तुम लड़की हो और वह लड़का है | तब स्वास्ती ने कहा- यार! यह कभी मेरी तरफ नहीं देखता है |

अरे! यह सब बात, हमें नहीं बल्कि अत्सर को सुनाई दे रही थी | वह सबसे लास्ट में था | वैसे भी मुझे और अंकुर को यह बात सुनाई भी कैसे देती? हम दोनों तो टेस्ट में आए प्रश्नों के बारे में ही बाते कर रहे थे | यह बात अत्सर ने हम दोनों से घर आकर बताया | तब अंकुर ने कहा- हाँ, मेरे कान में भी थोड़ी सी आवाज आई थी | लेकिन मुझे लगा, वह लोग किसी और के बारे में बात कर रहे थे | तब अंकुर ने कहा- क्या यार! उसी समय बताना चाहिए था | चलो कोई नहीं, तब तो तुमने मुड़कर, उसकी तरफ जरूर देखा होगा | अत्सर ने कहा- नहीं..... | तब मैंने कहा- क्या यार! कब सुधारोगे तुम...... | अंकुर ने कहा- तुम सही कह रहे हो, यह भाई साहब कभी सुधरने वाले नहीं हैं | खैर अब छोड़ो, अब क्या करना? अब तो देर हो गई है | चलो कोई नहीं देखो या ना देखो, यह तुम्हारी मर्जी है | पहले तुम मुझे यह बताओ- तुम्हारा टेस्ट कैसा गया? अत्सर ने कहा- अच्छा ही था.... | अंकुर ने कहा- गनीमत है, तुमने कुछ तो सही किया | तब मैंने कहा- अरे यह तो अच्छा था की मैं इन भाई साहब के बगल में बैठा था | मैंने इन भाई साहब की हरकतों को देख लिया था, नहीं तो भाई साहब टेस्ट भी ख़राब करके आ जाते | यह सज्जन क्लास में बैठकर उसे देखते हैं, लेकिन जब वह सामने आती है, तब इन्हें पता नहीं क्या हो जाता है? अत्सर ने कहा- अरे ठीक है... | देखने से क्या होता है? ......(गहरी साँस लेटे हुए) उसने तो नहीं बोल दिया ना.........

| अब इन सब बातों का क्या मतलब है | अंकुर ने कहा- मतलब क्यों नहीं है? वह तुम्हारी है..... | उसने भले ही ना बोला है | एक दिन, वह जरूर तुम्हारे पास वापस आएगी | अत्सर ने कहा- यह सब सिर्फ कहने वाली बाते हैं | यह बाते सिर्फ फिल्मों में सच होती हैं, वास्तविक जीवन में नहीं.... वास्तविक जीवन में इन सब बातों का कोई मतलब नहीं है |

खैर कोई नहीं, जो भी हुआ सब अच्छे के लिए हुआ है | उसने कहा- यह मेरे लिए एक बुरे सपने की तरह ही था | मेरी भलाई इसी में है की मैं उसे भुला दूँ और मैं पूरी कोशिश करूँगा, उसे भूलने की...... | इतना बोलकर उसने कहा- चलो अब हमारे पास केवल दो दिन का समय है | जल्दी से हमारे जो भी प्रश्न हैं, उन्हें मिलकर हल करते हैं | अंकुर ने कहा- हाँ, सही है | चलो ठीक है, हम लोग अपने-अपने परीक्षा की तैयारी में अपने तीनों विषयों को एक बार फिर से देखना शुरू करते हैं | अत्सर पूरी तरह से अपने-आपको एकाग्र तो नहीं कर पा रहा था, हाँ इतना था की वह अपनी तरफ से पूरी कोशिश कर रहा था |

दो दिन बीत गए | अब हमारे परीक्षा का समय आ गया था | हमारे सेंटर अलग-अलग जगहों पर थे | अत्सर को 'देव प्रयाग इंस्टीट्यूट ऑफ टेक्नोलॉजी, इलाहाबाद' इंजीनियरिंग कालेज में परीक्षा देने के लिए जाना था | हम दोनों को भी इसी तरह से अलग-अलग सेंटर पर परीक्षा देने के लिए जाना था | हम लोग एक घंटे पहले घर से अपने-अपने परीक्षा केंद्र के लिए निकल लिए | हम लोग तो अपने-अपने परीक्षा केंद्र पर पहुँच गए थे | मेरे और अंकुर के लिए तो सब कुछ सही था | लेकिन अत्सर की कहानी में एक बार फिर से एक हल्का सा मोड़ आया | इत्तिफ़ाक से स्वास्ती का परीक्षा केंद्र भी उसी कालेज में था | दोनों को परीक्षा देने के लिए एक ही केंद्र निर्धारित किया गया था | यह एक इत्तिफाक ही था | अत्सर तो वैसे भी उसी की यादों में खोया रहता था | लेकिन वह कहते हैं ना की 'अगर क़िस्मत खराब हो तो ऊंट पर बैठे बौने इंसान के पैर में भी कुत्ता काट लेता है |' अब आप यह सोच रहे होंगे की मैं यहाँ यह कहावत क्यों बोल रहा हूँ? जबकि यहाँ पर तो अत्सर के लिए फायदा ही था | ....नहीं, कोई

फायदा नहीं हुआ | इस कहानी में कुछ अलग ही हुआ | यह कहावत भी यहाँ पर बिल्कुल सही है | आगे आपको खुद ही पता चल जायहगा |

एक तो बड़ी मुश्किल से अत्सर ने स्वास्ती को कुछ समय के लिए भुलाया था | लेकिन ईश्वर को भी यह मंजूर नहीं था | वह कालेज के बाहर खड़ा था | बाकी के छात्रों की तरह, वह भी अंदर जाने के लिए कालेज का गेट खुलने का इंतजार कर रहा था | क्योंकि परीक्षा से पहले एडमिट कार्ड चेक किया जाना था, उसके बाद ही कालेज के अंदर जाने की अनुमति थी | वह बाहर गेट खुलने का इंतज़ार कर ही रहा था की तभी स्वास्ती अपने पापा के साथ बाइक पर आ गई | अब उसकी परेशानी और बढ़ गई | अब तो उसका पेपर ख़राब होना ही था और ऐसा ही हुआ | वह प्रश्न हल कर रहा था, तब उसे कुछ समझ में नहीं आ रहा था | कोचिंग के टेस्ट में तो मैं था, उस समय मैंने उसे वहाँ पर टोक दिया था | लेकिन वहाँ पर तो कोई नहीं था |

परीक्षा के बाद, वह बाहर निकला तो स्वास्ती वहाँ अपने पापा के साथ खड़ी थी | वह सड़क के दूसरी तरफ थी | उसने अपने हाथ में पानी की बोतल ले रखा था | अत्सर के पीछे स्वास्ती की एक फ्रेंड थी | स्वास्ती ने अपनी दोस्त को बुलाने के लिए अपना हाथ ऊपर करके आवाज लगाई | अत्सर समझ गया था की वह किसी और को बुला रही है | क्योंकि जैसे ही उसकी निगाह अत्सर पर पड़ी, उसने अपना हाथ जल्दी से नीचे कर लिया | फिर भी अत्सर उसकी तरफ बढ़ा, जैसे ही उसने उसकी ओर बढ़ना शुरू किया, स्वास्ती थोड़ा डर सी गई | उसने सोचा कहीं अत्सर उसके पापा के सामने ही, उससे कुछ बोल ना दे....... | लेकिन ऐसा नहीं था | वह सिर्फ देखना चाहता था की उसकी क्या प्रतिक्रिया होती है | जब उसके स्वास्ती की ओर बढ़ने पर, उसने उसे डरते हुए देखा तो अत्सर सड़क पार करके स्वास्ती के बगल की दुकान की ओर मुड़ गया | अब जब स्वास्ती ने देखा की अत्सर दुकान की तरफ जा रहा है, तब उसने गहरी सी साँस ली और अपने हाथ में लिए बोतल से जल्दी-जल्दी पानी-पीना शुरू कर दिया | अत्सर ने दुकान पर जाकर दुकानदार से एक पेप्सी की बोतल माँगी | लेकिन दुकानदार

के पास पेप्सी क्या, किसी तरह की कोई सॉफ्ट ड्रिंक नहीं थी | यह बात अत्सर को पहले से पता थी | वह वहाँ से वापस चला आया |

अगर उस समय स्वास्ती डरी ना होती तो अत्सर उसके पास जरूर जाता | लेकिन उसने ऐसा कुछ नहीं किया और वह वहाँ से वापस घर चला आया | उसी दिन दूसरी पाली में एक परीक्षा और थी | यह परीक्षा भी उसी जगह पर थी | लेकिन अत्सर ने यह परीक्षा छोड़ दिया | स्वास्ती अभी भी वहीं पर थी | यह सब बाते अत्सर ने हम दोनों से घर आकर बताया | अत्सर बहुत दुखी था, क्योंकि उसका एग्जाम सही नहीं गया था | यही नहीं अब वह उसे बिल्कुल नहीं भूल पाया | उसके दो पेपर और बाकी थे | वह सब भी ख़राब चले गए |

एक महीने बाद यू. पी. टी. यू. परीक्षा का परिणाम आया | हम दोनों की रैंक तो कुछ हद तक ठीक थी | हमें अच्छे कालेज मिल जाते | लेकिन अत्सर की रैंक बहुत ख़राब थी | जहाँ स्वास्ती की रैंक २०० के आस-पास थी, वहीं अत्सर की रैंक स्वास्ती के रैंक के १५० गुने से भी ज्यादा थी | दूसरे दिन एक न्यूज़ पेपर में उसका इंटरव्यू आया | उसने न्यूज़ में अपना इंटरव्यू दे रखा था | अत्सर यह जानकर खुश था | उसने कहा चलो कोई नहीं, कम से कम उसका एग्जाम तो अच्छा गया | तब अंकुर ने कहा- उसका एग्जाम तो अच्छा जाना ही था | वह ना तो हीर है, ना तो जूलिएट और ना ही लैला, एक तुम्हीं हो जो राँझा/रोमियो/मजनू बने फिर रहे हो | अंकुर की रैंक १८० और मेरी रैंक १९२ थी | हमें अच्छा कालेज मिल जाता | लेकिन हम लोग अभी एडमिशन नहीं लेना चाहते थे | हम लोग एन. आई. टी. के कालेज में एडमिशन लेना चाहते थे, लेकिन हमें एन. आई. टी. के एक भी अच्छे कालेज में एडमिशन नहीं मिल रहा था | क्योंकि उसके लिए हमारी रैंक अच्छी नहीं थी | इसलिए हम लोगों ने, फिर से एक साल के लिए अपनी एंट्रेंस एग्जाम की पढाई करने का मन बनाया | हम लोग चाहते थे की हमें और अच्छे कालेज में एडमिशन मिले |

इस बार हम लोगों ने अपनी पढाई के लिए कोटा जाने का मन बनाया | मैं और अंकुर तो कोटा जाने के लिए तैयार हो गए | लेकिन अत्सर अभी भी वहीं पर था |

क्योंकि उसके पापा जी ने उसे कोटा नहीं जाने दिया | उन्होंने कहा की यहीं पर रहकर तैयारी करो | हम लोग एक साल के लिए कोटा चले गए | अत्सर अब इलाहाबाद में अकेला था | उसने इस बार 'सिविल लाइंस' में स्थित 'बीटा क्लासेज' में एडमिशन ले रखा था | उसका अब पढ़ने में मन नहीं लग रहा था | लेकिन फिर भी वह अपनी पूरी कोशिश में लगा रहता था | वैसे भी अब वह इलाहाबाद में अकेला था | सबसे बड़ी बात तो यह थी की उसे अब घर से भी जली-कटी सुननी पड़ती थी | इसलिए उसका मन पढाई में अब बिल्कुल नहीं लग रहा था | कभी-कभी तो वह हताश भी हो जाता था | इस बार उसने घर भी बदल दिया था, जिसके बारे में प्रिया, रिया और अर्पिता किसी को कुछ नहीं पता था | यहाँ तक की प्रिया के मम्मी-पापा को भी नहीं पता था की वह रहता कहाँ था | इस बार, वह सिविल लाइंस में ही एक पी. जी. में रह रहा था | उसके इस अंजान ठिकाने के बारे में सिर्फ उसके भैया को पता था | अत्सर ने अपने भैया को उसके नए ठिकाने के बारे में किसी से भी बताने से रोका था | इसीलिए अत्सर के पापा ने भी जानने की कोशिश नहीं की कि वह रहता कहाँ था | अरे जो भी हो, किसी को कुछ पता हो या ना पता हो क्या मतलब है | वैसे भी एक साल कब और कैसे बीत गए, कुछ पता नहीं चला |

एक साल बाद, हमने फिर से वही एग्जाम दिए | इस बार, हम दोनों को हमारी पसंद के कालेज मिल गए | लेकिन अत्सर की रैंक इस बार भी वैसी ही रही | इस बार उसकी रैंक पहले से थोड़ी सी अच्छी थी | इस बार उसे एक अच्छा प्राइवेट कालेज मिल जाता | लेकिन उसके पापा ऐसा नहीं चाहते थे | वह उसे प्राइवेट कालेज में एडमिशन लेने से मना कर रहे थे | मैंने दिल्ली टेक्निकल यूनिवर्सिटी में एडमिशन लिया | अंकुर को भी इलाहाबाद में ही एन. आई. टी. का कालेज एम. एन. एन. आई. टी. मिल गया था | अब अत्सर के पास कोई रास्ता नहीं था | इसलिए उसने दिल्ली यूनिवर्सिटी में बी. एस. सी. के लिए फार्म भर दिया | उसने ऐसा इसलिए किया, क्योंकि उसे पता चल गया था की अब एंट्रेंस एग्जाम पास करना, उसके बस में नहीं था | अब वह आगे एंट्रेंस एग्जाम के लिए तैयारी भी नहीं करना चाहता था | दिल्ली विश्वविद्यालय

के पी. जी. डी. ए. वी. कालेज में उसको बारहवीं के परीक्षा परिणाम के आधार पर दाखिला मिल गया।

अध्याय २०

नए पड़ोसी

हम लोग अपनी पूरी जिन्दगी, यह जानने में लगा देते हैं की आखिर हमारी इस जिन्दगी का मतलब क्या है? हम सब इस दुनिया में क्यों आए हैं? आखिर हमारे इस दुनिया में आने का मकसद क्या है? लेकिन हमारे इन प्रश्नों का उत्तर हमें जिंदगी भर नहीं मिल पाता है और अंततः हम भी दूसरों की तरह भीड़ में भागना शुरू कर देते हैं। ऐसे लोगों की गिनती किया जाए तो, मैं तो सोचता हूँ की इसका एक ही जवाब होगा की दुनिया में कितने लोग ऐसे हैं, जो भीड़ से अलग चल रहे हैं | उनकी गिनती कर लो अपने आप सारे प्रश्नों का जवाब मिल जायहगा |

भीड़ से अलग होकर चलने वाले, इन लोगों में महात्मा बुद्ध जैसे लोग आते हैं | हालाँकि, जिंदगी से जुड़े सारे प्रश्नों का जवाब पूरी तरह से उन्हें भी मालूम नहीं हो पाया था | हाँ इतना था की उन्होंने कुछ हद तक जानकारी जरूर हासिल कर लिया था। यह सब तो भारत के बुद्धिजीवियों की बात है। यहाँ पर लोग जिंदगी का मकसद जानने के लिए जंगलों और पर्वतों का सहारा लेना पसंद करते थे | लेकिन अब ऐसा नहीं है | अब यहाँ के लोग भी दूसरे देशों के लोगों की तरह काम करना पसंद करते हैं | वे भी उन्हीं की तरह अपनी एक प्रयोगशाला तैयार करते हैं और वहीं पर शोध करने में लग जाते हैं | इस काम के लिए वे सब अपने द्वारा बनाई गई मशीनों की ही मदद लेते हैं | वैसे, आज कल तो इण्डिया में यही चल रहा है। आज कल हर जगह यही बाते होती

है की आखिर इस देश को मशीनों का देश कैसे बनाया जायह | इस काम में, बहुत बड़े पैमाने पर लोग लगे हुए हैं |

खैर, यह सब तो देश की तरक्की की बाते हैं। अब अगर बात करें, इस दुनिया में वापस आने की तो जहाँ एक तरफ 'महात्मा बुद्ध' जैसे बुद्धिजीवी लोग इस दुनिया में नहीं आने के लिए तपस्या करके चले गए और लोगों के लिए निर्वाण प्राप्त करने के तरीके छोंड गए, तो वहीं दूसरी तरफ इस दुनिया में कुछ लोग ऐसे भी हैं, जो किसी से यह वादा करते हैं की वह इस दुनिया में कई जन्मो तक आना पसंद करते हैं | इसके लिए लोग पूजा-पाठ भी करते हैं | हिन्दू धर्म में, विपरीत लिंग के लोग सात फेरे लेते हैं | आज-कल तो समान लिंग के लोग भी ऐसा करते हैं |

वह अब सात जन्मो तक एक दूसरे का साथ देंगे, ऐसा एक दूसरे से वादा करते हैं और फिर उन्हीं वादों को बहुत जल्द तोड़ भी देते हैं | हाँ! कुछ लोग ऐसे होते हैं, जो सात जन्मो तक ना सही एक जन्म तक जरूर एक साथ रहते हैं | लेकिन उनकी लाइफ भी कुछ खास नहीं होती है | वह साथ रहकर भी साथ नहीं होते हैं | इसकी वजह है, उनके बीच उनके अतीत का आ जाना | कुछ लोग ऐसे भी होते हैं, जो किसी इंसान को अपने लिए खास मान लेते हैं और फिर उसके लिए अपनी जान तक दे देते हैं | ऐसे लोग, दो तरह के होते हैं | एक जो, उस खास इंसान का पीछा करते-करते, उस इन्सान के लिए अपनी जान दे देता है | तो दूसरा वह जो उस खास इंसान की ख़ुशी के लिए अपनी जान दे देता है | उस इंसान को यह लगता है की उसके मर जाने से, दूसरा अपनी लाइफ को अच्छे से जी सकता है | अरे जो इंसान किसी के जिन्दा रहने से खुश नहीं रह सकता है, वह तेरे मर जाने से कैसे खुश रह सकता है। उस बेवकूफ को शायद यह नहीं पता होता की इंसान की खोपड़ी ना तो कभी भरी थी और ना ही कभी भरेगी |

हाँ! माना की किसी के मर जाने पर लोग उसे भूलना ही पसंद करते हैं और इसी में उनकी भलाई भी होती है | यह सब बातें, मैं ही नहीं, मेरे से पहले कई लोग कह कर जा चुके हैं | ऐसी बातें सदियों से चली आ रही हैं |

यह अचरज से भरी दुनिया है | इस संसार में जहाँ कुछ लोग, अपने कारनामों से पूरी दुनिया को चकित करते हैं तो वहीं कुछ लोग पूरी दुनिया को ना सही, अपने कुछ चाहने वालों की नजर में जरूर, अपने अच्छे कारनामों से हीरो बन जाते हैं | अब अगर बात करें छात्रों की तो कुछ छात्र परीक्षा में अव्वल दर्जे पर सफलता पाकर अपने घर वालो को खुश करते हैं | प्रतियोगिता में अव्वल आने के बाद, इंटरव्यू में छात्र तो अपनी असलियत बता देता है की उसे अपने आप पर भरोसा नहीं था की वह अव्वल आएगा। लेकिन यही बात जब उसके साथियों से पूछा जाता है, तो वह यही कहते हैं की उन्हें पहले से पता था की वह अव्वल आएगा | यह हम इंसानों की खासियत है | इस तरह के गुण तो हम इंसानों को विरासत में मिले हैं | यही नहीं, एक तरफ तो वह यह कहते हैं की मुझे ख़ुशी है की वह अव्वल आया, लेकिन वहीं दूसरी तरफ मन ही मन दुखी भी हो जाते हैं |

दरअसल, उनकी यह बात तो सच होती है की वह खुश हैं, लेकिन कितना खुश हैं, इस रहस्य का खुलासा आज तक नहीं हो पाया है और ना ही हो पायहगा | अरे, सब को पता है की किसी इंसान को सुख और दुःख दोनों एक साथ नहीं मिल सकते, तो फिर यह बात कैसे सच हो सकती है | वहीं दूसरी तरफ अव्वल आने वाला छात्र, इस लिए खुश नहीं होता की उसने कुछ हासिल किया है, बल्कि इसलिए की उसने सब को पीछे छोड दिया है | यह सदियों से चली आ रही प्रथा है | इस समय हर कोई, उस छात्र के बारे में ही बातें करते फिरते हैं | यही वह दिन होता है, जब वह छात्र अपने सारे पिछले कारनामों की बात करता है | वैसे तो चाहे वह छात्र अब तक अपनी सारी बातें सबसे छिपाता आया हो, लेकिन ऐसे मौके पर वह अपनी सारी सच्चाइयों का चिट्ठा खोल देता है | वह भी यह सोचता है की आज मौका मिला है, जो बोलना हो बोल लो, पता नहीं फिर से ऐसा मौका मिले या ना मिले | एक तरफ तो वह, यह कहता फिरता है की मेरे दोस्त बहुत अच्छे हैं, उनकी खुलकर तारीफ करता है | लेकिन वहीं दूसरी तरफ, वह उन्हें जलाने की भी कोई कसर नहीं छोड़ता है | अरे! अब हैं तो सब

इंसान ही, बहुत वह तुम्हारी सफलता से खुश हैं, लेकिन अगर बात खुद की हो तो वह इंसान जलेगा तो है ही....... |

दरअसल, हम इंसानों की फितरत ही ऐसी होती है | खैर छोड़ो यह सब, यह सब तो समाज से जुडी हुई बाते हैं | यह सब तो हम लोग आयह दिन अपने आस-पास देखते रहते हैं | इस दुनिया में, जीवन रूपी किताब के इन रहस्यमय पाठों को, ठीक से, आज तक ना तो कोई समझ पाया है और युगों-युगों तक, ना ही कभी कोई ठीक से समझ पायहगा |

चलिए आइयह हम लोग इस जीवन रूपी समुद्र से बाहर आते हैं और फिर से अपनी पुरानी कहानी को आगे बढ़ाते हैं | वैसे अगर बीच-बीच में ऐसी बातें होती रहती हैं तो दिमाग थोडा तरो-ताज़ा हो जाता है |

दरअसल, मैं अभी तक इन बातों का जिक्र इसलिए कर रहा था क्योंकि अब आगे जो एक छोटी सी कहानी मैं आपको बताने जा रहा हूँ, उसका इन सब बातों से कहीं ना कहीं से सम्बन्ध जरूर है | मेरे पास इन्हीं सब बातों से सम्बंधित एक छोटी सी कहानी है |

दरअसल, यह कहानी हमारे नए पडोसी के जीवन से सम्बन्धित है | वैसे अगर देखा जायह तो हम लोग उनके नए पडोसी थे | क्योंकि, घर तो हम लोगों ने बदला था | आइयह थोडा विस्तार से, इस कहानी के बारे में बात करते हैं |

दरअसल, यह कहानी हमारे नए पडोसी 'भारुखा पंचद्योरा लाल तिवारी' और उनके बेटे 'फुर्शतिया भारुखा पंचद्योरा लाल तिवारी' की है | अब तिवारी जी के बेटे का नाम इतना बड़ा था, इसलिए हम इन्हें 'फुर्शतिया' ही कह कर बुलाते थे | वैसे भी इतना बड़ा नाम बोलना किसी के भी बस में नहीं था | वैसे भी, हमें नाम से क्या लेना-देना..... | आइयह हम लोग तिवारी जी के कारनामों पर बाते करते हैं |

दरअसल, यह वह तिवारी जी हैं, जिन्हें अपने बेटे पर बहुत नाज था | वैसे तो हर माता-पिता को अपने बेटे या बेटी पर नाज होता है | लेकिन तिवारी जी कुछ ज्यादा ही अपने बेटे की तारीफ करते थे | उनका बेटा सि.पी.एम.टी. की तैयारी कर रहा था | और

तो और, उनका बेटा भी नंबर एक का दलाल था | इस बात से तिवारी जी बिल्कुल वाकिफ नहीं थे | यही वजह थी की वह हमेशा अपने बेटे की तारीफ करते फिरते थे | अब इसमें उनकी भी क्या गलती थी | उनका बेटा उनके सामने जैसा व्यहार करता था, उस हिसाब से तो उनकी नजर में वह सही ही था | तिवारी जी परीक्षा से पहले खूब तारीफ कर रहे थे की मेरा बेटा अव्वल आयहगा | लेकिन उनकी यह बात भगवान को अच्छी नहीं लगी | परीक्षा हुई, परिणाम आया और उनका बेटा अव्वल ना सही, अच्छी रैंक जरूर ले आया | चलो कोई नहीं, भले ही उनके बेटे ने टॉप नहीं किया था, लेकिन अच्छी रैंक तो लाया ही आया था | इस बात से तिवारी जी भी खुश थे | लेकिन उन्हें क्या पता था की बहुत जल्द उनकी यह दो पलों की ख़ुशी गायब भी होने वाली थी |

दरअसल, पूरी बात कुछ इस तरह से थी की उनके बेटे ने परीक्षा में अच्छे नंबर तो ले आ लिए थे, लेकिन खुद मेहनत करके नहीं बल्कि नकल करके...... | इस काम के लिए उसने काफी रुपयह भी खर्च कियह थे |

दरअसल, तिवारी जी का बेटा परीक्षा फ़िक्सिंग का काम करता था | वह दूसरों से पैसे लेकर उनकी जगह पर परीक्षा देता था | उसने चंद पैसों के लिए खुद की परीक्षा भी दूसरों से दिलवाया था और खुद दूसरों की परीक्षा देने पहुँच गया | उनका बेटा पढ़ने में तो ठीक था | अगर वह खुद अपनी परीक्षा देता तो शायद वह तिवारी जी के सपनों को जरूर सच करता | इस काले धंधे में, उसकी कीमत ज्यादा थी | इसलिए उसने परीक्षा में अपनी जगह किसी और को बैठाया था | रिजल्ट के बाद, जब इस बात का पता चला तो फिर इस परीक्षा परिणाम को रद्द कर दिया गया | इसके बाद इस परीक्षा को फिर से कराया गया | फुर्शतिया तिवारी को जेल भेज दिया गया | उस लडके ने थोड़े से रुपयों के लिए, अपनी लाइफ बर्बाद कर लिया था |

यह पहला छात्र नहीं था, जिसने इस तरह की हरकत की थी | इसके पहले भी कई ऐसे छात्रों ने ऐसा काम किया है | यह तो तिवारी जी की किस्मत ही फूटी थी की उन्हें रंगे हाथों पकड़ लिया गया | यह काम अभी भी बंद नहीं हुआ है | इसका मुख्य

गढ़ तो 'कानपुर' है | वहीं से इसका संचालन होता है | ऐसे ही लोगों की वजह से, शिक्षा का अस्तर गिर गया है | इन्हीं लोगों की वजह से, मेहनत करके पढाई करने वाला छात्र परीक्षा को पास करने से रह जाता है और अंत में वह थक हारकर कोई गलत कदम उठा लेता है | फुर्शतिया तिवारी की इस हरकत की वजह से, उसे लाइफ टाइम के लिए परीक्षा से वंचित कर दिया गया | वैसे इस मामले में माता-पिता भी क्या कर सकते हैं | माता-पिता तो हमेशा अपने बच्चों के पीछे भागते नहीं रहेंगे | वह हमें बस इतना समझा सकते हैं की हमें अपना काम किस तरह से करना चाहिए | जहाँ तक मुझे मालूम है, तिवारी जी ने भी अपने बेटे को अच्छे आचरण देने में कोई कसर नहीं छोड़ा था | केवल तिवारी जी के अच्छे आचरण देने से थोड़ी ना कुछ होता है | बच्चों का खयाल रखना तो माता-पिता दोनों की जिम्मेदारी होती है |

एक तरफ जहाँ तिवारी जी अपने बेटे को एक अच्छा इंसान बनाने में लगे थे, वहीं तिवारी जी की बीवी उसे बिगाड़ने में लगी थी | मैं मानता हूँ, बच्चों के साथ प्यार से पेश आना चाहिए | लेकिन इतना भी नहीं की उसकी हर गलतियों को आप नजरंदाज करते रहो | यही वजह थी की तिवारी जी चाहकर भी अपने बच्चे को गटर में गिरने से नहीं बचा पाए | तिवारी जी हमेशा घर पर तो, रहते नहीं थे | उन्हें तो अपना बिज़नस भी देखना था और फिर सब को पता है की एक व्यापारी के पास कितना टाइम होता है | फिर भी तिवारी जी को, जो भी समय मिलाता था, वह पूरे समय अपने बेटे को सही रास्ते पर चलना सिखाते थे | लेकिन वहीं दूसरी तरफ तिवारी जी की बीवी अपने बेटे की हर गलतियों को नजरंदाज कर देती थी | तिवारी जी की बीवी को पता था की उनका बेटा ऐसे काम करता है | लेकिन उन्होंने इस बात को छिपा लिया और इसी वजह से उनके बेटे को जेल जाना पड़ा | अगर वहीं तिवारी जी की बीवी अपने बेटे की हरकतों को नजरंदाज ना करके, उसे उस काम से रोकती तो तिवारी जी को यह दिन ना देखना पड़ता |

बेचारे तिवारी जी बहुत अच्छे इंसान थे | अपने बेटे के जेल जाने के हादसे को तिवारी जी बर्दाश्त नहीं कर पाए और गहरे दिल के दौरे की वजह से कुछ दिनों बाद

उनकी मृत्यु हो गई | वह इस सदमे को बर्दाशत नहीं कर पाए | तिवारी जी दिल के मरीज थे | इस दुनिया में कई ऐसे लोग हैं, जो सदमे को बर्दाशत नहीं कर पाते हैं |

मैं हर माँ के बच्चों से यह प्रार्थना करता हूँ की कृपा करके आप ऐसा ना करें, जिससे आपको या फिर आपके माता-पिता को आपकी गलतियों का खामियाजा भुगतना पड़े | इस दुनिया में, इंसान का सबसे बड़ा दुश्मन 'धन' है | आप थोड़े से धन के लिए, अपने कीमती जीवन को तबाह ना कीजियह |

सदियों पुरानी कहावत है की *जो जैसा करता है उसे उसका उसी तरह का परिणाम भी मिलाता है* | कभी-कभी तिवारी जी जैसे अच्छे लोगों को भी इसका खामियाजा भुगतना पड़ता है | वैसे भी यह दुनिया तो सुख और दुःख का संगम है | यहाँ पर हर इंसान को सुख और दुःख दोनों तरह के समुन्दर को पार करना पड़ता है और यह सार्वभौमिक सत्य है |

अब जहाँ इस दुनिया में तिवारी जी जैसे लोग हैं, जो अपने बच्चे को आगे बढ़ने के लिए प्रोत्साहित करते हैं, तो वहीं इस दुनिया में कुछ ऐसे भी माता-पिता हैं, जो अपने ही बच्चों के साथ बड़ी ही क्रूरता से पेश आते हैं |

दरअसल, यह बात उत्तर प्रदेश बोर्ड में पढाई करने वाले एक छात्र की है | दसवीं कक्षा में पढाई करने वाला 'हामिद अंसारी' हमारी ही कक्षा में था | हामिद पढ़ने में बहुत अच्छा था | वह हमेशा परीक्षा में अव्वल आता था | वह हमेशा अपनी पढाई को अच्छा बनाने में लगा रहता था | वह ना तो किसी से मिलाता था और ना ही किसी से बात करता था | स्कूल से सीधे घर और घर से सीधे स्कूल जाना ही उसका रोज का काम था | रास्ते में एक मिनट के लिए भी वह इधर-उधर नहीं जाता था | रास्ते में अगर कोई उससे मिलता भी तो वह बिना रुके ही उससे बातें करते हुए चला जाता था | वह अपनी सारी बातों को चन्द शब्दों में ही खत्म कर देता था | पूरे स्कूल में, उससे सीधा छात्र कोई नहीं था | बाकी के छात्र की तरह, वह अलग से किसी दूसरी प्रतियोगिता में भी भाग नहीं लेता था | जबकि उसे गाना-गाना बहुत पसंद था |

हम लोगों को जब भी समय मिलता था, हम लोग उसके पास जाते थे और उससे कोई न कोई गाना-गाने के लिए अपील करते थे | वह खेलता-कूदता नहीं था | इसलिए हम लोग उससे इस तरह का काम करने के लिए बोलते थे | जिससे वह थोडा तनाव मुक्त हो जायह | क्योंकि हमेशा पढ़ते रहने की वजह से, वह थोडा चिडचिड़ा भी हो गया था | हम लोग जब पहली बार स्कूल में, उससे मिले थे तो वह उस समय बहुत ही खुश-मिजाज का लड़का था | उसके अन्दर, इस तरह का बदलाव उसके अब्बा जी की वजह से आया था | वह अत्सर से भी ज्यादा कूल रहने वाला छात्र था | अत्सर भी ऐसा ही था | वह भी खेल-खेल में ही अपनी पढाई कर लेता था | फर्क बस इतना था की अत्सर के मम्मी-पापा, हामिद के अब्बा जैसे नहीं थे | वे अत्सर को खेलने से नहीं रोकते थे | लेकिन हामिद के पिता जी बहुत ही अलग ख़यालात के थे | उनके हिसाब से पढाई के साथ कोई दूसरा काम नहीं किया जा सकता | उन्होंने उसे पूरी तरह से बांध दिया था | हामिद गायक बनना चाहता था | लेकिन उसके अब्बा ऐसा नहीं चाहते थे | वह उसे इंजीनियर बनाना चाहते थे | जबकि उसका मन पढाई में नहीं लगता था | पढाई में मन न लगने के बावजूद, हामिद पूरी क्लास में अव्वल आता था | शुरुआत में ऐसा नहीं था | उसके पूरी क्लास में अव्वल आने का सिलसिला, उसके छठवीं कक्षा में केवल पास होने जितना नंबर लाने की वजह से शुरू हुआ था | उसके अब्बा ने, उससे यह कहा था की अगर उसने पढाई के अलावा कहीं और मन भटकाया तो वह उसे घर से निकाल देंगे | उस समय उसकी उम्र ही कितनी थी? उस समय तो कोई भी बच्चा हो, डर ही जायहगा | तब-से हामिद ने पढ़ना शुरू कर दिया था |

अब उसके अच्छे नंबर आने लगे थे | सातवीं कक्षा में, वह पूरी कक्षा में दूसरे नंबर पर रहा | लेकिन हामिद के अब्बा चाहते थे की वह पूरे स्कूल में अव्वल आए | हामिद ने अपनी तरफ से पूरी कोशिश किया | लेकिन वह पूरे स्कूल में तो नहीं बल्कि अपनी पूरी क्लास में जरूर अव्वल आया | अब यह सिलसिला दसवीं कक्षा तक चलता रहा | नौवीं की परीक्षा देने के बाद, जब हम लोग दसवीं में पहुंचे तो उसके अब्बा ने उस पर बल दिया की अब वह पूरे बोर्ड में अव्वल आए | इससे पहले तो,

वह अपने कक्षा के छात्रों के साथ कुछ बात-चित भी कर लेता था | लेकिन अब वह किसी से बात भी नहीं करता था | ऐसा करने के लिए उसके अब्बा ने ही उससे कहा था | यही वजह थी की जब भी हमें खाली समय मिलता था, हम लोग हामिद के पास चले जाते थे | घर पर तो उसके अब्बा जी उसे किसी से मिलने नहीं देते थे | इसलिए हम लोग स्कूल का खाली समय उसके साथ ही बिताते थे | इस काम में अत्सर ही आगे था | वह दूसरों को परेशान नहीं देख सकता था | वैसे भी, हामिद से तो उसकी अच्छी दोस्ती थी |

अत्सर भले ही ज्यादातर मेरे साथ रहता था, लेकिन वह तारीफ हामिद की ही करता था | इस बात से मुझे थोड़ी सी, उससे जलन भी होती थी | क्लास ओवर होते ही, लंच टाइम में अत्सर उसके पास पहुँच जाता था | मैं भी उसके साथ जाता था | लेकिन मैं कभी-कभी खेलने भी निकल लेता था | अत्सर ने अब स्कूल में खेलना बंद कर दिया था | उसका कहना था की मैं तो घर पर थोडा-बहुत खेल लेता हूँ | थोडा बहुत टीवी भी देख लेता हूँ | लेकिन हामिद तो ऐसा नहीं कर पाता ना...... | उसे आज हमारी जरूरत है | अगर मैं आधे घंटे अपने खेलने का समय निकालकर दूसरे के लिए दे दूंगा तो उससे मुझे कोई नुकसान नहीं हो जायहगा | वैसे भी संगीत भी एक तरह से मनोरंजन ही है | अत्सर लंच का एक मिनट भी बेकार नहीं जाने देता था | वह पूरे लंच टाइम हामिद के साथ ही गुजारता था | उसके साथ-साथ मैं भी लगा रहता था | वह अपने साथ कई लड़कों को क्लास में इकट्ठा करता था और हामिद उसके कहने पर उन्हें अपने संगीत से मनोरंजित करता था | मुझे भी धीरे-धीरे ऐसा करने में मजा आने लगा था | इस लिए, लंच की घंटी बजने के बाद, मैं तुरंत अत्सर से हामिद के पास जाने के लिए बोलता | हामिद था तो हमारी ही कक्षा में, लेकिन उसका सेक्शन अलग था | हम लोग हामिद से नए पुराने हर तरह के गाना-गाने के लिए बोलते थे और वह हमें सुनाता भी था | हामिद का सेक्शन दूसरा था, इसलिए हमें टीचर के जाने का इंतजार करना पड़ता था | जिससे हम लोग उसके पास जा सकें | हमारा यह सिलसिला कई दिनों तक चलता रहा | दो महीने बाद हम लोगों की बोर्ड की परीक्षा थी | हामिद घर

पर पढाई करते समय कभी-कभी थोडा गुनगुनाने लगता था, जो उसके अब्बा को पसंद नहीं था | इसलिए उन्होंने इस बात का पता लगाना शुरू किया की इसका मन पढाई से भटक क्यों रहा है?

हमारे ही क्लास में एक लड़का था, जो हामिद का पडोसी था | अत्सर की उससे पटती नहीं थी | उसके और अत्सर के बीच किसी बात को लेकर थोड़ी सी अनबन थी | पहले उस लडके को यह पता नहीं था की हामिद के अब्बा ने उसे गाने से रोका है | नहीं तो अब तक वह कब का उन्हें सारी बात बता चूका होता | लेकिन जब हामिद के अब्बा ने उससे हामिद पर नजर रखने के लिए कहा | तब उसने उसी समय, उनसे सारी बात बता दिया | इस बात से नाराज होकर हामिद के अब्बा ने, हामिद को सख्त हिदायत दी की अब वह अत्सर से नहीं मिलेगा | यहाँ तक की उन्होंने स्कूल के प्रिंसिपल से भी शिकायत कर दिया | इसकी वजह से प्रिंसिपल ने अत्सर को स्कूल में प्रवेश करने से रोक लगा दिया | बोर्ड परीक्षा से पहले एक महीने की छुट्टी दी जाती है | जिससे छात्र अच्छे से अपने विषयों को तैयार कर सकें | अब स्कूल के बंद होने में दश दिन और बाकी थे | अब तक हमारा कोर्स लगभग पूरा भी हो गया था | जो बाकी रह गया था, उसके नोट्स, मैं ले जाकर उसे दे देता था | पहले तो जब अत्सर के पिता जी को इस बात का पता चला तो उन्होंने उस पर बहुत गुस्सा किया | लेकिन पूरी बात जानने के बाद उन्होंने उसे डांटने के बजाय गले से लगा लिया | और कहा कोई नहीं स्कूल में नहीं जाने दिया जायहगा तो क्या हुआ तुम्हारा जो भी कोर्स बाकी है, उसे तुम घर पर ही बैठकर पूरा कर लो | उस दिन से अत्सर के पिता, अत्सर से और भी ज्यादा खुश रहने लगे |

बोर्ड की परीक्षा खत्म हुई | एक महीने बाद परीक्षा परिणाम आया | मैं और अत्सर क्रमशः ७५ और ७२ फीसदी अंक से परीक्षा में पास हुए | हामिद ने ८० फीसदी से अपनी परीक्षा को पास किया | लेकिन वह अपने अब्बा के उम्मीदों पर खरा नहीं उतर पाया | इसकी वजह से उसने खुद-खुशी कर लिया | अत्सर को जब इस बात का पता चला तो उसने खाना-खाना ही बंद कर दिया | उसके दुःख में सब लोग दुःखी थे |

हामिद के जाने का दुःख सब को था | लेकिन अत्सर सबसे ज्यादा दुखी था | वह तो पुलिस स्टेशन भी पहुँच गया | उसने हामिद के पिता के खिलाफ शिकायत भी दर्ज करवाया | हामिद के पिता को जेल में बंद कर दिया गया | लेकिन दूसरे दिन ही अत्सर के पिता ने उन्हें बाहर निकाल लिया | उन्होंने ऐसा इसलिए किया क्योंकि अब हामिद के अब्बा को अपनी गलतियों का एहसास हो गया था | लेकिन, अब पछताए होत क्या? जब चिड़िया चुग गई खेत | अब तो हामिद वापस नहीं आने वाला था | अत्सर ने दो दिन तक खाना नहीं खाया | उसकी मम्मी जी उसके पीछे हमेशा लगी रहती थी की वह कुछ तो खा ले | लेकिन उसने जिद पकड़ रखी थी की वह खाना नहीं खायहगा | दूसरे दिन जेल से आने के बाद, हामिद के अब्बा, अत्सर के घर आयह और अत्सर से माफ़ी माँगा और उससे खाना-खाने के लिए कहा | उन्होंने कहा की वह उन्हें जो सजा देगा वह सहने के लिए तैयार हैं | अत्सर से बात करते समय हामिद के अब्बा की आँखों से आँसू बहते रहे | सब के बहुत समझाने के बाद अत्सर ने खाना-खाया | लेकिन साथ ही साथ उसने हामिद के पिता से यह भी कहा की आज के बाद वह अपनी सकल भी उसे ना दिखाएँ | क्योंकि जब भी वह उन्हें देखेगा, उसे हामिद की याद आएगी और वह उस समय उनके साथ कुछ भी कर सकता है | इस बात को लेकर अत्सर के पिता ने उसे समझाया था की वह ऐसा ना करें | लेकिन वह नहीं माना | कुछ दिनों बाद ही, हम लोग इंजीनियरिंग एंट्रेंस एग्जाम की तैयारी के लिए होम टाउन से इलाहाबाद सिटी आ गयह थे |

इस तरह की बहुत सी घटनाएँ इस दुनिया में आयह दिन घटित होती रहती हैं | माता-पिता की क्रूरता की वजह से छात्र को अपनी जान तक गवानी पड़ती है | हाँ! यह सब को पता है की माता-पिता जो भी अपने बच्चों को करने के लिए बोलते हैं, वह सब उनके हित में ही बोलते हैं | लेकिन अब इतना भी क्रूर नहीं होना चाहिए की आपको अपने बच्चों की खुशियाँ भी ना दिखें | वैसे भी अगर घोड़े से यह उम्मीद रखी जायह की वह ऊंची इमारत पर चढ़ जायह, जो की मुश्किल है | हाँ यह सच है की घोडा

दौड़ने में माहिर होता है | लेकिन इतना भी नहीं की उससे आप वह काम करवाओ जिसे वह शायद ही पूरा कर सकता है |

यह तो समाज में होने वाली एक छोटी सी हलचल थी | हमें दूसरों की गलतियों से कुछ न कुछ सिख ले लेना चाहिए | ऐसी बहुत सी घटनाएँ हमारे आस-पास घटित होती रहती हैं | जिनसे हमें अपनी लाइफ में कुछ न कुछ सीखने का मौका मिलता है | साथ ही साथ उस गलती को अपनी लाइफ में ना दुहराने का भी मौका हमें एक बार जरूर मिलता है | ऐसी घटनाओं के बारे में हम अगर बात करना शुरू करें तो हमारे लिए समय जरूर कम पड़ जायहगा, लेकिन फिर भी हमारी बातों का अंत नहीं होगा | इसलिए मैं अपनी बात को यहीं पर विराम देता हूँ और अपनी पुरानी कहानी पर वापस आता हूँ, जिसके बारे में हम लोग पहले चर्चा कर रहे थे |

अध्याय २१

भुलाने की नाकाम कोशिश

अत्सर ने दिल्ली विश्वविद्यालय में दाखिला तो ले लिया था, लेकिन उसके सामने अभी भी यह प्रॉब्लम थी की वह परीक्षा कैसे देगा | अत्सर एंट्रेंस एग्जाम से तो बच गया था | लेकिन उसके सर से समस्या अभी टली नहीं थी | अभी भी उसे उतनी ही मेहनत करने की जरूरत थी, जितनी की उसे एंट्रेंस एग्जाम के लिए करनी चाहिए थी | अत्सर कालेज में तो आ गया था, लेकिन वह अभी भी स्वास्ती को भूल नहीं पाया था | उसने दिल्ली विश्वविद्यालय से पढ़ने का मन इसीलिए बनाया था, जिससे वह उसे भूल जायह |

कालेज में वह नए-नए छात्रों से मिला | जब तक वह कालेज में रहता, तब तक तो वह सारी बातें भूल जाता था | लेकिन जैसे ही कालेज छोड़कर, अपने फ्लैट पर पहुंचता था, उसे सारी बातें याद आना शुरू हो जाती थी | क्योंकि यहाँ भी वह इलाहाबाद की तरह ही रह रहा था | जैसा की बारहवीं के बाद, जब हम लोग कोटा चले गए थे, तो वह फिर अकेले ही रह रहा था | उसे उसके समस्या का समाधान अभी भी नहीं मिल पाया था | कभी-कभी अत्सर भी अपनी आदतों से परेशान हो जाता था | घर पर अकेले रहने की वजह से, वह कभी-कभी हताश भी हो जाता था | हालांकि इससे बचने लिए उसने कई तरीके ढूंढ रखे थे | जैसे की मूवी देखना, पियानो सीखना, वीडिओ गेम्स खेलना इत्यादि | वह हमेशा अपने-आपको व्यस्त रखने की कोशिश करता रहता था | इतनी कोशिश करने के बावजूद वह उसे नहीं भूल पाया | आखिरकार

उसने उसे सोशल मीडिया पर खोजना शुरू किया | उसे उसके बारे में बहुत कुछ मालूम तो था नहीं, उसके नाम के अतिरिक्त..... |

दो-तीन महीने की कड़ी मेहनत के बाद, आखिरकार उसने उसे ढूंढ ही निकाला | उसने अंदाजा लगा लिया था की शायद उसे एच.बी.टी.आई. कानपुर में दाखिला मिला होगा | इसलिए उसने एक दिन डायरेक्ट उसी पते पर उसे ढूंढा और इस प्रकार उसने उसे फेसबुक पर ढूंढ निकाला | अब उसने उसे ढेर सारी बातें लिखकर भेजना शुरू किया | अत्सर एक बार उसे सन्देश लिखने के बाद लाग आउट कर देता और फिर एक-दो महीने के बाद फिर से लॉग इन करता तो उसकी तरफ से कुछ ना कुछ प्रति उत्तर आया रहता था | शुरू में तो उसने इधर-उधर ही प्रति उत्तर किया | लेकिन बाद में, जब अत्सर सेकंड ईयर में पहुंचा और उसने एक बार उसे मैसेज किया और वह उसे मैसेज करता भी नहीं अगर उसे स्वास्ती के सकल की लड़की दिल्ली में नहीं दिखी होती | वह लड़की उसी की तरह दिख रही थी |

उस लड़की को देखने के बाद उसे स्वास्ती के बारे में जानने का मन किया | पहले तो जब उसने उसे देखा तो उसे लगा की जैसे वह स्वास्ती ही हो | लेकिन काफी अच्छे से देखने के बाद उसे पता चला की वह लड़की भले ही उसके जैसी दिख रही थी, लेकिन वह स्वास्ती नहीं थी | अब घर पहुँच कर उसने उसे मैसेज किया |

उसने अपने मैसेज में लिखा की वह अभी उसे भूल नहीं पाया है | उसे सोते जागते कभी ना कभी उसकी याद आ ही जाती है |

इसी तरह से उसने और भी कुछ बातें लिखा और फिर पहले की तरह उसने कुछ समय के लिए बंद करके रख दिया | लेकिन इस बार उसने ज्यादा समय के लिए इंतज़ार नहीं किया | इस बार उसने दूसरे दिन ही फेसबुक लॉग इन किया | उसने मैसेज बॉक्स खोला तो स्वास्ती की तरफ से रिप्लाई आया था |

उसने रिप्लाई में लिखा था की वह उसे पहचान नहीं रही है की वह (अत्सर) कौन है ?

अब क्या, एक पल के लिए अत्सर को गुस्सा तो आया लेकिन कोई नहीं उसने उसे संकेतो में ही याद दिलाया | तब उसने रिप्लाई किया की हाँ याद आया | अब उसने अत्सर के बारे में पूछा की वह इस समय क्या कर रहा है?

अब उनके बीच की बातचीत लगभग पंद्रह मिनट तक चली | इस बीच वह दोनों एक दूसरे के बारे में ही जानते समझते रहे | उस दिन का समय तो उन दोनों का जानने समझने में ही चला गया | जो बात उन्हें एक-दूसरे के बारे में मालूम थी, उसके बारे में भी उन दोनों ने बात किया |

काफी देर हो गई थी, दूसरे दिन कालेज भी जाना था | इसलिए अत्सर ने अलविदा बोला और लाग आउट कर दिया |

यह रविवार का दिन था | अत्सर ने इतने दिन में यह तो पता कर लिया था की वह केवल शनिवार और रविवार को ही ऑनलाइन आती थी | वैसे तो वह फेसबुक महीनों के बाद ही लॉग इन करता था | लेकिन इस बार उसने अगले रविवार को फिर से लॉग इन किया और पहले की तरह, सबसे पहले अत्सर ने ही मैसेज किया | वह तो अपनी तरफ से कभी मैसेज करती नहीं थी, क्योंकि वह तो अपनी दुनिया में ही मस्त रहती थी | और हो भी क्यों ना, आखिरकार वह इंजीनियरिंग स्टूडेंट थी | वैसे तो बी. एस. सी. करने वाला स्टूडेंट भी किसी से कम नहीं होता है | लेकिन अगर बात किया जाए उत्तर प्रदेश की तो, वहाँ पर तो इंजीनियरिंग का ही बोल-बाला है | हालाँकि स्वास्ती पढ़ने में भी बहुत अच्छी थी और इस बात से अत्सर भी वाकिफ था | वह तो स्वास्ती को अपने से ज्यादा ही समझता था | वैसे भी प्यार में तो हर कोई अपनी दूसरी पार्टी को अपने से बड़ा ही समझता है और अगर बात हो एक तरफा प्यार की तो, पूछो मत.......... |

उसने उसके हालात के बारे में पूछा की वह कैसी है | जैसा की हम भारतीयों में रिवाज है | हमें सब कुछ मालूम होता है | फिर भी हम अपने बातचीत में यह एक लाइन जोड़ते जरूर हैं और हमें जोड़ना ही पड़ता है, अगर हमें किसी से पहले बात करना है | कुछ समय बाद, स्वास्ती ने रिप्लाई किया की वह अच्छी है | अब उसने उसके बारे में

पूछा की वह (अत्सर) कैसा है? अत्सर ने अपने रिप्लाई में, 'सब कुछ ठीक ही है' ऐसा लिखा | लेकिन इस बार उनके बातचीत का सिलसिला ज्यादा समय तक चल नहीं पाया | क्योंकि इस बार अत्सर ने एक बात बोला..........

'और प्रियह तुम्हारी पढाई कैसी चल रही है |'

अब इस मैसेज का रिप्लाई देखने के लिए, जब उसने फिर से मैसेज बॉक्स खोला तो उसने देखा की, उसने उसे (अत्सर को) ब्लाक कर दिया था | इस बात से अत्सर को कोई परेशानी नहीं हुई और उसने भी फेसबुक लॉग आउट करके रख दिया | इस बार उसने सोचा की अब वह कभी भी उसे संपर्क करने की कोशिश नहीं करेगा और उसने उस समय अपना फेसबुक अकाउंट ही निष्क्रिय कर दिया | उसने सोचा, ऐसा करने से उसे उसके बारे में खयाल आने बंद हो जायेंगे |

अध्याय २२

अप्रैल फूल

उधर अत्सर अपनी फेसबुक की दुनिया में व्यस्त था | तो दूसरी तरफ मैं और अंकुर भी अपनी-अपनी लाइफ में व्यस्त थे | मैंने भी दिल्ली प्रौद्योगिकी विश्वविद्यालय में दाखिला ले लिया था | अंकुर के पास दो विकल्प थे, या तो वह इंडियन इंस्टिट्यूट ऑफ़ टेक्नोलॉजी रूरकी में दाखिला ले सकता था या फिर एम.एन.एन.आई.टी. इलाहाबाद में दाखिला ले सकता था | लेकिन पहले विकल्प में उसे उसके पसंद का कोर्स नहीं मिल रहा था | इसलिए उसने इलाहाबाद में ही रहना पसंद किया |

मेरी कालेज लाइफ भी आराम-आराम से चल रही थी | मैं इतनी दूर चला तो आया था लेकिन मेरा मन भी प्रिया की ओर ही लगा रहता था | हाँ इतना था की हम लोग अत्सर की गलतियों से कुछ ना कुछ सीख ले लेते थे | अत्सर खुद हमें समय-समय पर समझाता रहता था | वह हम दोनों से हमेशा यही कहता था की पहले तुम अपनी पढाई पर ध्यान दो बाद में बाकी सब पर........ | अब भले ही वह खुद स्वास्ती के प्यार में पागल था | लेकिन वह हम दोनों को इन सब चक्कर में नहीं पड़ने देना चाहता था | उसी की वजह से हम लोग इन सब हरकतों से बचे हुए थे | फिर भी मुझे जब भी प्रिया की याद आती थी, मैं उससे फ़ोन पर बात कर लेता था | लेकिन अत्सर की लाइफ तो अभी भी पहले की तरह ही थी | क्योंकि उसे उसके अतिरिक्त कोई

लड़की पसंद ही नहीं थी | अंकुर भी समय-समय पर हमें इलाहाबाद की खबर देता रहता था | अपनी जिंदगी तो ऐसी ही चल रही थी |

दो साल तक तो सब कुछ अच्छे से चलता रहा | द्वितीय साल के दूसरे सेमेस्टर का एग्जाम आ गया था | एक महीने में एग्जाम होने थे | मैं अपनी पढाई में लगा हुआ था | मैं हास्टल में रह रहा था | रात के दस बज रहे थे | मेरे सेल फ़ोन की घंटी ने मुझे आवाज दिया | मैंने फ़ोन रिसीव किया | यह प्रिया की फ़ोन कॉल थी | उसने मेरे से बात करने के लिए कॉल किया था | वैसे भी उससे बात कियह हुए दो हफ्ते हो गए थे | इस समय एग्जाम का समय था | इसलिए मैं प्रिया की ओर ज्यादा ध्यान भी नहीं दे पा रहा था | जैसे ही मैंने फ़ोन रिसीव किया | फ़ोन के स्पीकर से आवाज आई, क्या हुआ, तर्पण जी! दिल्ली में कोई दूसरी पार्टी मिल गई क्या? दो हफ्ते से ना कोई फोन ना कोई कॉल | मैंने प्रति उत्तर में कहा- अरे नहीं, ऐसा कुछ नहीं है, इस समय एग्जाम का समय है, एक महीने बाद एग्जाम है | तब उसने कहा- अच्छा कोई नहीं, पढाई करो, मैंने तो बस ऐसे ही कॉल किया था | मैंने भी उससे उसकी पढाई के बारे में पूछा | वह एस. एस. सी. की तैयारी में लगी थी | उसने कहा की उसकी पढाई भी ठीक-ठाक चल रही है | मैंने उससे उसके मम्मी-पापा और रिया व अर्पिता के बारे में पूछा | उसने कहा सब ठीक हैं, वह लोग तुम दोनों को बहुत याद करते हैं | एक भी ऐसा दिन नहीं होता, जब अर्पिता और रिया दीदी तुम लोगों के बारे में बात ना करें | इसके बाद उसने अत्सर के बारे में पूछा | उसने कहा- वह तो जैसे हमें भूल ही गया हो | रिया दीदी उसी के गुण गाती रहती हैं | मैं और अर्पिता दीदी जब कभी अत्सर के बारे में उनसे मजाक भी करते हैं तो वह एक ही बात कहती हैं की मेरा दोस्त बहुत अच्छा है | वह उसके बारे में एक शब्द भी गलत नहीं सुनना पसंद करती हैं |

हम लोगों की बातें चल ही रही थी की तभी पीछे से आवाज आई प्रिया किससे बात कर रही है, इतनी रात को? प्रिया ने कहा- तर्पण से | इतना सुनते ही प्रिया के हाथ से फ़ोन ले लिया गया | दूसरी तरफ से आवाज आई- कैसे हो तर्पण? वह अर्पिता थी, उसने भी वही बात कहा की क्या बात है, तुम लोग हमें भूल गए हो क्या? तब मैंने

कहा- नहीं ऐसा नहीं है | मैं जब भी प्रिया से बात करता हूँ, तो तुम दोनों के बारे में उससे जरूर पूछता हूँ | उसने कहा- इसका मतलब, तुम लोगों की बाते होती रहती हैं और मुझे खबर भी नहीं है | चलो खैर कोई नहीं, और बताओ अत्सर कैसा है? मैंने भी बोल दिया की वह बहुत अच्छा है | इतने में पीछे से एक आवाज और आई........| किससे गपशप करने में लगे हो तुम लोग? अर्पिता ने कहा- अरे! रिया दीदी, तर्पण है | उसने कहा- ऐसा क्या? उसने जल्दी से अर्पिता के हाथ से फोन छीन लिया और सीधे अत्सर के बारे में पूछा की वह कहाँ और कैसे है? उसने कहा- मैंने सुना है, तुम दोनों साथ-साथ नहीं रहते हो | अब तो वह पतला भी हो गया होगा | खाना पकाने में तो वह बहुत आलसी है | उसने मेरे से पूछा की हम दोनों साथ-साथ क्यों नहीं रहते | मैंने उससे बताया की मैं हास्टल में रहता हूँ | तब उसने कहा- तो उसने हास्टल क्यों नहीं लिया? तब मैंने उससे बताया की वह इसलिए क्योंकि उसके कालेज में हास्टल नहीं था | यहाँ पर कुछ पी. जी. हैं, लेकिन उसने पी. जी. में रहना पसंद नहीं किया | इसलिए उसने फ्लैट में ही रहना पसंद किया | उसने कहा- तो तुम भी उसके साथ फ्लैट में चले जाते | तब मैंने उससे कहा- मैं तो उसके साथ जाने के लिए तैयार था, लेकिन उसने ही मुझे वहाँ आने से मना कर दिया | उसने ऐसा इसलिए किया क्योंकि उसका कालेज मेरे कालेज से बहुत दूर था | उसने अपने कालेज के पास में ही फ्लैट ले रखा है | वहाँ से मुझे, काफी दूर आना पड़ता | लेकिन कोई नहीं, दूरी की समस्या नहीं थी | मैं तो फिर भी उसके साथ रहने के लिए तैयार था | उसी ने मुझे रहने से मना किया, तो मैं क्या करूँ | मैंने तो हास्टल के लिए फार्म भी नहीं भरा था | उसी ने जाकर मेरे लिए फार्म भर दिया | उसने मेरे लिए ऐसा इस लिए किया, जिससे मुझे ज्यादा परेशान ना होना पड़े | वैसे कोई दिक्कत नहीं, जब मन करता है तो हम दोनों आपस में मिल लिया करते हैं | शायद ही कोई छुट्टी का दिन होता है, जब हम लोग ना मिलते हों | मैं हर शनिवार को उसके फ्लैट पर पहुँच जाता हूँ |

मैंने उसे एहसास दिलाया की वह बिल्कुल ठीक है | उसे उसकी चिंता करने की कोई जरूरत नहीं है | इतना सब जानने के बाद उसने कहा- चलो कोई नहीं, अगर ऐसा

है तो बहुत अच्छी बात है | अब काफी देर भी हो गई थी, इसलिए उसने कहा- चलो ठीक है, अब सो जाओ, फिर कभी बात करेंगे | उन तीनों ने एक साथ मेरे से शुभ रात्रि कहा | मैंने भी अपनी तरफ से प्रति उत्तर दिया और फिर फोन बंद करके सो गया | दूसरे दिन मुझे अत्सर के पास भी जाना था |

सुबह होते ही मैं अत्सर के पास पहुँच गया | मैंने अत्सर से सारी बात बताया | उसने थोडा सा दुःख व्यक्त किया और कहा- चलो कोई नहीं अब जब भी जाऊंगा, उन लोगों से मिलने जरूर जाऊंगा | इसके पहले अत्सर कई बार इलाहाबाद गया था, लेकिन वह इलाहाबाद स्टेशन से सीधे होम टाउन चला जाता था | वह एक बार भी रिया से मिलने नहीं गया | उसने कहा- यार! मैं यहाँ आकर इतना स्वार्थी बन गया की एक बार भी रिया को याद नहीं किया | उसे इस बात का अफ़सोस था |

अत्सर के फ्लैट पर आज उसके कुछ कालेज दोस्त भी आए थे | हम सब ने मिलकर एक अच्छी सी पार्टी करने का प्लान बनाया | उनमें से कुछ लडके ऐसे थे, जो दारू भी पीते थे | उन लोगों ने दारू की पार्टी करने के लिए कहा | लेकिन अत्सर ने मना कर दिया | उसने कहा- अगर पार्टी करनी है तो साधारण सी पार्टी करो, नहीं तो बंद करो सब कुछ | जो जैसे आयह हो वैसे ही वापस चले जाओ | मैं दारूबाजों से दोस्ती करना पसंद नहीं करता | उसकी बात सुनकर, उसके एक कालेज दोस्त ने कहा- हाँ! सही कह रहे हो | यहाँ पर कोई दारू-गांजा नहीं चलेगा | अत्सर ने थोडा गुस्से में बोला था | उसके एक दूसरे दोस्त ने कहा- कोई नहीं, नाराज ना हो यार! तुम जैसा कहोगे हम वैसा ही करेंगे | थोड़ी देर में, हम सब ने निर्णय लिया की पार्टी करना कैसे है? अत्सर ने कहा की इतना सोचने की जरूरत नहीं है | सीधी सी बात है, बाहर से कुछ खाना आर्डर करते हैं और एक बोतल कोल्ड्रिंक ले लेते हैं | सब ने उसकी बात पर सहमति जताई | अत्सर ने बाहर से खाना आर्डर किया | खाने में उसने दाल मखनी, साही पनीर और कुछ रोटियाँ आर्डर किया | फिर उसने कहा की कोई दो लोग साथ में जाओ और दो बोतल कोल्ड ड्रिंक लेकर आ जाओ | उसके एक क्लासमेट ने कहा की दो बोतल किस लिए? तब दूसरे ने कहा- वह इसलिए क्योंकि हम कुल मिलाकर

सात लोग हैं | अत्सर ने कहा- हाँ सही कहा | इसीलिए अब ज्यादा देर ना करो, जल्दी से जाओ और कोल्ड्रिंक लेकर आओ | उसके दो क्लासमेट बाजार चले गए | बाकी जो बचे वह सब हमारे साथ बाते करने में जुट गए |

लगभग दस मिनट बाद वह लोग भी बाजार से सारा सामान लेकर वापस आ गए | हमारे देशी पैमाने तैयार कियह गए | अब हमारे पैमाने भले ही दारू से भरे नहीं थे, लेकिन भरे तो थे ना.... कोल्ड ड्रिंक ही सही, पैमाने खली तो नहीं थे |

ऐसा मैं नहीं, ऐसा उसके क्लासमेट बोल रहे थे | क्योंकि उन्हें तो कुछ और ही चाहिए था | इस बीच अत्सर नीचे की दुकान से कुछ मूंगफली के पैकेट्स लाने चला गया | तब उसके एक क्लासमेट ने कहा- यार! काश यहाँ कोल्ड्रिंक की जगह शराब और शबाब होती तो काम बन जाता | तब एक ने कहा- हाँ यार! शराब और शबाब का कॉम्बिनेशन, वाह फिर तो मजा आ जाता | यह सब सुनकर उसके एक दूसरे क्लासमेट ने कहा- तुम लोग कितने बेवकूफ हो, तुम लोगों को शराब और शबाब के सिवाय कुछ और सूझता नहीं क्या? तब उसे छोड़कर बाकी के सारे एक सुर में बोले- हाँ इनका देखो, यह हैं शराफत की मूर्ति, बाबा पंकज उदास.... | जो खुद इसी काम में लीन रह चुके हैं | पहले के बाबा राम धुन में मगन रहते थे, लेकिन यह तो कन्या धुन में मगन रहते हैं | तब उसने कहा- ऐसा क्यों बोल रहे हो, तुम लोग | मैंने कब ऐसा काम किया | इतने में अत्सर आ गया | उसने कहा- क्या हुआ? किसने कब क्या किया? पंकज ने कहा- कुछ नहीं यार, बस ऐसे ही हम लोग आपस में कुछ पढाई की बाते कर रहे थे | पंकज नहीं चाहता था की अत्सर उन्हें वहाँ से दफा करें | क्योंकि उसे जब इस बात का पता चलता की वह लोग इस तरह की बाते कर रहे थे, तो वह उन्हें वहाँ से भगा भी देता | अत्सर अपने साथ कुछ मूंगफली के पैकेट के साथ ही साथ नमकीन के भी पैकेट ले कर आया था | अत्सर ने कहा- यह लो मैं ढेर सारे चकना लेकर आया | अब जुबान को फिसलने में समय तो लगता नहीं | एक से रहा नहीं गया और उसने कर दी वही छोटी बात | अरे यार! अत्सर भाई, क्या वही मूंगफली और नमकीन लाते रहते हो, लाना ही था तो कुछ असली में नमकीन लाते | अत्सर ने कहा- अब कौन सा

असली नमकीन चाहिए तुझे | अब क्या, उसने फिर से बोल दिया- क्या अत्सर भाई, इशारे भी नहीं समझ पाते हो | अरे शबाब यार...... | अत्सर ने कहा (गुस्से में) - मैं तुझे यह अंतिम चेतावनी दे रहा हूँ, अगर आगे किसी को इस तरह की बात करनी हो तो दोबारा यहाँ पर ना आना | तब उस लडके ने कहा- अरे सॉरी यार! चल ठीक है, आगे से ध्यान रखेंगे |

हमारी सस्ती और टिकाऊ पार्टी चलती रही | सब लोग आपस में किसी ना किसी टॉपिक को लेकर बहस करते रहे | अत्सर मेरे साथ बाते करने में लगा था | उसके कुछ क्लासमेट भी हमारी तरह आपस में बहस करने में लगे थे | हम लोग देश के भ्रष्ट नेताओं के बारे में बाते कर रहे थे | एक घंटे तक हमारी वही पुरानी-धुरानी, देश दुनिया की बाते होती रही | एक घंटे में सारी कोल्ड ड्रिंक और जो उसके साथ खाने के लिए लाया गया था, सब खत्म हो गया | अत्सर ने कहा- (गहरी साँस लेते हुए) चलो भाई सभा समाप्त हुई | बाकी सब ने कहा- चलो चलते हैं, फिर से अपने-अपने ठिकाने पर....... | सब वहाँ से चले गए | यह दो सालो में पहली बार अत्सर के दोस्त उसके फ्लैट पर आयह थे |

अब सिर्फ मैं और अत्सर वहाँ पर बचे हुए थे | अत्सर ने आज मुझे वहीं पर रुकने के लिए कहा | वैसे भी दूसरे दिन मेरा कालेज बंद था | मैं उस दिन अत्सर के पास ही रुक गया |

वैसे तो मैंने पहले से ही अत्सर को सब कुछ बता दिया था | लेकिन फिर भी अत्सर ने फिर से सारी बात को विस्तार से बताने के लिए कहा | मैंने सारी बात उसे विस्तार से समझाया, जो भी अर्पिता और रिया ने कहा था | वैसे तो उन बातों में समझने-समझाने के लिए कुछ था नहीं... | सारी बात जानने के बाद अत्सर ने थोडा सा दुःख प्रकट किया | फिर बोला कोई नहीं- कुछ पाने के लिए, कुछ खोना पड़ता है | इतना बोलकर, उसने अपनी बात को वहीं पर रोक दिया और अंत में यह जरूर बोल गया की अब जब भी इलाहाबाद जाऊंगा, उन सब से मिलने जरूर जाऊँगा | अब आज की रात तो मैंने अत्सर के फ्लैट पर ही काट दिया | अत्सर, 'एक रूम सेट फ्लैट'

में अकेले रहता था | उसे अकेले रहना, अच्छा भी लगता था | शुरू-शुरू में कुछ लडके उसके साथ रहने के लिए आयह थे, या फिर यह समझ लो की अत्सर के साथ मिलकर कुछ लड़कों ने बड़ा सा फ्लैट लिया था | लेकिन उनकी गंदी हरकतों से तंग आकर, अत्सर ने उनका साथ छोड़ दिया था | वह कहता था की तुम किसी के साथ नाखुश होकर रहो, इससे अच्छा है की तुम अकेले ही रह लो | मैं यह मानता हूँ की अकेले रहना थोडा सा बोरिंग होता है | लेकिन अगर दूसरी तरफ से देखा जायह तो अकेले रहने का फायदा भी है | ना तो किसी से झगडा और ना ही किसी तरह के कोई गिले शिकवे | अत्सर नहीं चाहता था की उसकी किसी से किसी बात को लेकर अनबन हो | इसीलिए अत्सर बात को बिगड़ने से पहले ही उन लोगों के पास से हट गया था | उसने अपनी तरफ से कभी किसी को दोस्त नहीं कहा | उसका कहना था की अगर हम किसी से रिश्ते निभा नहीं सकते तो फिर उनसे रिश्ते जोड़ने का भी कोई फायदा नहीं है | इंसानियत से सबसे मिलो और प्रेम-भाव से अपनी जिंदगी का निर्वाह करो | अपना जीवन भले ही थोडा सा उबाऊ हो जाए, लेकिन कभी किसी से दुश्मनी ना करो | अभी तक उसने केवल रिया को यह कहकर बुलाया था की वह मेरी सबसे अच्छी दोस्त है | पहली बार उसने स्वास्ती के लिए दोस्ती का हाथ बढाया था | लेकिन ईश्वर को उसकी दोस्ती मंजूर नहीं थी | ईश्वर नहीं चाहता था की अत्सर और स्वास्ती का मिलना हो | वह रिया को बेस्ट फ्रेंड और स्वास्ती को फ्रेंड बनाना चाहता था | रिया तो उसकी बेस्ट फ्रेंड बन गई थी | लेकिन स्वास्ती को उसकी दोस्ती का प्रस्ताव पसंद नहीं आया था | वह स्वास्ती को फ्रेंड इसलिए बनाना चाहता था क्योंकि उसका मानना था की आज के ज़माने में हम दोस्ती को तोड़ कर आगे बढ़ सकते हैं, लेकिन सबसे अच्छी दोस्ती को नहीं तोड़ सकते हैं | उसका मानना था की बेस्ट फ्रेंड, केवल बेस्ट फ्रेंड ही होता है | उसकी नजर में केवल रिया ही उसकी बेस्ट फ्रेंड थी | वह हमारा भी जब किसी से परिचय करता था तो वह यही कहता था की यह दोनों मेरे भाई हैं |

खैर यह सब तो अपनी-अपनी सोच है | हर कोई अपनी तरफ से, हर चीज की परिभाषा अलग ही देता है | हमें जिसके बारे में जो सही लगता है, हम उसी तरह से

उसकी परिभाषा बना लेते हैं | सब का अपना-अपना मत होता है और यह बात अत्सर ही बोलता था | उसके हिसाब से अगर देखें तो प्यार, दोस्ती जैसे जो भी शब्द हैं, सब की परिभाषा अलग ही है | उसका कहना था की फ्रेंड, गर्लफ्रेंड और बॉयफ्रेंड, यह तीनों एक ही शब्द के तीन रूप हैं | यह तीनों शब्द तो अलग-अलग हैं, लेकिन इनका मतलब एक ही है | उसका मानना था की लिंग के अनुसार इनका स्थान बदल जाता है | उसका कहना था की समान लिंग के लिए फ्रेंड | और विपरीत लिंग के लिए दो भाग हो जाते हैं | पहला यह की एक पुरुष एक महिला के लिए गर्लफ्रेंड शब्द का उपयोग करेगा और दूसरा यह की एक महिला एक पुरुष के लिए बॉयफ्रेंड शब्द का उपयोग करेगी | लेकिन हमारे समाज में ऐसा नहीं है | और तो और कुछ इंग्लिश डिक्शनरी में गर्लफ्रेंड और बॉयफ्रेंड दोनों शब्दों को बहुत ही अलग तरीके से परिभाषित किया गया है | इनमें कहा गया है की अगर एक लड़का और एक लड़की एक दूसरे की ओर कामुक भाव से आकर्षित हैं तो वहाँ पर गर्लफ्रेंड और बॉयफ्रेंड शब्द का उपयोग होगा |

उसका कहना है की यह तीनों बहुत ही खूबसूरत शब्द हैं | जो लोग इन्हें गंदे तरीके से यूज़ करते हैं, वह बहुत ही बड़े हव्सी होते हैं | वहीं दूसरी तरफ, "सबसे अच्छी दोस्ती" भी है, जो अमर है | कोई भी इंसान किसी का सबसे अच्छा दोस्त बन सकता है | अब आगे चलते हैं तो, उसकी डिक्शनरी में दो शब्द और आते हैं और वह हैं, क्रमशः प्री-हस्बैंड और प्री-वाइफ | उसके हिसाब से इन दोनों शब्दों और 'हस्बैंड व वाइफ' दोनों शब्दों के बीच केवल शादी शब्द का फर्क है | अब आगे मुझे नहीं लगता की मुझे कुछ बताने की जरूरत है | उसके हिसाब से अंकुर और अर्पिता दोस्ती के अंतिम छोर पर थे |

दूसरे दिन सुबह होते ही, मैं हास्टल वापस चला आया | अब एक हफ्ते के लिए फिर से मेरी लाइफ, उसी तरह की हो गई | वही सुबह-सुबह उठकर तैयार होना और फिर कालेज जाना | अब जो भी था, यह सब तो करना ही पड़ता है | हमारी कालेज लाइफ ऐसे ही चलती रही | ऐसा सुनने में आया है की कालेज लाइफ बहुत अच्छी होती है | कालेज लाइफ में लोग फ्रेंड्स के साथ मस्ती करते हैं | घूमने जाते हैं | पार्टी

करते हैं | सब साथ मिलकर एक दूसरे का बर्थडे सेलिब्रेट करते हैं | लेकिन हम तीनों की लाइफ में ऐसा कुछ नहीं था | चलो अगर मैं अपनी और अंकुर की बात करूँ तो हमारी लाइफ तो कुछ ठीक भी थी | मैं तो अपने क्लासमेट्स के साथ दिल्ली में ही, कहीं ना कहीं घूमने के निकल लेता था | कालेज में पहुंचकर छात्र ढेर सारे अच्छे-बुरे काम करते हैं | अब रही बात, अंकुर की तो, अंकुर भी अपनी कालेज लाइफ को अच्छे से इंज्वाय कर रहा था | वह भी अपने सहपाठियों के साथ कहीं ना कहीं घूमने के लिए निकल लेता था | भले ही वह इलाहाबाद में था, लेकिन वह मस्त रहता था | वह भी अपनी कालेज लाइफ को मजे से काट रहा था | ऐसा नहीं की अत्सर को कोई समस्या थी | वह भी कभी-कभी किसी ना किसी के साथ घूमने के लिए निकल लेता था | लेकिन वह बहुत कम ही घूमने के लिए जाता था |

चलो यह सब तो ठीक था | उसने कुछ शब्दों की परिभाषा को बदला, यह तो ठीक था | उसने आज की शिक्षा व्यवस्था को भी नहीं छोड़ा | उसमें भी उसने काफी फेर-बदल किया | उसके हिसाब से आज की पूरी शिक्षा व्यवस्था ही अस्त-व्यस्त है | उसका कहना था की एंट्रेंस एग्जाम की व्यवस्था को बंद कर देना चाहिए और उसका यह कहना सही भी था | आज की इस शिक्षा व्यवस्था की वजह से हर साल कितने छात्र आत्महत्या कर लेते हैं | उसका कहना था की किसी भी शिक्षा-क्षेत्र में प्रवेश लेने के लिए एंट्रेंस टेस्ट ना लिया जायह | इसके बजाय जो जिस क्षेत्र में जाना चाहता है, उसे उसके लिए तैयार किया जायह | वैसे भी कोई पेट से तो कोई चीज सीखकर नहीं आता है | अब अगर हमें इंजीनियर बनना है तो हमें पहले टेस्ट देना होता है, फिर उसके बाद हमें कालेज मिलता है, तब जाकर लास्ट में हम कालेज में पहुँचते हैं | छात्र की आधी ऊर्जा तो एंट्रेंस टेस्ट की तैयारी करने में ही चली जाती है | कालेज में पहुंचते-पहुंचते छात्र की तो माँ-बहन एक हो जाती है |

अरे! तुमने तो उसे कालेज में पहुँचने से पहले ही निचोड़ लिया | अब कौन समझाए इन्हें की फल को निचोड़ने के बाद, उसमें से रस नहीं निकलता | जिस तरह से इंसान के लिए ऊर्जा की जरूरत होती है | उसी तरह से टेक्नोलॉजी के लिए एक अच्छे

दिमाग की जरूरत है | अब जब फल से रस पहले ही निकाल लिया गया तो अब दोबारा उसमें रस कहाँ से आएगा | छात्र थका-हारा कालेज में पहुंचता है, फिर उसे ट्रेंड करना शुरू करते हैं | अब जो एंट्रेंस एग्जाम में अच्छे नंबर लायहगा उसे अच्छे कालेज में दाखिला मिलेगा | अरे ऐसा क्यों नहीं करते की जो जिसमें दाखिला लेना चाहता है, उसे उसमें दाखिला दे दिया जायह | हाँ अगर भीड़ की समस्या है, तो कोई नहीं इसका भी उपाय है | समय तो अपने हिसाब से चलता रहता है | इसलिए जो पहले आया, उसे पहले दाखिला दे दो | जो देर से आया उसे जाने दो | अब समय तो किसी का इंतज़ार करता नहीं, यह तो सब को पता है | अब इन्हीं एंट्रेंस एग्जाम की वजह से माता-पिता भी अपने बच्चों को फोर्स करते रहते हैं | ऐसी दशा में छात्र पढाई तो करता है, लेकिन बे-मन से...... | और पूरी दुनिया को पता है कि बिना मन से किया गया काम कभी सफल नहीं होता है | अच्छा परिणाम ना आने की वजह से, छात्र कोई गलत कदम उठा लेता है | खैर हमारे बहस करने से क्या होता है | यह तो तभी सच होगा जब सब की सोच बदलेगी | नहीं तो फिर वही पुरानी कहावत- "राम भरोसे हिंदुस्तान |" सबसे बड़ी समस्या तो यहाँ की जनसंख्या है | यहाँ की जनसंख्या तो ऐसे बढ़ रही है, जैसे मार्केट में नई-नई कंपनियाँ अपने नए-नए प्रोडक्ट लांच कर रही हों | हम लोग जनसंख्या के मामले में दिन दोगुना और रात चौगुना तरक्की कर रहे हैं | अगर देखा जाए तो जनसंख्या वृद्धि के मामले में इंसान और काकरोच में कोई फर्क नहीं है | चलो ठीक है, यह सब तो देश दुनिया में चलता रहता है |

इतना सब तो ठीक था | अब तक तो जिंदगी ऐसे ही चलती रही | अब आगे की लाइफ मुझे लगता है की कुछ ज्यादा ही जटिल बन गई थी |

सोमवार का दिन था | मैं क्लास में पढाई कर रहा था | तभी मेरे पैर के ऊपरी हिस्से में थोड़ी सी गुदगुदी हुई | यह मेरे सेल फ़ोन की हरकत थी | टीचर के क्लास में उपस्थित होने की वजह से, मैंने कॉल को रिसीव नहीं किया | लगभग दो मिनट तक मेरा सेल फ़ोन मेरे जेब में बैठ कर मेरे साथ शरारत करता रहा और फिर अंत में हार कर बंद हो गया | मेरा सेल फ़ोन वाइब्रेशन मोड में था | क्लास पूरी होने के बाद, मुझे कॉल

बैक करने का ध्यान ही नहीं रहा | क्लास से बहार आने के बाद, मैं अपने क्लास के छात्रों के साथ मस्ती करने में जुट गया | सारी क्लास ख़त्म होने के बाद, जब मैं हास्टल में पहुंचा, तब मेरे पार्टनर ने मेरे पेट में मजे-मजे में गुदगुदी किया | तब मुझे याद आया की क्लास में किसी का फ़ोन आया था | तब मैंने अपना फ़ोन चेक किया | यह कॉल, प्रिया ने किया था | मैंने उसे कॉल बैक किया लेकिन उसका फ़ोन पहुँच के बाहर बता रहा था | इसलिए मैंने फ़ोन को साइड में रखे टेबल पर रख दिया | थोड़ी देर बाद फिर से प्रिया ने कॉल किया | मैंने कॉल रिसीव किया | प्रिया ने थोड़ी सी लड़खड़ाई आवाज में कहा की अरे तर्पण घर आ जाओ | मैंने पूछा- क्यों? उसने कहा- अरे बस ऐसे ही थोडा सा घूम लेना | मुझे लगा की वह बस ऐसे ही मजाक कर रही थी | इसलिए मैंने कहा- अभी नहीं आ पाऊंगा | मैंने थोडा सा गुस्से में कहा- वैसे भी मेरे पास और भी काम हैं | तुम्हें तो सिर्फ एक ही काम सूझता है | थोडा सा, अपने आपको नियंत्रित करना सीखो | तब उसने कहा- अरे, अरे क्या बोले जा रहे हो? पहले पूरी बात तो जान-समझ लेते | मुझे लगता है, तुम्हें सब कुछ सच-सच बताना ही पड़ेगा | उसने कहा- पहले तुम यह बताओ की इस समय खड़े हो या फिर बैठे हो? मैंने कहा- मैं इस समय खिड़की के पास में खड़ा हूँ | फिर उसने कहा- सबसे पहले तुम एक काम करो, तुम एक कुर्सी पर बैठ जाओ | तब मैं तुम्हें आगे बताती हूँ | मैंने कहा- ठीक है, ठीक है, लो मैं बैठ गया, चलो अब बताओ | उसने कहा की दरअसल मेरी शादी की तारीख तयं हो गई है |

इतना सुनकर, तो मेरे होस ही उड़ गए | मैंने प्रिया से कहा- यार! यह सब क्या है? यार! इतनी जल्दी क्या है? मैंने उससे कहा- अच्छा एक काम करो, तुम फ़ोन रखो, मैं तुम्हारे पापा से बात करता हूँ | तब उसने कहा- कोई फायदा नहीं, वहाँ से कुछ नहीं होगा | अगर चाहते हो की मेरी शादी कहीं और ना हो तो आ जाओ, यहाँ पर........ | मैंने उससे पूछा- यार! यह अचानक क्या हो गया? तुम्हारे पापा ने तो खुद हमें तीन साल का समय दिया था | फिर, यह अचानक उन्हें क्या हो गया? उसने कहा- मुझे कुछ नहीं पता? अगर तुम चाहते हो की ऐसा ना हो तो फिर कुछ दिनों ले लिए वापस आ

जाओ, इलाहाबाद........ | मैंने उससे कहा- ठीक है, मैं आता हूँ | उसने कहा- ठीक है, आ जाओ, लेकिन आराम से आना | ज्यादा परेशान होने की जरूरत नहीं है | उसने थोडा सा रुकते हुए कहा- अगर वह लोग नहीं मानेंगे तो हम लोग भागकर शादी कर लेंगे | तुम परेशान ना हो, मेरी अगर शादी होगी तो सिर्फ तुम्ही से, इस जन्म में तो क्या किसी जन्म में भी हमें कोई एक-दूसरे से अलग नहीं कर पायहगा | तुम बस एक काम करना, अत्सर को जरूर अपने साथ लेकर आना | मैंने कहा- अरे हाँ! बिल्कुल उसे तो लाना ही पड़ेगा | वही तो है, जो हमारी समस्या का समाधान निकाल सकता है | मैंने उससे कहा- ठीक है मैं अब फ़ोन रखता हूँ और मैंने फ़ोन रख दिया | फिर मैंने अत्सर को फ़ोन लगाया | मैंने अत्सर से सारी बात बताया | सारी बात जानने के बाद उसने कहा- चलो ठीक है, एक काम करो | चलो आज ही हम लोग इलाहाबाद के लिए निकलते हैं |

दूसरे दिन सुबह हम लोग इलाहाबाद पहुँच गए | इलाहाबाद पहुंचकर, अत्सर ने मेरे से, पहले मेरे घर चलने के लिए कहा | उसका कहना था की पहले मेरे पापा के पास चलकर, उनसे सारी बात को समझते हैं, फिर प्रिया के पापा के पास जायेंगे | मैंने भी हाँ कर दिया | हम दोनों, बिना किसी की जानकारी के मेरे गांव पहुँच गए | पहले तो अचानक हमें घर पर देखकर सब लोग हैरान हो गए | लेकिन फिर बहुत जल्द सब खुश भी हो गए | सब ने हमारे अचानक घर पहुँचने का कारण पूछा | मैंने कहा- अरे बस ऐसे ही कालेज की छुट्टी हो गई ना, इसलिए हम लोग घूमने के लिए आ गए | वैसे भी घर आए काफी दिन हो गए थे | मम्मी ने कहा- अरे ठीक है , बहुत अच्छा किया, जो तुम लोग आ गए | उस समय मैंने मम्मी-पापा से झूठ इसलिए कहा- क्योंकि वहाँ पर कुछ गांव के लोग भी उपस्थित थे | लेकिन जो भी हो, मुझे ऐसा लग रहा था की जैसे हमें उल्लू बनाया गया था | कोई ना कोई बात जरूर थी, जिसे प्रिया ने हम लोगों से छिपाया था | क्योंकि अगर प्रिया की शादी की बात होती तो घर वालों के हाव-भाव से कुछ तो पता चलता | लेकिन सब पहले की तरह नार्मल ही था | ऐसा लग रहा था, जैसे की इन्हें कुछ पता ही ना हो |

गाँव के लोगों के चले जाने के बाद, मैंने पापा से सारी बात बताया | लेकिन पापा ने पूरी बात को गलत ठहराया | उन्होंने ने कहा की ऐसी कोई बात नहीं है | अगर ऐसी बात होती भी तो एक बार प्रिया के पापा मेरे से जरूर इस बारे में बात करते | फिर उन्होंने कहा- इस तरह की कोई बात तो नहीं है, हाँ दो दिन पहले प्रिया के पापा मेरे से मिले थे और उन्होंने इतना बताया था की रिया की तबीयत थोड़ी खराब चल रही है | लेकिन उन्होंने शादी से सम्बंधित किसी बात का कोई जिक्र नहीं किया था | तब मैंने पापा से कहा- हो सकता हो प्रिया ने मेरे से मजाक किया होगा | तब जाकर मेरे दिमाग में आया की आखिरकार प्रिया बार-बार यह क्यों कह रही थी की अत्सर को जरूर अपने साथ लेकर आना | जब हम दोनों ट्रेन में बैठ गए थे, तब उसने फिर से मुझे फ़ोन किया था और पूछा था की अत्सर भी मेरे साथ है या नहीं? तभी... मैं सोच रहा था की वह बार-बार अत्सर का जिक्र क्यों कर रही थी |

दरअसल, यह बात अत्सर से जुडी हुई थी | यह बात तो मुझे समझ में आ गई थी | लेकिन असल बात का पता अभी भी नहीं चल पाया था | इतना सब जानने के बाद हम दोनों, प्रिया के घर पहुँच गए | वहाँ जाकर देखा तो घर पर केवल अर्पिता और उसके पापा थे | उसकी मम्मी, प्रिया और रिया तीनों लोग वहाँ पर नहीं थे | हमें अचानक वहाँ देखते ही प्रिया के पापा ने हमारे वहाँ पहुँचने का कारण पूछा | अब मैं प्रिया की बात तो बता नहीं सकता था | इसलिए मैंने वही बात यहाँ भी चिपका दिया, जो हमने घर पर पहुंचते ही बताया था | पूरी बात सुनकर प्रिया के पापा ने कहा- चलो अच्छी बात है, तुम लोग आ गए | अत्सर ने उनसे पूछा- बाकी सब कहाँ गए हैं? उन्होंने कहा की वह लोग हस्पताल में हैं, तुम लोग बैठो अभी थोड़ी देर में सब आ जायेंगे | अत्सर ने फिर से पूछा- वहाँ पर क्या कर रहे हैं? उन्होंने कहा- अरे! वह रिया की थोड़ी सी तबीयत खराब थी | इतना सब कुछ कहने के बाद उन्होंने हमें वहाँ बैठने के लिए कहा और खुद अपने काम पर वापस चले गए | वह लंच करने के लिए आए हुए थे | थोड़ी देर बाद वह सब भी वापस घर आ गए | मैंने प्रिया की ओर गुस्से से देखा | प्रिया

मुस्कुराते हुए वहाँ से चली गई | हम लोग रिया के पास बैठे थे | रिया हस्पताल से आते ही, तखत पर लेट गई |

वह काफी पतली भी हो गई थी | ऐसा लग रहा था, जैसे वह कई दिनों से बीमार हो और ऐसा ही था | उसे एक हफ्ते से बुखार था | अत्सर ने उससे कहा- तुम इतने दिनों से परेशान थी और मुझे एक बार भी बताना अच्छा नहीं समझा | रिया ने कहा- अरे! तुम लोग अपनी पढाई में व्यस्त थे, इसलिए मैंने कुछ नहीं बताया | वैसे भी तुम अपने प्यार को लेकर इतने दिन से परेशान हो, मैं तुम्हें और परेशान नहीं करना चाहती थी | तब अत्सर ने कहा- यार कौन सा प्यार, मेरा उससे कोई लेना देना नहीं है | वैसे भी इसमें परेशान होने वाली क्या बात है | सब की अपनी-अपनी लाइफ है | मैं किसी को लेकर परेशान नहीं हूँ | इतना सुनकर रिया बोली (मुस्कुराते हुए)- अच्छी बात है, परेशान भी नहीं होना चाहिए | इसीलिए तो मैं कहती हूँ की तुम मेरे सबसे अच्छे दोस्त हो | फिर उसने कहा- क्या हुआ? आज तुम लोग अचानक यहाँ कैसे आ गए | तब अत्सर ने पूरी बात उसे बताया, जो भी प्रिया ने मेरे से कहा था | सब कुछ सुनने के बाद- रिया और अर्पिता दोनों जोर-जोर से हँसने लगे | प्रिया भी बगल में खड़ी थी | वह भी धीरे-धीरे मुसकुरा रही थी | दरअसल, प्रिया ने हमें अप्रैल फूल बनाया था |

रिया ने जब हम दोनों को वहाँ देखा तो वह खुश हो गई | हम लोग आपस में बैठकर बाते कर रहे थे | थोड़ी देर बाद अंकुर भी वहाँ पर आ गया | प्रिया की मम्मी जी थोड़ी देर के लिए बाहर गई हुई थी | वह हस्पताल से आते समय ही, किसी से मिलने चली गई थी | थोड़ी देर बाद वह भी आ गई | उन्होंने आते ही हम लोगों से हाल-चाल पूछा | उन्होंने आते ही सबसे पहले अत्सर को सीने से लगाया और कहा- कहाँ खो गया था? तुझे हमारी याद भी नहीं आती थी | अत्सर ने कहा- अरे! नहीं मम्मी जी बस ऐसे ही... अपने काम में व्यस्त था | उन्होंने कहा- चलो कोई नहीं, तुम लोग आराम से बैठकर बाते करो | मैं तुम लोगों के लिए, कुछ खाने के लिए बनाकर लाती हूँ | वह वहाँ से चली गईं | हम लोग अपना बाते करने में लगे थे | थोड़ी देर बाद उन्होंने हमारे सामने कुछ पकौड़े और चाय पेश किया | पकौड़ों और हमारे मुंह के बीच आधे

घंटे तक युद्ध चला | चाय ने तो पंद्रह मिनट में ही हार मान ली | उसके पंद्रह मिनट बाद पकौड़ों ने भी हार मान ली और अंत में जीत हमारे मुंह की ही हुई | इसके साथ ही साथ हमारी बातें भी ख़त्म हो गई | अंकुर ने कहा- यार! मैं चलता हूँ | थोड़ी देर बाद मेरी क्लास है | बीच में एक घंटे का गैप था, इसलिए मैं तुम लोगों से मिलने के लिए आ गया था | अत्सर ने कहा- हाँ! जाओ तुम, अपनी क्लास पूरी करो | वह वहाँ से चला गया | हम लोग अपनी बाते करने में लगे रहे | वैसे भी, मेरा तो ठीक था | मैं जब भी इलाहाबाद जाता, उन लोगों से जरूर मिलाता था | अत्सर बहुत दिन बाद उन सबसे मिला था | इसलिए वह लोग आपस में बाते करने में लगे थे | मैं भी उन्हीं में बीच-बीच में कुछ ना कुछ बोल देता था | हमें गप्पें लड़ाने में तीन घंटे बीत गए | अत्सर ने कहा- चलो ठीक है, अब बहुत हो गई बाते, अब चलते हैं, घर (गाँव)... |

जाते समय अत्सर ने रिया से कहा- ठीक से ध्यान रखना अपना | रिया ने कहा- बिल्कुल, तुम बेफिक्र होकर जाओ | बस तुम अपना खयाल रखना | वहाँ से मैं अपने गाँव चला गया और अत्सर भी अपने गाँव चला गया |

दूसरे दिन दोपहर को अत्सर ने मुझे कॉल किया | अत्सर ने कहा- यार चलो, देखते हैं की रिया की अब कैसी हालत है | मैंने कहा ठीक है | मेरे और अत्सर के गाँव के बीच की दूरी बीस किलोमीटर है | मैं एक घंटे बाद अत्सर के घर पहुँच गया | फिर वहाँ से हम लोग इलाहाबाद के लिए रवाना हुए |

दो घंटे बाद हम लोग प्रिया के घर पहुँच गए | वहाँ पहुंचकर हमने रिया से उसकी हालत के बारे में पूछा | उसने सब कुछ ठीक बताया | उसने कहा की अब उसकी तबीयत कुछ सुधर रही है | पूरे दिन हम लोग रिया के पास ही बैठकर, उससे बाते करते रहे | यह दिन तो ऐसे ही बीत गया | दूसरे दिन हम लोग, वापस दिल्ली पहुँच गए |

अध्याय २३

जाति, धर्म और शादी

इधर यह सब हुआ और दूसरी तरफ अंकुर और अर्पिता की लाइफ भी कुछ खास नहीं चल रही थी | रिया वाली घटना के बाद, प्रिया के मम्मी-पापा ने अर्पिता की शादी, कहीं दूसरी जगह तयं कर दिया था | वह भी अर्पिता की मर्जी के बिना ही | इस बात का पता जब अंकुर को चला तब वह परेशान हुआ | लेकिन उसने, जो कुछ भी हुआ, उसकी थोड़ी सी भनक भी हमें नहीं लगने दिया | वह चुप-चाप अकेले ही अपनी सारी समस्या को हल करने में लगा रहा | इस बात की खबर मुझे तब हुई जब प्रिया ने मेरे से फ़ोन पर इस बारे में बात किया | वह भी तब जब अर्पिता की शादी फाइनल होने वाली थी |

सारी बात जानने के बाद, मैंने पूरी बात अत्सर को बताया | अर्पिता के पापा को, अर्पिता और अंकुर के बारे में कुछ नहीं पता था | इसीलिए उन्होंने बिना उन्हें बताए, यह फैसला लिया था | जब तक उन्हें पता चलता, तब तक उन्होंने लडके के माँ-बाप से बात भी कर लिया था | इसलिए थोडा कठिन था, इस समस्या को हल करना | खैर यह सब तो ठीक था | प्रिया के मम्मी-पापा तो अर्पिता और अंकुर की शादी के लिए राजी हो जाते, लेकिन अगर बात थी तो अंकुर के पापा के ना मानने की....... | वह थोडा जाति-धर्म देखने वालों में से थे | अर्पिता का सर नाम था "तिवारी" और अंकुर का सर नाम था "सिंह" | वैसे तो अर्पिता के पिता को इससे कोई प्रॉब्लम नहीं थी | वह

तो चाहते थे की अर्पिता और अंकुर की शादी हो | लेकिन उनकी तरफ से एक छोटी सी प्रॉब्लम थी | वह चाहते थे की अंकुर जब तक जॉब ना करने लगे, तब तक वह ऐसा नहीं चाहते थे | वैसे भी जहाँ तक मेरा मानना है, हर लड़की के माँ-बाप यही चाहते हैं | अरे लड़की के माँ-बाप क्या? यही समस्या लडके के माँ-बाप के साथ भी होती है | हर माँ-बाप अपने बच्चों को खुश देखना चाहते हैं | हालाँकि, भले ही अंकुर जॉब नहीं करता था, अर्पिता तो जॉब करती थी | अब भले ही वह एक कोचिंग इंस्टिट्यूट में टीचर थी | अर्पिता को पढ़ाने का बहुत शौक था | इसलियह वह पास के ही एक कोचिंग में बारहवीं कक्षा तक के छात्रों को पढ़ाती थी | अभी उसका भी ग्रेजुएशन पूरा नहीं हुआ था | सब को उस पर भरोसा था की वह फ्यूचर में अपने मेहनत से एक गवर्नमेंट टीचर जरूर बनेगी | भरोसा तो अंकुर पर भी, सब को था | लेकिन फिर भी जिंदगी का क्या ठिकाना था | इसलिए अर्पिता के मम्मी-पापा को थोड़ी चिंता थी | अर्पिता, रिया से एक साल छोटी थी और प्रिया से दो साल बड़ी थी | प्रिया की शादी तो समझो मेरे साथ फिक्स हो गई थी | अब केवल अर्पिता ही बची थी | रिया की शादी तो उन्होंने पहले ही तयं कर दिया था | रिया भी एक गवर्नमेंट स्कूल में टीचर बन गई थी | अत्सर और रिया ने तो पहले ही अपनी लाइफ का फैसला कर लिया था | वह दोनों बेस्ट फ्रेंड्स थे और हमेशा वही बने रहना चाहते थे | वह दोनों हमेशा यही कहते आयह की पहले तो आप किसी से कोई रिश्ता ना जोड़ो और अगर जोड़ते भी हो तो कभी उसे तोड़ो नहीं | और अत्सर के हिसाब से तो बेस्ट फ्रेंड की कीमत बहुत ज्यादा थी | इस दुनिया में दोस्त बहुत मिल जाते हैं, लेकिन एक अच्छा दोस्त मिलना बहुत ही मुश्किल है | सबसे अच्छा दोस्त बहुत ही मुश्किल से और बहुत ही किस्मत वालो को मिलता है, खासकर जब विपरीत लिंग का मामला हो..... | अत्सर और रिया की दोस्ती का कोई जवाब नहीं था | उनकी दोस्ती का किसी से तुलना नहीं किया जा सकता है |

वैसे भी अत्सर और रिया के उम्र में दो साल का फर्क था | अत्सर, रिया से दो साल छोटा था | लेकिन बात उम्र की नहीं थी, बात थी तो उनके जिद की........ | वैसे

भी जब कम उम्र की लड़की और ज्यादा उम्र के लडके का मिलन हो सकता है, तो फिर इसके विपरीत क्यों नहीं? प्रिया के पापा भी चाहते थे की अत्सर और रिया की शादी हो........ | इसके बारे में तो उन्होंने एक बार अत्सर के पापा से बात भी किया था | लेकिन अत्सर और रिया ने साफ-साफ मना कर दिया था | यह तो उन दोनों की मर्जी थी |

यह सब तो उनकी मर्जी थी, इसमें हम कर भी क्या सकते थे? और यह बात मैं पहले भी कह चूका हूँ | अब ज्यादा उसी बात को बार-बार दुहराना अच्छी बात नहीं है | अपनी बातों से, किसी को पकाने का हमें कोई हक़ नहीं है |

चलिए वापस आते हैं, अंकुर की शादी की कहानी पर....... | देखते हैं की अंकुर की लाइफ ने उसके साथ क्या-क्या गुल खिलाया | अंकुर के पापा तो जाति धर्म की बातों को लेकर ही अड़े हुए थे | अर्पिता के मम्मी-पापा को तो अत्सर ने मना लिया था | अब बात थी तो अंकुर के पापा को मनाने की....... | जो सदियों से चली आ रही जाति प्रथा को लेकर अड़े हुए थे | यह बहुत बड़ी समस्या थी | क्योंकि सब को समझाया जा सकता था, लेकिन अंकुर के पापा को तो समझाना खुद भगवान ब्रह्मा के बस में भी नहीं था | खैर इसमें, वह भी क्या कर सकते थे | वह तो बस अपना फर्ज निभा रहे थे | वह भी अपनी जगह ठीक थे | वह नहीं चाहते थे की समाज के लोग उनके बारे में चार बेतुकी बाते करें | वह भी अपनी इज्जत को बचाने में लगे हुए थे | लेकिन मैं कहता हूँ, अरे इतना डरने की क्या जरूरत है? और वह भी उन लोगों से, जो कब किसके बारे में, क्या बोल देंगे कुछ पता नहीं | समाज में कई ऐसे लोग होते हैं, जिनके पास कोई काम नहीं होता तो वह हमेशा दूसरों की कमियाँ ढूंढने में लगे रहते हैं | उन्हें दूसरों की खिल्लियाँ उड़ने में बहुत मजा आता है | ऐसे ही लोगों की वजह से कभी-कभी एक गुनहगार बचकर निकल जाता है | ऐसा मैं इसलिए कह रहा हूँ, क्योंकि ऐसी एक घटना घटित हो चुकी है |

दरअसल, यह एक लड़की की कहानी है | जो इलाहाबाद के "सत्यार्थ क्लासेज" नामक कोचिंग संस्थान में, सिविल सर्विसेज के लिए एंट्रेंस एग्जाम की तैयारी कर रही

थी | जिस कोचिंग में लड़की तैयारी कर रही थी, उसी कोचिंग में एक लड़का था | जो अपने दो नम्बरी बाप के ब्लैक मनी पर जी रहा था | उसके बाप ने उसे एक महंगी सी बाइक दे रखा था | लड़की उसके हाव-भाव में फंस गई और उसके साथ बाइक पर घूमने लगी | कोचिंग से छूटने के बाद, वह रोज उसके साथ बाइक पर घूमने निकल लेती थी | एक दिन लडके ने लड़की को अपने झांसे में लिया | उसने लड़की से कहा की आज उसका बर्थडे है | उसने अपने बर्थडे को अच्छा बनाने के लिए एक पार्टी रखा है | उसने उससे कहा की उसकी पार्टी में उसके दोस्त भी उसके साथ हैं | उसने लड़की को भी वहाँ आने के लिए आमंत्रित किया | लड़की ने उसकी बात मान ली और उसके साथ जाने के लिए तैयार हो गई | लड़के ने लड़की को अपने किसी दोस्त के घर पर ले गया | उस समय वहाँ पर, उसके दोस्त और उन लोगों के अतिरिक्त और कोई नहीं था | उसने अपना झूठा बर्थडे मनाने के लिए, सारे इंतजाम कर लिए थे | उन लोगों ने अपनी झूठी बर्थडे पार्टी को इंज्वाय किया | इतना सब देख लड़की भी समझ नहीं पाई | आखिरकार वह उसके झाँसे में आ ही गई | लडके के बाकी दोस्त, उन दोनों को वहीं पर अकेला छोड़कर, वहाँ से चले गए | बेवकूफ लड़की को कुछ समझ में नहीं आया और लडके के झांसे में इस तरह फँस गई की उसने उस लडके को अपना सब कुछ लुटा दिया | इसी बीच लडके ने लड़की का किसी तरह से वीडियो बना लिया और यह सब करने में, लड़के के दोस्तों ने भी उसका साथ दिया | यह सब उनकी पहले से ही प्लानिंग थी | बाद में, लडके ने अपने दोस्तों के साथ मिलकर लड़की को ब्लैक-मेल करना शुरू किया | उसने कहा की अगर वह उसके और उसके दोस्तों के करीब नहीं आएगी तो वह उस वीडियो को इन्टरनेट पर अपलोड कर देगा | लड़की ने उनकी धमकी से डरकर, जैसा उन लोगों ने कहा वैसा किया | इसी तरह से उन लोगों ने कई बार उसे ब्लैकमेल किया |

बाद में, लड़की ने उन सब से परेशान होकर पुलिस का सहारा लिया | लेकिन "अब पछताए होत क्या? जब चिड़िया चुग गई खेत |" बाद में, यह सारी बात लड़की

के परिजनों को पता चली | लड़की के परिजनों ने लोक-लाज के डर से, मामले को वापस ले लिया | इसके बाद में, लड़की को कानपुर शहर में शिफ्ट कर दिया गया |

इस समाज में ऐसी ढेर सारी घटनाएँ आयह दिन घटित होती रहती हैं | कभी कोई लड़का किसी लड़की को धोखा देता है, तो कभी कोई लड़की किसी लड़के को धोखा दे जाती है | कहते हैं की जहाँ अच्छाई है, वहाँ बुराई जरूर होती है | वैसे भी हैं तो दोनों एक दूसरे के सगे ही..... | हर समाज में अच्छे और बुरे दोनों तरह के लोग रहते हैं | बस हमें अपने आपको बुरी नज़रों से बचाने की जरूरत होती है |

ऐसी ही एक और घटना घटित हो चुकी है | लेकिन यह थोड़ी अलग तरह की घटना थी | यह कहानी भी इलाहाबाद की ही है | एक लड़का और एक लड़की दोनों स्कूल टाइम से ही एक-दूसरे के दोस्त थे | बाद में उनकी दोस्ती काफी आगे बढ़ गई | वह दोनों एक-दूसरे के साथ जीने-मरने की बाते करने लगे | जब तक वह दोनों स्कूल में थे, तब तक तो ठीक था | लेकिन जैसे ही दोनों स्कूल से निकल कर कालेज में पहुंचे | उनकी कहानी में एक नया मोड़ आया | दोनों को इंजीनियरिंग के लिए, अलग-अलग कालेज में दाखिला मिला | दोनों की लाइफ अब अलग सी हो गई थी | फिर भी लडके ने लड़की का साथ नहीं छोड़ा | वह अभी भी उस लड़की को उतना ही चाहता था, जितना पहले वह उसे चाहता था | लेकिन लड़की की नियत गड़बड़ हुई | उसने कालेज में जाकर एक दूसरे लडके को पकड़ लिया | चलो ठीक है, दोस्त बनाया वह तो ठीक था, लेकिन उसे शादी से पहले का पति (अत्सर के परिभाषा के हिसाब से, 'प्री-हस्बैंड') बनाने की क्या जरूरत थी? फिर भी लडके ने उसकी ख़ुशी के लिए, लड़की को तो फ्री कर दिया, लेकिन खुद को उसकी यादों से फ्री नहीं कर पाया |

लडके ने अब अवैध काम करना शुरू कर दिया | वह आयह दिन दारू भी पीता रहता था | उसने अब गलत लड़कों का भी साथ पकड़ लिया था | वह अब सट्टे बाजी में लग गया था | धीरे-धीरे लड़का इतना बुरी तरह से फँस गया की उसने थक-हार कर मौत को गले लगा लिया | कहा जाता है की एक लड़की चाहे तो एक लडके को अच्छा या बुरा बना सकती है और यह सच भी है | इसी तरह से यह बात लड़कों के लिए भी

है | कोई जरूरी नहीं है की केवल लडके की सफलता के पीछे एक लड़की का हाथ होता है | एक लड़का भी एक लड़की को सही रास्ते पर ला सकता है | बस उसके लिए, नियत अच्छी होनी चाहिए | लेकिन ऐसा करता कौन है? सब हवस के मारे हैं | सब के अंदर हवस ने इस तरह से जगह बना ली है की वह इन बुरी आदतों से उबर ही नहीं पा रहे हैं | इसलिए हमें इन छोटी-छोटी घटनाओं से सीख लेना चाहिए और अपने आपको ऐसे बुरे लोगों की संगति में आने से बचाए रखना चाहिए |

एक बात और, कभी इस बात की परवाह नहीं करना चाहिए की समाज क्या कहेगा? अगर आपके बदनाम होने से एक गुनहगार को सजा हो सकती है तो आप उस केस में पीछे ना हटें | क्योंकि अगर आप उस दिन पीछे हट जायेंगे तो वह दरिंदा तो सजा काटने से उस समय तो बच जायहगा | लेकिन आगे वह ऐसी ही हरकत दोबारा करेगा और उसी के जैसे दश दरिन्दे और पैदा हो जायेंगे | यह मैं उस लड़की के पक्ष में कह रहा हूँ, जिसे उसके प्यार ने धोखा दिया था | वैसे तो यह प्यार हो ही नहीं सकता | मेरी आप सबसे विनती है की आप किसी के लिए अपनी लाइफ तबाह ना करें | अरे जान है तो जहान है | लेकिन यह सब बाते केवल अच्छी सोच वालों के लिए है | अगर आपको कोई धोखा देता है तो ठीक है, कोई नहीं, जाने दो उसे | लेकिन आप उसके लिए अपने आप को धोखा ना दें...... | वैसे भी जिंदगी दो दीन की है | एक सुख के लिए होता है तो वहीं दूसरा दिन दुःख के लिए होता है | सुख-दुःख हमेशा साथ-साथ चलते रहते हैं |

वैसे भी, बहुत हो गई ज्ञान की बातें | करते तो, हम अपने मन की ही हैं | आइयह हम लोग फिर से अपनी पुरानी कहानी पर वापस आते हैं |

अंकुर के पापा भी उन्हीं लोगों में से थे, जो समाज के डर से अपने बेटे की ख़ुशी भी नहीं देख रहे थे | उन्हें अपने बेटे की ख़ुशी से ज्यादा समाज की चिंता थी | खैर यह सब तो हर माँ-बाप अपने बेटे के लिए करते हैं | लेकिन अब बात थी की क्या उसके दोस्त उसके इस मुश्किल समय में, उसके काम आयेंगे की नहीं...... | कहते हैं की अपनों का पता तो मुश्किल समय में चल जाता है | अब यहाँ हमारे लिए एक चुनौती

थी की हम लोग अंकुर के पापा को मना सके....... | यह सब मुझे और अत्सर को ही करना था | अब रही बात मेरी तो यह काम मेरे बस का तो नहीं था | अब जो भी था, अत्सर ही था | इस प्रॉब्लम को अत्सर ही हल कर सकता था और बात शादी की नहीं थी, उनकी शादी तो हम लोग मिलकर करा देते | करना ही क्या था? बस एक मंदिर खोजना पड़ता और मंदिर में एक पंडित और सारा काम पंद्रह मिनट में पूरा हो जाता | लेकिन हमें ऐसा नहीं करना था और ना ही अंकुर व अर्पिता ऐसा करना चाहते थे | अभी उनके पास समय था की वह अपने भविष्य के लिए कुछ कर सकें | यही वजह थी की हम लोग अंकुर के पापा को मनाने में लगे हुए थे | अब इस खेल को सही अंजाम देने के लिए हमें बहुत पापड़ बेलने थे | अंकुर की प्रॉब्लम को लेकर हम लोग चंद्रशेखर पार्क में बैठे हुए थे |

आज पहली बार हम तीनों एक साथ उदास चेहरे के साथ पार्क में बैठे हुए थे और वह भी ऐसे जैसे की हमारे ऊपर बहुत बड़ी प्रॉब्लम आ गई हो | हाँ! माना की यह प्रॉब्लम भी कुछ कम नहीं थी | लेकिन फिर भी ऐसा तो इस दुनिया में हर रोज किसी ना किसी के साथ होता ही रहता है | तीनों पार्क के बीच में बने फाउंटेन के साइड में लगी बेंच पर बैठे थे | तीनों के सर नीचे की ओर झुके हुए थे | किसी को कुछ समझ में नहीं आ रहा था की क्या करें? बीच-बीच में तीनों एक साथ सर ऊपर करते और एक दूसरे की ओर देखकर, फिर से सर झुका लेते | तभी अचानक अत्सर ने हमारी तरफ अपनी आँखों को बड़ी करते हुए देखा | ऐसा उसने पास में खड़ी दो लड़कियों की बात को सुन कर किया | अचानक उसके दिमाग में कुछ स्ट्राइक किया था |

वह लड़कियाँ आपस में बात कर रही थी- यार! तुम तो ऐसे भूल गई की कभी भूल से भी याद करना अच्छा नहीं समझा | तभी अत्सर ने हमारी तरफ देखा और कहा- अरे हाँ "याद" से मुझे कुछ याद आया |

वह लड़कियाँ पास में ही खड़ी थी और अत्सर ने अचानक बड़ी तेजी से कहा था | इसलिए उन्हें लगा की वह उन लोगों के बारे में कुछ बोल रहा था | इसलिए उनमें

से एक लड़की ने कहा- कौन हो तुम? और तुम्हें हमारे बारे में कुछ कैसे याद आ सकता है? जबकि हम लोग तो कभी मिले भी नहीं हैं |

अत्सर ने उनसे जवाब में कहा- (मजाकियह भाव में, प्यार से) तो इसमें क्या? अब मिल लेते हैं .....|

अरे! तुम्हें नहीं यार, मैं अपने दोस्तों से बोल रहा हूँ| अत्सर ने हम दोनों से कहा- यार! लड़कियों को इतना क्यों सुनाई देता है? इनका कान, कान ही है या हवाई जहाज | कुछ भी कहो, इन्हें लगता है की कोई इनके बारे में ही बातें कर रहा है | इतना बोल कर अत्सर ने अपना विचार हम दोनों के सामने प्रस्तुत किया | अत्सर ने अंकुर से पूछा- क्या अंकल (अंकुर के पापा) ने अर्पिता को कभी देखा है? अंकुर ने कहा नहीं, मेरे जानकारी में तो कभी नहीं | अत्सर ने कहा- बहुत अच्छा फिर तो समझो काम बन गया | बस जरूरत है तो एक नकली पापा की...... |

अब हमारे पास समस्या थी तो एक नकली पापा को खोज निकालने की..... | जिन्हें अर्पिता के पापा का रोल करना था और अंकुर के पापा के सामने आना था | तभी अंकुर ने कहा की यार नहीं यह ठीक नहीं है | अगर पापा को पता चलेगा तो वह बहुत नाराज होंगे | आज तक मैंने कभी उनका भरोसा नहीं तोडा | मैं ऐसा नहीं कर सकता | तब अत्सर ने कहा चलो अच्छा ठीक है, अगर ऐसी बात है तो हम लोग एक काम करते हैं की हम लोग जो भी करने जा रहे हैं, उसकी पूरी जानकारी अर्पिता के मम्मी-पापा और तुम्हारे मम्मी को बता देते हैं | ऐसा करने से, हमारा काम और भी आसान हो सकता है | अगर वह लोग ऐसा करने के लिए राजी हो गए तो यह हमारे लिए अच्छी बात होगी | वैसे भी अगर अर्पिता की शादी तुमसे नहीं हो सकती तो ऐसा सिर्फ तुम्हारे पापा की वजह से होगा | उनको छोड़कर किसी को भी कोई समस्या नहीं है और यह सब हम लोग शादी कराने के लिए नहीं, बल्कि इसलिए कर रहे हैं की हम लोग अर्पिता की शादी किसी दूसरे के साथ होने से रोक सके | क्योंकि अगर तुम्हारे पापा इस शादी के लिए राजी नहीं हुए तो अर्पिता के पापा उसकी शादी उसी लडके से कर देंगे और तुम्हें जिंदगी भर रोना पड़ेगा | और हम लोग ऐसा देख नहीं सकते | इसी

बीच अचानक, फ्लो-फ्लो में थोड़े मजाकिए भाव में अत्सर ने कहा- यार! हम नहीं चाहते की हमारा दोस्त शादी से पहले विधवा हो जायह | ऐसा कह कर वह तेजी से हँसने लगा......... | अंकुर ने भी हँसते हुए अत्सर की ओर अपना हाथ उठाया | अत्सर वहाँ से उठ कर पास में घास की लान की ओर भगा | अंकुर ने उसे दौड़ कर पकड़ लिया और उसे घास में गिरा दिया | उसका पैर घास में फिसल गया, इसलिए वह खुद उसके ऊपर गिर गया | अंकुर ने मेरी तरफ इशारे करते हुए कहा की मैं उसे कुछ घास उखाड़ कर दूँ ताकि वह अत्सर को खिला सके | मैंने ऐसा ही किया | तभी वहाँ का सिक्यूरिटी गार्ड हमारी तरफ दौड़ा | क्योंकि उस लान में ऐसा करना मना था | और जो इस रुल को तोड़ता था, उसे कुछ पेनाल्टी भी देना पड़ सकता था | गार्ड को अपनी ओर आते देखकर अत्सर ने चिल्लाते हुए कहा- अबे! जल्दी भागो..... | हम तीनों ने भागना शुरू किया | हमारे आगे-आगे एक लड़का मॉर्निंग वाल्क कर रहा था | हमारे पीछे भाग रहे गार्ड ने, गेट पर खड़े गार्ड को कहा- पकड़ो.... | अत्सर ने भी हल्ला मचाया- पकड़ो.... | ऐसा सुनकर गार्ड को लगा की हमारे आगे वाला लड़का ही गुनहगार है और उसने उसे पकड़ लिया | अब जब तक गार्ड्स आपस में पूरी बात को समझते, तब तक हम लोग गेट से बाहर आ गए थे | हम लोगों ने बाहर आकर जल्दी से एक ऑटो लिया और वहाँ से निकल लिए |

यहाँ से तो हम लोग बच कर निकल लिए, लेकिन मुख्य समस्या से उबरना तो अभी बाकी था | क्योंकि इस बात का कोई भरोसा नहीं था की अर्पिता के पापा और अंकुर की मम्मी, अत्सर ने जैसा सोचा था, वैसा करने के लिए हमें अनुमति देते और अनुमति दे भी देते तो हम लोग अर्पिता का नकली बाप कहाँ से पैदा करते | ऐसा अंकुर ने अत्सर से कहा भी- अबे! यह बता अब अर्पिता का नकली बाप कहाँ से पैदा करेगा? अब ऐसा भी नहीं की अर्पिता के दादा-दादी को ऊपर से वापस बुला लिया जायह और उनसे कहा जायह..... | और मान लो ऐसा हो भी गया तो इतनी जल्दी कोई बढ़ तो सकता नहीं है | अब रही बात अंकुर के डायलॉग्स के बारे में तो मैं पहले

ही बता चूका हूँ की वह डायलाग तो बोलता था, लेकिन हमेशा ऐसी बात पर बोलेगा, जिनका उस बात से दूर-दूर तक कोई रिश्ता नहीं होगा |

खैर जो भी है, वैसे भी वह कौन सा गंभीर रूप से बोल रहा था | वह भी तो मजाक ही कर रहा था | दूसरे दिन अत्सर ने सारी बात प्रिया के पापा को बताया | मैं और अंकुर भी पास में बैठे हुए थे | मैं तो डरा हुआ था | लेकिन अत्सर और अंकुर के पास पता नहीं कितना हिम्मत भरा हुआ था की उन्हें किसी से भी कोई बात कहने में बिल्कुल डर नहीं लगता था | एक तो मैं प्रिया के पापा के थोड़े से खतरनाक एक्सप्रेशन से भी डर जाता था | वह जब भी किसी से बात करने लगते तो फिर उस समय उनका एक्सप्रेशन ऐसा होता था की उस समय अगर कोई नया बंदा उनसे बात कर रहा हो तो वह जरूर एक बार डर जाए | इसी लिए तो जब भी मैं अपने और प्रिया के बारे में सोचता, मैं हमेशा डर जाता था |

मेरी हिम्मत नहीं होती थी की मैं प्रिया के पापा के पास जाकर कुछ बोल सकता | चलो यह तो अच्छा था की हमारे पास अत्सर था, जो हमारी हर समस्या का समाधान निकालने में लगा रहता था और अंकुर भी ऐसा ही था | बस फर्क था तो इतना की वह पहले किसी की हेल्प करने के लिए कदम नहीं उठाता था | सबसे पहले शुरुआत अत्सर को ही करनी पड़ती थी | तब उसके साथ-साथ अंकुर भी लग जाता था | यही तो वजह थी की अत्सर ने अपने साथ अंकुर को नहीं लिया, जब वह स्वास्ती के पास गया था | उसे पता था की अगर अंकुर उसके साथ जायहगा तो वह जरूर में कुछ न कुछ इधर उधर करेगा | वह तो अत्सर था, जिसने लड़की के मुंह से नहीं शब्द सुना और वापस चला आया | वहीं अगर अंकुर होता तो, वह हो सकता है की प्रतिक्रिया में कुछ खतरनाक कारनामे कर जाता और अपनी इस आदत से अंकुर खुद वाकिफ था | इसीलिए तो कभी भी वह किसी लड़की से बात नहीं करता था | अगर अर्पिता ने उससे, सबसे पहले अपने मन की बात ना कहा होता तो वह कभी उससे कुछ बोलता भी नहीं........ | क्योंकि उसके अंदर ऐंठ जो था | वह अपने पापा से कम थोड़ी ना था | वह तो अत्सर के साथ रह कर, वह कुछ सुधर गया था, नहीं तो फिर पूछो मत...... |

चलो कुछ भी हो हमारे साथ रह कर उसने कुछ तो सीखा था | अरे हाँ भाई हमारे साथ.... | अरे! मैं भी थोडा अच्छा था | मेरे अंदर भी कुछ अच्छाई रही होगी | वैसे तो अपने मुंह मियाँ मिट्ठू नहीं बनना चाहिए | लेकिन क्या करें, हमें भी तो अपना खयाल रखना होता है | अब तक हम लोग यही देखते आ रहे हैं की एक दोस्त अपने दोस्तों की तारीफ करने लगता है तो वह अपने-आपको भूल जाता है |

दरअसल, यह सब कहने वाली बाते हैं | हाँ, ऐसा होता है की अपने दोस्तों की तारीफ करने में मजा आता है | लेकिन वहीं बात अगर अपने ईगो की हो तो उस समय इंसान अपनी तारीफ करना ज्यादा पसंद करता है | खैर छोड़ो, यह सब तो खुद के सम्मान की बाते थी | दूसरों का सम्मान करना अलग बात हैं और खुद का सम्मान करना अलग बात है | यह सच है की हमें दूसरों का सम्मान करना चाहिए | लेकिन जब बात हो अपनी तो अपना सम्मान भी नहीं भूलना चाहिए | जहाँ मौका मिले बोलने का, तो मौका छोड़ना नहीं चाहिए और यह बात हमें खुद अत्सर ने सिखाया था |

अत्सर की सारी बात सुनने के बाद, प्रिया के पापा ने कहा की चलो ठीक है, मैं तुम्हारी हेल्प करने के लिए तैयार हूँ | तभी अर्पिता ने कहा (हँसते हुए)- वह तो ठीक है, लेकिन मेरी मम्मी के नकली पति देव.... मेरा मतलब की मेरे नकली पापा मिलेंगे कहाँ? अर्पिता के पापा ने कहा की अरे! तुम लोग इसकी परवाह क्यों करते हो, उसका इंतजाम मैं कर लूँगा | तब प्रिया के पापा ने बताया की देखो मैं तो खुद उनके पास जा नहीं सकता, क्योंकि मैं तो उनसे मिल चूका हूँ | इसलिए वह मुझे पहचानते हैं | अब भले ही मैं उनसे एक बार ही मिला हूँ | उन्हें मेरी जाति के बारे में तो अच्छी तरह से पता है | इसलिए मैं तो कहूँगा की तुम लोग एक बार तर्पण के पापा से बात कर लो | क्योंकि वह उनसे कभी नहीं मिले हैं | शायद, वह तुम्हारा काम कर सकते हैं | फिर उन्होंने कहा- चलो कोई नहीं, तुम लोग छोड़ो मैं खुद ही उनसे बात कर लूँगा | इतना सुन कर हम लोगों ने थोड़ी सी राहत की साँस लिया | मैंने कहा की 'अंकल हम लोग तो डरे हुए थे की आप हमारी बात सुनेंगे भी या नहीं |' तब प्रिया के पापा ने मेरे सर को

सहलाते हुए कहा की तुम लोग मेरे लिए मेरे बेटे की तरह हो | मैं तुम लोगों की हेल्प नहीं करूँगा तो फिर किसका करूँगा |

प्रिया के पापा ने मेरे पापा से सारी बाते कर लिया | शाम को जब वह वापस आयह तो उन्होंने बताया की मेरे पापा ने हमारी हेल्प करने के लिए हाँ कह दिया है | वह हम सब की हेल्प करने के लिए तैयार हैं | अब हमें यह सारा गेम शांत पूर्वक खेलना था | क्योंकि इसमें रिस्क बहुत था | अगर इस बात की थोड़ी सी भी भनक किसी को लग जाती तो हमारे सारे कियह करायह पर पानी फिर जाता | हमारे लिए एक खुशखबरी और थी की प्रिया के पापा ने हमें इस गेम से बाहर कर दिया था | यानी की वह अब इस गेम को मेरे पापा के साथ मिलकर खेलने वाले थे | तो अब मैं आपको बता दूँ की आखिर यह गेम था क्या?

दरअसल, इस गेम में हमें अर्पिता का नकली पापा चाहिए था | जो अर्पिता का रिश्ता लेकर अंकुर के पापा के पास जाते | साथ ही साथ, जब अंतिम में वह शादी के लिए मान जाते तो उन्हें हम लोग सारी बात बता देते और उनसे कहते की अब आप बताइए की अर्पिता के पापा किस जाती के हैं | कुल मिलाकर हमें उन्हें यह सिखाना था की जाति धर्म से किसी इंसान की इंसानियत नहीं बदल जाती है | और इस तरह से हमारी पूरी समस्या हल हो जाती | और ऐसा ही हुआ |

जब मेरे पापा, अर्पिता के नकली पापा बन कर अंकुर के पापा के पास गए तो वह अंकुर की शादी के लिए तैयार हो गए | वह भी इसलिए क्योंकि उन्हें नहीं पता था की उनके पास जो अपनी बेटी का रिश्ता लेकर गए हैं वह किस जाती के हैं | उन्हें बताया गया था की वह भी उन्हीं के जाति के हैं | और इस खेल में हमें एक बार शादी से पहले देखने दिखाने की सारी परम्पराओं को निभाना पड़ा | जब वह अपने बेटे की शादी के लिए तैयार हो गए तो उन्होंने अंकुर की मम्मी से कहा की क्या वह लड़की देखना पसंद करेंगी? तब अंकुर की मम्मी ने कहा- हाँ हाँ...... क्यों नहीं, चलो देख लेते हैं | जबकि अंकुर की मम्मी को पता था की वह अर्पिता ही है | उन्हें तो हमने पहले ही सारी बात बता दिया था | उन्होंने अर्पिता को देखने के लिए हाँ इसलिए कहा था,

जिससे अंकुर के पापा को किसी तरह का सक ना हो | अब अर्पिता को बुलाया गया | सारे लोग अपने देशी स्टाइल में बैठे थे | अर्पिता सामने आई | अचानक अंकुर के पापा अपनी कुर्सी से उठे और अर्पिता के पापा से कहा की यह तो आपकी बेटी है ना? अर्पिता के पाप ने कहा नहीं, ऐसा आपको क्यों लग रहा है | यह मेरी बेटी नहीं है, यह तो इनकी बेटी है | उन्होंने फिर से कहा नहीं, मुझे अच्छी तरह से याद है, आप ही ने मुझे अपनी इस बेटी से मिलवाया था | तब मेरे पापा ने और अर्पिता के पापा ने उन्हें सारी बात अच्छे से समझाया | उन्हें समझाने में कुल पंद्रह मिनट लग गए | अब यहाँ पर एक तरह से उनके साथ छल भी हुआ था | इसलिए समझाना थोडा मुश्किल था |

पंद्रह मिनट की मीटिंग के बाद तीनों लोग कमरे से बाहर आयह और तब अंकुर के पापा ने कहा चलो ठीक है बेटा जी, जैसी तुम्हारी मर्जी | बात सही ही है, अगर जाति धर्म की ही बात है, फिर तो किसी को किसी से शादी करनी ही नहीं चाहिए | क्योंकि इस दुनिया में किसी के चेहरे पर तो लिखा नहीं है की कौन किस जाति का है | और साथ ही साथ अर्पिता के पापा ने भी कहा की अर्पिता और अंकुर जब चाहें, वह अपनी मर्जी से शादी कर सकते हैं | वह चाहें तो पहले अपना फ्यूचर संभाले और फिर शादी करें या फिर अभी से शादी कर सकते हैं | अब हमारी तरफ से किसी को कोई दिक्कत नहीं है | चलो यह समस्या तो टल गई थी | अब अंकुर और अर्पिता के पास समय था की वह अपने-अपने भविष्य के बारे में सोच सकते थे | अंकुर और अर्पिता की कहानी का तो हैप्पी एंडिंग हो गया था | अब इसके बाद तो उन्हें अपनी लाइफ को अपने तरीके से जीना था |

अध्याय २४

सैड-इंडिंग ओवर हैप्पी-इंडिंग

अंकुर की समस्या हल करने के बाद हम लोग वापस दिल्ली आ गए | यह पहली बार ऐसा हुआ था, जब अत्सर ने लगभग बीस दिनों में दो बार दिल्ली से इलाहाबाद का सफ़र तयं किया था |

अरे हाँ! मैं अत्सर की कहानी तो बताना ही भूल गया |

एक तरफ अंकुर की समस्या का समाधान करने में तो अत्सर पूरे जी जान से लगा ही था, साथ ही साथ वह अपनी कहानी को भी आगे बढ़ाने की पूरी कोशिश कर रहा था | स्वास्ती ने तो अत्सर को फेसबुक पर ब्लाक कर दिया था | अब वह स्वास्ती को दोबारा सन्देश भी नहीं भेज सकता था | अरे उसे पता था की इन सब संदेशों का कोई मतलब नहीं था | लेकिन फिर भी जब उसके दिमाग में कोई बात आती तो वह अपने मन की भड़ास निकालने के लिए एक बार स्वास्ती को सन्देश लिखना नहीं भूलता था | अब चाहे उसे इसके लिए ढेर सारे पापड़ ही क्यों ना बेलना पड़े हों | वह स्वास्ती को अपना सन्देश भेजने के लिए, हर बार एक नई फेसबुक आई. डी. बनाता था और स्वास्ती को सन्देश भेजने के बाद उस आई. डी. को डिलीट कर देता था | वह इस लिए ऐसा करता था, क्योंकि वह हर बार यही सोचता था की यह उसका अंतिम सन्देश है | पता नहीं उसका प्यार कैसा था | ना तो वह उससे कभी ठीक से मिला था और ना ही उसने उससे ठीक से कभी बात ही किया था | वह अपने आपको बहुत कण्ट्रोल करता

था | लेकिन उसका मन था की वह बार-बार स्वास्ती के पास ही पहुँच जाता था | और अपनी इस आदत से अत्सर बहुत परेशान था | वह नहीं चाहता था की प्यार की वजह से उसकी लाइफ तबाह हो जाए | उसने अब तक स्वास्ती से केवल दोस्ती के लिए हाथ बढाया था | उसमें भी उसने उसे रिजेक्ट कर दिया था | अत्सर खुद कहता था, यार! जब उसने मुझे पहले ही रिजेक्ट कर दिया है तो फिर मेरा मन उसकी तरफ क्यों भागता है | वह स्वास्ती के बारे में एक भी गलत बात नहीं सुन सकता था | एक बार हम तीनों साथ में इलाहाबाद के यमुना पुल के फुटपाथ पर टहल रहे थे | वहाँ पर शाम के समय में बहुत अच्छी हवा बहती थी, इस लिए हम लोग जब भी इलाहाबाद जाते तो तीनों वहाँ का लुत्फ उठाने के लिए पहुँच जाते थे | हम लोग उस दिन वहाँ ऐसे ही घूम रहे थे | हम लोगों के बीच में ऐसे ही ढेर सारी देश-दुनिया की बाते चल रही थी | हम लोग, कालेज में जाने के बाद लडके-लड़कियाँ क्या-क्या करते हैं? ऐसी ही इधर-उधर की बाते कर रहे थे |

धीरे-धीरे गर्लफ्रेंड-बॉयफ्रेंड से लेकर उनके बीच रिलेशनशिप को लेकर बातें होने लगी | अंकुर ने कहा की यार लोगों के पास किस बात की जल्दी होती है की वह कालेज में पहुंचते ही सारे गंदे काम करना शुरू कर देते हैं | जब तक तो वह अपने मम्मी-पापा के पास रहते हैं, तब तो ठीक है | लेकिन जैसे ही वह कालेज में पहुँचते हैं, सारे काम करना शुरू कर देते हैं | खास कर लड़कियाँ .... | अत्सर ने कहा- ऐसा कुछ नहीं, सब एक जैसे नहीं होते | तब मैंने ऐसे ही, थोडा मजाक में ही बोल दिया की हाँ हाँ....... जैसे इनकी स्वास्ती अभी तक न्यू बोर्न बेबी की तरह है......... | तब अत्सर ने थोडा गुस्से में कहा- दोबारा उसके बारे में कुछ गलत बोलना भी नहीं | मुझे उसके ऊपर पूरा भरोसा है, वह ऐसी नहीं | वह एक अच्छी लड़की है | वह भले ही दोस्त बना ले, लेकिन वह गंदे काम तो कभी नहीं करेगी, जैसा तुम बोल रहे हो............. | अंकुर ने भी उसका समर्थन किया | उसने कहा- हाँ, यह सही कह रहा है | सारी लड़कियाँ एक जैसी नहीं होती हैं | हाँ, यह सच है की इंजीनियरिंग कालेजों में लड़कियों की संख्या

कम होती है | लेकिन सारी लड़कियाँ एक जैसी नहीं होती हैं | तब अत्सर ने कहा की वैसे भी यह तो अपने-अपने चरित्र पर निर्भर करता है |

अब अत्सर से ज्यादा बहस करना मेरे लिए खतरा बन सकता था | इस लिए मैंने उस बात को वहीं पर काटते हुए, उस समय, उस जगह के दृश्य के बारे में बात करना शुरू कर दिया | इस तरह से वह बात वहीं पर खत्म हो गई | तो इस तरह से अत्सर को उस थोड़ी सी जान-पहचान वाली लड़की पर इतना भरोसा था | अत्सर को लगता था की जैसे उसके कालेज ग्रुप की लड़कियाँ हैं, वैसे ही वह भी होगी |

अरे! हाँ, ग्रुप की लड़कियों से याद आया की बहुत से लोग कहते हैं की दिल्ली की छोरियाँ बहुत बदमाश होती हैं | लेकिन मैं आज उनकी बातों को झूठा ठहराता हूँ | क्योंकि मैं भी अत्सर के क्लास की उन लड़कियों से मिल चुका हूँ | उनकी बात ही अलग है | कोई कह ही नहीं सकता की वह दिल्ली की लड़कियाँ हैं, जैसा लोग दिल्ली की लड़कियों को बदनाम करते हैं |

दरअसल, मैं आपको बता दूँ की वह लोग दिल्ली की जिन लड़कियों की बात करते हैं, वह दिल्ली की ही नहीं बल्कि इतर राज्य की भी लड़कियाँ होती हैं | यह लड़कियाँ इतनी दूर से पढ़ने के लिए दिल्ली तो आ जाती हैं, लेकिन यहाँ आने के बाद हवा में उड़ने लगती हैं | उनके मम्मी-पापा को लगता है की उनकी बेटी पढाई करने के लिए दिल्ली गई है, लेकिन उन्हें क्या पता है की उनकी बेटी ने शादी से पहले ही उनका दामाद तैयार कर लिया है | बस इंतजार है तो सिर्फ चुटकी भर सिंदूर के रस्म को पूरा करने की..... बाकी उसके आगे का काम तो उनकी बेटी ने पहले ही पूरा कर रखा है | उन्हें उनकी बेटी के लिए रेडिमेड दामाद मिल गया है | तो आप सब लोग असलियत जान लो की वह बदनाम लड़कियाँ केवल दिल्ली की ही नहीं बल्कि बाहर से पढाई करने या फिर जॉब करने के लिए आई लड़कियाँ भी हैं | और अत्सर के ग्रुप में दिल्ली की लड़कियों के साथ-साथ कुछ बाहर से आई हुई लड़कियाँ भी थी | कुल मिलाकर यह सब बातें इस बात पर निर्भर करती हैं की कौन हव्सी है या कौन नहीं है? और अगर किसी को लगे की मैं ऐसी फालतू की बातें क्यों कर रहा हूँ? तो मैं बता दूँ की मुझे इन

सब बातों से कोई मतलब नहीं है | फिर भी मैं यह सब बातें उन लड़कियों के लिए कर रहा हूँ जो अच्छी हैं | जो ऐसी जगह पर रह रही हैं, जहाँ का माहौल अब पूरी तरह से 'वेस्टर्न कल्चर' में बदलने की कगार पर है |

खैर इन सब बातों का क्या मतलब है | यही बातें किसी को अच्छी लगती हैं तो किसी को बकवास भी लगती हैं | यह सब तो अपनी-अपनी सोच पर निर्भर करता है | हम अपनी-अपनी जरूरत के हिसाब से किसी को अच्छा या बुरा मान लेते हैं | जो हमारे जीवन के अनुकूल होता है, उसे हम अच्छा मान लेते हैं | और जो हमारे जीवन के प्रतिकूल होता है, उसे हम लोग अपने लिए बुरा मान लेते हैं | और यह सब हम अपने अंदर छिपे हवस के इशारे पर करते हैं | हम जो भी गलत काम करते हैं, वह सब हम अपने हवस के लिए करते हैं | चलो यह सब तो जनरल नॉलेज की बाते थी | यह सब बाते भी जानना चाहिए | क्योंकि, हो सकता हो आप भी अपने लिए एक अच्छी लड़की या फिर एक अच्छे लडके की तलाश कर रहे हों | केवल लड़की के अच्छी होने का कोई मतलब नहीं है, लडके की भी सोच अच्छी होनी चाहिए | दिल्ली में भी, अच्छे लोग रहते हैं | हाँ, यह है की यहाँ पर अच्छे लोग कम, बुरे लोग ज्यादा हैं | और हम लोग तो बचपन से सुनते आ रहे हैं की एक गन्दी मछली पूरे तालाब को गन्दा करती है | तो ऐसा ही कुछ इन बड़े शहरों का भी हाल है, जिनके बारे में आप अब तक गलत सुनते आ रहे हैं | वैसे यह सब मुझे बताने की जरूरत नहीं है, यह सब तो सब को पता है | अंत में एक ही बात कहना चाहूँगा की सब को पता होता है की क्या अच्छा है और क्या बुरा है | लेकिन क्या करें- यह साला पापी पेट है, जो ना चाहते हुए भी हमसे सब कुछ करवाता है |

.......अरे हाँ, कहाँ थे हम लोग? .... हाँ याद आया, मैं (तर्पण) आप सब को अत्सर के बारे में कुछ बता रहा था |

अत्सर पूरी तरह से स्वास्ती के प्यार में पड़ चुका था | वह स्कूल में बोलता था की उसे प्यार वाली बातों से कोई फर्क नहीं पड़ता है | वह कहता था की प्यार नाम की कोई चीज, इस दुनिया में है ही नहीं | वैसे तो ऐसी बात करने वाला अत्सर ही अकेला

नहीं है | इसके पहले कई लोगों ने अपने इसी ऐंठ की वजह से अपनी जान तक दे दिया है | हमें लगता तो है की प्यार नाम की कोई चीज नहीं है, लेकिन बाद में हम खुद ही उसी के जाल में फँस जाते हैं | और जब हमारे साथ ऐसा हो जाता है, तब हम इंसान, हे माँ! कह कर चिल्लाते हैं | इसके पहले तो हम लोग दूसरों का मजाक उड़ाने में भी कोई कसर नहीं छोड़ते हैं | अत्सर ने तो कभी किसी का मजाक नहीं उड़ाया था, इस लिए यह बात उसके लिए नहीं है | वह भले ही कहता था की प्यार कुछ नहीं है, लेकिन वह प्यार करने वालों का सम्मान करता था |

जिस दिन अंकुर की समस्या हल हुई थी, उसके एक दिन पहले अत्सर ने स्वास्ती को फेसबुक पर सन्देश लिखा था | वह सन्देश कुछ इस तरह से था.......

"यार स्वास्ती! मैं जनता हूँ की हो सकता है, तुम मेरे द्वारा बार-बार सन्देश भेजने से परेशान हो जाती होगी | लेकिन अब मैं कर भी क्या सकता हूँ? मैं तुम्हें भूलने की तो बहुत कोशिश करता हूँ | लेकिन मेरा नालायक मन है की तुम्हारे पास बार-बार भागता रहता है | मैं चाहकर भी तुम्हारे पास से अपने दिमाग को हटा नहीं पा रहा | हो सकता हो की तुम इस लिए स्वीकार्य ना कर रही हो की मैं बी.एस.सी. का छात्र हूँ और तुम एक इंजीनियरिंग की छात्रा हो....... | ....पता नहीं तुम्हें अच्छा भी लगे या नहीं, लेकिन अब जो भी है, यही है की 'मैं तुमसे बहुत प्यार करता हूँ |' यार! देखो मेरे पास बहुत समस्या है | मैं पांच साल से निष्क्रिय बैठा हूँ | मेरी पूरी लाइफ नरक सी हो गई है | अत्सर ने कभी रुकना नहीं सीखा | तुमने मुझे क्यों नहीं स्वीकार्य किया? इसके बारे में मुझे कोई आईडिया नहीं है | लेकिन अब जो भी हो, मेरे दिल में जो था, मैंने बोल दिया है........... |"

इतना सब कुछ लिखने के बाद, अत्सर ने फिर से पहले की तरह अपनी फेसबुक आई. डी. को लॉग आउट करके रखा दिया और फिर सो भी गया | सुबह उठकर जब उसने फिर से अपनी फेसबुक आई. डी. को एक बार लॉग इन किया तो स्वास्ती की तरफ से जो सन्देश आया था, वह कुछ इस तरह से था.........

"माफ़ करना! अत्सर, बात बी. एस. सी. या बी. टेक. की नहीं है | समस्या है, मेरा बॉयफ्रेंड........ | मैं जानती हूँ की बी. एस. सी. और बी. टेक. दोनों अच्छे हैं | लेकिन मैं किसी और को पसंद करती हूँ......... |"

स्वास्ती की तरफ से, इस तरह का प्रति उत्तर आने के बाद, अब अत्सर के सन्देश भेजने का कोई मतलब नहीं था | हालांकि फिर भी उसने अपनी तरफ से ठंढे दिमाग से, जो बन सका, लिखा और फिर अपनी पूरी फेसबुक आई. डी. को हमेशा के लिए फेसबुक सर्वर से ही डिलीट कर दिया |

तो कुछ ऐसी थी, अत्सर के लव लाइफ की सैड एंडिंग | हालांकि अत्सर के लिए, इतना सब जानना और फिर उसे डाइजेस्ट करना आसान नहीं था | क्योंकि उसने कभी नहीं सोचा था की इतनी बार बात करने के बावजूद, उसका कोई बॉयफ्रेंड होगा | लेकिन यह उसका वहम था | वैसे तो मैं पहले ही बता चुका हूँ की अत्सर के हिसाब से फ्रेंड, बॉयफ्रेंड और गर्लफ्रेंड तीनों एक ही शब्द हैं | लेकिन अत्सर के मानने से क्या होता है | वह तो स्वास्ती की अपनी अलग सोच होगी | उसके हिसाब से अत्सर की सोच सही भी हो सकती है या फिर औरो की तरह उसके लिए भी बॉयफ्रेंड का वही पुराना मतलब होगा | अब यह तो स्वास्ती और उसका काम जाने | हालांकि अभी भी अत्सर उसके बारे में एक शब्द भी गलत बर्दाश्त नहीं कर सकता था | यही वजह थी की जिस दिन अंकुर की समस्या हल हुई थी, उसी दिन सुबह से ही अत्सर थोडा सा उदास लग रहा था | क्योंकि उसे स्वास्ती का वह सन्देश, उसी दिन सुबह मिला था | या फिर आप यह समझ लो की अत्सर ने उसी दिन सुबह उसका सन्देश पढ़ा था | वह पूरी कोशिश कर रहा था की वह अपनी उदासी को अपने चेहरे पर प्रकट ना होने दे | लेकिन छिपाने से कुछ छिपाता है क्या?

वह लोग बहुत खुशनसीब होते हैं, जिन्हें उनका प्यार मिल जाता है | वैसे भी प्यार के इस खेल में तो केवल अत्सर ही आगे था, स्वास्ती तो दूर-दूर तक कहीं नहीं दिख रही थी | एक तरह से देखा जाए तो अत्सर ने ही अपनी लव स्टोरी को शुरू किया और खुद ही अपनी लव स्टोरी का अंत भी कर दिया........ | ....ना ही वह उसे

(स्वास्ती को) फेसबुक पर कुछ सन्देश भेजता और ना ही उसे किसी तरह की कोई बुरी खबर मिलती......... |

"मद-मस्त हवा का झोंका था,
सदियों से, कहीं दूर से चल कर आया था |
रिमझिम बारिश के बरखा के संग,
बादल का, धरती के लिए रिश्ता ले आया था |
दूर खड़ी धरती, यह सब देख,
मन ही मन, दुल्हन सी शरमाई थी |
क्या अद्भुत! मौसम आया था,
क्या अद्भुत! रंग ले आया था........"|

अध्याय २५

निष्कर्ष

दिल से चोट खाए हुए इंसान की हालत वैसे ही होती है, जैसे कपडे को कीड़ों के खा लेने के बाद, कपडे का जो हाल होता है | बस फर्क है तो इतना की कपडे को कीड़ों के खा लेने के बाद कपडे में छेद दिखने लगते हैं, लेकिन इंसान के साथ ऐसा नहीं होता है | इस लिए इंसान को चलते रहना चाहिए | दिल से चोट खाने के बाद, बिना इस बात की परवाह कियह की उसके एक बगल में खाई है तो दूसरी तरफ कुआं है या फिर रास्ते में कोई और काँटा है | क्योंकि अगर कीड़ों के खा लेने के बाद, कपडे को हाथ में लेकर दौड़ लगाई जायह तो अब उसे शक्तिशाली हवा भी पीछे नहीं धकेल पायहगी और अब उस कपडे को लेकर आराम से दौड़ लगाई जा सकती है, बिना इस बात की परवाह कियह हुए की अब उसकी हालत क्या होगी | अब तो जो होना था, उसके साथ हो गया है | अब इससे बुरा क्या हो सकता है | इसीलिए इंसान को भी, दिल से चोट खाने के बाद चलते रहना चाहिए और सफलता की सीढ़ियों को बुनते रहना चाहिए | उसे हार मानने की जरूरत नहीं है, खासकर प्यार के मामले में....... | और ना ही क्रोध में आकर कोई गलत कदम उठाने की जरुरत है |

अंततः केवल इन तीन शब्दों के बारे में जानना ज्यादा बेहतर होगा........

लव, लस्ट और लाइफ, यह तीन शब्द हैं, जो एक इंसान के लिए बहुत ही मायने रखते हैं | इन तीनों शब्दों में लव सबसे बड़ा है, इंसानियत के क्षेत्र में | लेकिन वहीं

अगर गुजारा करने की बात हो तो, फिर वहाँ पर लव की नहीं बल्कि लाइफ की जरूरत होती है | क्योंकि प्यार में समझौते के लिए कोई जगह नहीं होती है | अगर इंसान को जिंदगी जीनी है तो उसे समझौता करना सीखना होगा | केवल, प्यार के सहारे जिंदगी को व्यतीत नहीं किया जा सकता है | कुल मिलाकर लव और लाइफ दोनों एक दूसरे से पूरी तरह से इंडीपेंडेंट हैं | अब आती है बात लस्ट की, जो की बीच में है और हमें अच्छी तरह से मालूम है की बीच वाले सिर्फ भीड़ बढाने के काम आते हैं | हाँ! ऐसा हो सकता है की लस्ट को लव और लाइफ की जरूरत पड़े, लेकिन इसके विपरीत कभी नहीं हो सकता है | इन तीनों का एक दूसरे से एक निश्चित दूरी पर होना बहुत जरूरी है | नहीं तो फिर हार्ट-क्वेक (सार में सिहरन) का आना लाजमी है और जो किसी के बस में नहीं है |

"यह हार्टक्वेक जो आते हैं, दोस्त बन कर जाते हैं।
जिसकी मंगल माया में, आशिक! कुछ ऐसा कर जाते हैं।
खौफ भरी इस दुनिया में, बेख़ौफ़ सुनहरा लाते हैं।
नंगू-नंगू आते हैं सब, मंगू-मंगू जाते हैं॥"

Connect with the Author

Facebook @atulsaury

Author Page authoratulsingh

Book page atsarthebook

Instagram @atulsaury

Linkedin @atulsaury

Twitter @atulsaury

Flickr @atulsaury

Pintrest @atulsaury

Google+ @atulsingh